सम्पत सरल

अपने तीखे वैचारिक व्यंग्यों से सामाजिक-राजनीतिक विसंगतियों को उजागर करनेवाले सम्पत सरल का जन्म 8 अप्रैल, 1962 को गाँव मणकसास, झुंझुनू, राजस्थान में हुआ। वे हिन्दुस्तानी व्यंग्य-लेखकों में अपनी अलग पहचान रखते हैं। दुख और करुणा को हँसते हुए रचना बना देने का फ़न बहुत मुश्किल है, लेकिन उन्होंने इसे न सिर्फ़ बड़ी सरलता से साधा है, बल्कि नए मुहावरों और नए प्रतीकों के साथ व्यंग्य की नई ज़मीन भी खोजी है।

लेखन और वाचन दोनों माध्यमों से हिन्दी व्यंग्य को वैश्विक बनाने में महत्त्वपूर्ण भूमिका निभानेवाले सम्पत सरल को पढ़-सुनकर हठात् जो मुस्कान उभरती है, वह भीतर तक उद्वेलित भी करती है।

ई-मेल : sampatsaralshow@gmail.com

निठल्ले बहुत बिजी हैं

सम्पत सरल

राजकमल पेपरबैक्स

राजकमल पेपरबैक्स में
पहला संस्करण : 2024
दूसरा संस्करण : 2025

राजकमल पेपरबैक्स : उत्कृष्ट साहित्य के जनसुलभ संस्करण

राजकमल प्रकाशन प्रा.लि.
1-बी, नेताजी सुभाष मार्ग, दरियागंज
नई दिल्ली-110 002
द्वारा प्रकाशित

शाखाएँ : अशोक राजपथ, साइंस कॉलेज के सामने, पटना-800 006
पहली मंजिल, दरबारी बिल्डिंग, महात्मा गांधी मार्ग, प्रयागराज-211 001
1, अनमोल सोराबजी सन्तुक लेन, मरीन लाइंस, मुम्बई-400002

वेबसाइट : www.rajkamalprakashan.com
ई-मेल : info@rajkamalprakashan.com

विकास कंप्यूटर एंड प्रिंटर्स
ट्रॉनिका सिटी-201 102
द्वारा मुद्रित

मूल्य : ₹299

NITHALLE BAHUT BUSY HAIN
Satire by Sampat Saral

ISBN : 978-93-6086-242-8

उन्हें समर्पित
जो व्यंग्य से नाराज होकर
व्यंग्य को सार्थक बनाते हैं

क्रम

जुझारू शब्द-सैनिक

साहित्य समय के तमाम भयभीत और दृष्टिहीन हो चुके लोगों की विशाल भीड़ में, पिता के कन्धे पर बैठे उस बच्चे की आवाज है जो बेखौफ होकर कह रहा था कि राजा तो नंगा है। सम्पत सरल के लिखने और बोलने में जो सच है, वह उसी बच्चे का सच है जो अभय से फूटा है।

उनका लेखन अपने समय के उस विद्रूप होते जाते चेहरे की पहचान कराता और उसके प्रति सचेत हो उठने की एक ऐसी आपद पुकार की तरह है जिसकी अनसुनी करना किसी सांस्कृतिक अपघात से कम नहीं है।

कोई कह सकता है कि क्या यह चेहरा सचमुच इतना घिनौना और विद्रूप है? क्या सम्पत सरल का सत्य बेहद एकांगी नहीं है? क्या उसमें अतिवाद नहीं है? क्या वे तमाम ज्ञान-विज्ञान और प्रौद्योगिकी के विकास को झुठलाते हुए अपना यह आधा-अधूरा सच नहीं कह रहे हैं? इसके जवाब में यही कहा और पूछा जा सकता है कि किसी भी सभ्यता का गन्तव्य क्या है? उसकी मंजिल कहाँ है? इससे भी बड़ा सवाल यह कि क्या सभ्यताएँ खुद अपनी मंजिलें हैं? जवाब होगा बिलकुल नहीं। मंजिल तो वे इनसानी मूल्य हुआ करते हैं जिनमें हृदय की विशालता और विश्वव्यापी उदारता हुआ करती है। आदमी का अपने संकुचित स्वार्थों के घेरों में सिमट जाना नहीं।

सम्पत सरल जैसे लेखकों की बेचैनियाँ अगर हैं तो आदमीयत

के इसी संकुचन से हैं। कभी कवि निराला ने लिखा था—देखते हैं लोग लोगों को सही परिचय न पाकर।

सम्पत सरल की केन्द्रीय चिन्ता इसी बढ़ते जाते अपरिचय को लेकर है।

एक भारतीय लेखक होने के नाते वे हमारी पारम्परिक सामूहिकता के लेखक हैं। व्यक्तिवाद, अजनबियत या बेगानापन कभी भी हमारी परम्परा का चरित्र नहीं रहा। यह देश हमेशा भाईचारे के बल पर अपनी शक्तियों का संचय करता रहा। और सबसे बड़ी बात तो यह कि इसने कभी भी सत्ता के सत्य को अपना सत्य नहीं माना। ऐसा होता तो त्याग और तप को यह कभी भी जीवन का परम सत्य स्वीकार नहीं करता।

सम्पत सरल क्या, कोई भी संवेदनशील भारतीय कभी भी यह स्वीकारने पर राजी नहीं होगा कि जीवन का सबसे बड़ा सच तो सत्ता है।

अपनी प्रसिद्ध कविता—'अशोक की चिन्ता' में कवि प्रसाद ने लिखा—

यह सुख कैसा शासन का
शासन रे मानव मन का
गिरिभार बना सा तिनका
यह घटाटोप दो दिन का

सम्पत सरल का सम्पूर्ण प्रयास हमारे इसी दो दिन वाले घटाटोप के विरुद्ध छेड़ा गया एक सांस्कृतिक प्रतिरोध और अभियान है। इसीलिए वे बार-बार हमारा ध्यान हमारे चतुर्दिक की उन विद्रूपताओं की ओर खींचते हैं जिनकी विराट भीड़ में हम अपना मूल जीवन-सत्य निरन्तर भूलते और खोते जा रहे हैं। इस रूप में उनका लेखन हमारे समय का एक आपद सांस्कृतिक एलार्म है। कमाल यह भी है कि वे इसे न तो औपनिषदिक गुरुगम्भीर शैली में कह रहे हैं न पुराणकारों की आख्यान शैली

में। इन दोनों ही जानी-पहचानी या सन्तों-महात्माओं की तमाम उपदेशात्मक शैलियों से अलग वे गाँव-देश, घर-परिवार के बीच चौपालवाली बतकही शैली अपनाते हैं जिसमें न तो कहनेवाले में कोई मुगालता होता है न सुननेवालों में कोई परायापन। लगभग घर-परिवार के बीच का अपना आलाप-संलाप। इस शैली में अपने नंगे और बेशर्म होते जाते समय की पहचान करते हुए हम अपनी इस नंगई पर लहालोट होते चलते हैं। यह कला उनसे पहले हरिशंकर परसाई, शरद जोशी और श्रीलाल शुक्ल जैसे लेखकों में थी, पर मंचों पर जाकर अपने पाठकों को श्रोताओं के रूप में सामने बिठाकर, आँख में आँख डालकर कहने की कला का आविष्कार तो शरद जोशी का था। सम्पत सरल इसी कला के आगे के अध्याय हैं।

कुछ लोग इसे व्यंग्य और हास्य कहकर इसको हँसी-मजाक और दिल बहलाने या वक्त काटने का मामला समझते होंगे पर इसके पीछे की व्यथाएँ बेहद गहरी और बेचैनियाँ बेअन्दाज़ हैं।

—विजय बहादुर सिंह

न हँसेंगे, न हँसने देंगे

इन दिनों भाजपाइयों में गुस्सा बढ़ रहा है और हँसना बन्द है। मिसकॉल से मेम्बर बना भाजपाई तक दाँत निकालने की बात पर जूता निकालता है।

जिस पार्टी का चुनाव चिह्न कमल का फूल हो, उसे तो न सिर्फ बात पर हँसना चाहिए, बल्कि बिना बात हँसना चाहिए।

भाजपाई हँस नहीं पा रहे हैं। पता नहीं वे भाजपाई हैं, इसलिए नहीं हँस पा रहे हैं या नहीं हँस पा रहे हैं, इसलिए भाजपाई हैं। हो सकता है, जूनियर भाजपाई के हँसने पर सीनियर भाजपाई डाँट-डपट देता हो कि भाजपाई होकर क्या खी-खी, खी-खी लगा रखी है।

हँसना भाजपा में कहीं पार्टी विरोधी गतिविधि तो नहीं मान लिया गया है? भाजपाइयों ने कहीं इस आशंका के मारे तो हँसना बन्द नहीं कर दिया है कि हँसने पर पार्टी अध्यक्ष उन्हें कारण बताओ नोटिस थमा सकता है?

अटल बिहारी वाजपेयी लगभग अन्तिम भाजपाई थे जो खुलकर हँसते थे। पता नहीं क्यों, इन दिनों अटल बिहारी वाजपेयी युग के भाजपाई भी इस तरह डरे-सहमे से रहने लगे हैं, जैसे हर घड़ी सीसीटीवी कैमरों की नज़रों में हों?

कोई गैर भाजपाई हमेशा के लिए हँसना बन्द करना चाहे तो समझ लो वह जल्द भाजपा ज्वॉइन करेगा। ज्योतिरादित्य सिन्धिया इसके ताजा उदाहरण हैं।

गृहमंत्री अमित शाह को जब देखो तब लगता है कि या तो वह पाकिस्तान को धमकाकर आ रहे हैं या धमकाने जा रहे हैं।

रविशंकर प्रसाद सिंह को देख लो। हर समय शिकार पर झपटते सिंह का सा बर्ताव करते हैं। स्मृति ईरानी तो खैर विस्मृति से भी नहीं हँसती।

रक्षामंत्री राजनाथ सिंह कहाँ हँस पा रहे हैं? फ्रांस जाकर रॉफेल की पूजा

की, लड़ाकू विमानों के टायरों के नीचे नीबू रखे। उस पाखंड पर दुनिया हँसी, लेकिन रक्षामंत्री राजनाथ सिंह नहीं हँसे।

सुनते हैं, सड़क परिवहन एवं राजमार्ग मंत्री नितिन गडकरी नागपुर जाते हैं तब हँसते हैं या हो सकता है कि हँसने के लिए ही नागपुर जाते हों।

एक दिन मैंने एक कैबिनेट मिनिस्टर से पूछ लिया, "प्रधानमंत्री के साथ कैबिनेट मीटिंगों में तो हल्का-फुल्का हँसी-मजाक चलता होगा?"

उन्होंने बिना हँसे बताया, "प्रधानमंत्री मीटिंग कहाँ लेते हैं, क्लास लेते हैं।"

इस बात पर मुझे हँसी आ गई तो बिगड़ पड़े, "राष्ट्र पर संकट के बादल मँडरा रहे हैं और तुमको हँसी सूझ रही है।"

मैंने हँसी की मात्रा बढ़ाते हुए कहा, "भाई साहब, राष्ट्र पर संकट के बादल मेरे हँसने से नहीं, आपके न हँसने से मँडरा रहे हैं।"

मेरा प्रधानमंत्री नरेन्द्र मोदी से करबद्ध निवेदन है कि पीएम केयर फंड से सब भाजपाइयों के लिए न सही, कम-से-कम अपने मंत्रियों के लिए ही एक-एक बीरबल अपॉइंट कर दें, जो दिन-भर में दो-एक बार बेचारों को हँसा दे।

हालाँकि मेरा दावा है, मंत्री भाजपाई हैं, अतः तब भी नहीं हँसेंगे, भले ही उनके बीरबल रो देंगे।

[4 मई, 2020]

विदेशियों आओ, हमें आत्मनिर्भर बनाओ

प्रधानसेवक ने 'लोकल से वोकल बनें' कहकर होमवर्क दिया और आज्ञाकारी भक्त काम पर लग गए।

एक छद्म राष्ट्रवादी ने अपने चीनी मोबाइल से मेरे कोरियाई मोबाइल पर इंग्लैंड की भाषा में अमेरिकी व्हाट्सएप द्वारा जिद्दी मैसेज भेजा कि भारत को आत्मनिर्भर बनाना ही है।

सोचा, मैसेज चीन में बनी सरदार पटेल वाली स्टैच्यू ऑफ लिबर्टी को फॉरवर्ड कर दूँ, लेकिन यह जानकर टालना पड़ा कि मूर्तियाँ मैसेज नहीं पढ़तीं।

विपक्ष में थे तो हाँकते थे कि भारत को सोने की चिड़िया बनाना है। सत्ता में आए तो बोलने लगे कि विश्वगुरु बनाना है और अब कह रहे हैं कि देश को आत्मनिर्भर बनाना है। मारे कंफ्यूजन के मेरी हालत उस विद्यार्थी जैसी हो गई है, जिसने साल-भर साइंस पढ़ी हो और परीक्षा में प्रश्नपत्र एंटायर पॉलिटिकल साइंस का आ गया हो।

विपक्ष में रहते जिन्होंने इक्यावन प्रतिशत एफडीआई के खिलाफ जमीन-आसमान एक किए रखा, सत्ता पाते ही सौ प्रतिशत तक एफडीआई लाद दी।

आवाजें उठने लगी हैं कि चरखेवाले ने देश जिन जबड़ों से छुड़ाया था, चाय वाले ने फिर उन्हीं के हवाले कर डाला।

स्वदेशी जागरण मंच वाले एक सज्जन ने शिकायत की, "जिसे हमने स्वदेशी के मुद्दे पर सिंहासन तक पहुँचाया, वह विदेशी कम्पनियों के लिए सब कुछ निजी करने में दिन-रात एक किए है। घर-घर में घुस गए मल्टीनेशनल और सवाल करो तो एंटीनेशनल। हम तो सबसे अधिक ठगे गए।"

मैंने उन्हें समझाया, "इसमें अनहोनी क्या है स्वदेशीजी? कहावत है ही

कि लँगड़ी डाकिन आसपास वालों को पहले खाती है।"

लाखों बेहाल मजदूर सड़कों पर पैरों से पैदल हैं और सरकार दिमाग से। प्रधानमंत्री ने पैंतीस मिनट के वाणीविलास में दुखियारों की चर्चा तक नहीं की। लफ्फाजी को विशुद्ध हिन्दी में वाणीविलास कहते हैं।

वित्तमंत्री का राहत पैकेज तो उस अतिरिक्त समझदार गृहिणी जैसा लगा, जो दूध उफनने पर चूल्हा बन्द नहीं करती, भागकर घर का दरवाजा बन्द करती है।

याद रखना, लाचार पदयात्रियों के छालों भरे करोड़ों पैर जिन्दगी-भर तुम्हारा पीछा करेंगे, जब तुम कुर्सियों से उतर जाओगे। इतिहास गवाह है, रथों पर सवार होकर जो धरती रौंदते हैं, समय पलटने पर उन्हीं रथों के पहिये उन्हें रौंदते हैं।

मजाक देखिए कि हमारे प्रधानमंत्री आत्मनिर्भर होने के नुस्खे बिलगेट्स से पूछ रहे हैं।

[15 मई, 2020]

श्रमिक एक्सप्रेस

रेलमंत्री पीयूष गोयल को बधाइयाँ। जिस श्रमिक एक्सप्रेस ट्रेन को मुम्बई से गोरखपुर (उत्तर प्रदेश) जाना था, वह राउरकेला (ओडिशा) में बरामद हुई।

अब समझ में आया कि रेलमंत्री खुद हवाई जहाज से क्यों विचरते हैं?

गोरखपुर जानेवाली ट्रेन भरपूर समय बर्बाद करके ज्योंही राउरकेला पहुँची होगी, मेरा मानना है, भूख-प्यास से बेहाल यात्री हँसते-हँसते और बेहाल हो गए होंगे।

मेरे खयाल से किसी ट्रेन के लेट होने पर रेलमंत्री को बजाय इधर-उधर के बहाने बनाने के, हिम्मत के साथ स्वीकारना चाहिए कि इंजन का टायर पंक्चर हो गया था और ड्राइवर स्टेपनी रखना भूल गया था।

किसी ने किसी श्रमिक से पूछा होगा, "कैसी रही रेलयात्रा?"

श्रमिक ने बताया होगा, "ऐसा लगा जैसे भारत सरकार ट्रेन में लेटी है और मैं उसे खींच रहा हूँ।"

प्रश्नकर्ता ने जानना चाहा होगा, "समझ में नहीं आ रहा है कि आखिर लॉकडाउन को लेकर मोदी सरकार की रणनीति क्या है?"

श्रमिक ने कहा होगा, "नीति कहाँ, सिर्फ रण है। वह नेता देश को क्या दिशा दिखाएगा जो खुद अमेरिकी जीपीएस के सहारे चल रहा हो। भारतीय लोकतंत्र गलत ट्रेन में बैठ चुका है।

यात्रा के रोमांच में डूबे लोगों ने नोटबन्दी की ब्लेड से जेब कटने पर भी इस ट्रेन की जंजीर नहीं खींची।

प्रधानसेवक ने अपना नाम लिखा सूट पहना, गुफा में ध्यान का अभिनय किया, डिग्रियाँ प्रेस कांफ्रेंस करके दिखवाईं। मतदाताओं ने तब भी दिमाग नहीं

लगाया कि नैरोगेज का इंजन ब्रॉडगेज के ट्रैक पर कैसे चलेगा?"

जिस तरह ट्रेनें गलत जगहों पर पहुँचने में कई-कई दिन लगा रही हैं, प्रधानमंत्री को तत्काल बुलेट ट्रेनें चलवानी चाहिए, ताकि यात्री गलत जगहों पर तत्काल पहुँच सकें।

मैंने एक भक्त से शिकायत की, "तेरह साल की एक लड़की को गुरुग्राम से दरभंगा पूरे बारह सौ किलोमीटर अपने घायल पिता को साइकिल पर बिठाकर ले जाना पड़ा।"

भक्त बेशर्मी से बोला, "गलती लड़की ने की है, हालाँकि उसने ट्रेन के बजाय साइकिल से जाकर ठीक किया, क्योंकि उसे पहुँचना भी था। हाँ, उसे पीएमओ को सूचित करना चाहिए था, ताकि प्रधानमंत्री खुद गुरुग्राम जाकर उसे 'सेल्फी विद डॉटर' का सम्मान देकर रवाना करते।"

लॉकडाउन के दौरान ट्रेनों की गति और मोदी सरकार की दुर्गति देखने लायक है।

[28 मई, 2020]

टिकटॉकिया राष्ट्रवाद

भारत-चीन सीमा पर तनाव है और तनाव की कोई सीमा नहीं है।

भोले भारतीय अपने बीस वीर सैनिकों की शहादत का बदला चीनी एप्स अनस्टॉल करके ले रहे हैं। हमारा राष्ट्रवाद भी गजब का है। सनी देओल तो सिर्फ इस वीरता के बल पर लोकसभा का चुनाव जीत गया कि भाई ने अपनी एक मुम्बइया फिल्म में पाकिस्तान का हैंडपम्प उखाड़ फेंका था।

प्रधानमंत्री नरेन्द्र मोदी कल तक जिस चीनी राष्ट्रपति जिनपिंग से गले मिल रहे थे, आज वही गले पड़ रहा है। नरेन्द्र मोदी को जवाहरलाल नेहरू को कोसने से फुरसत मिले तो जिनपिंग की ओर ध्यान दें। नरेन्द्र मोदी इतिहास में उलझे रहे और जिनपिंग ने भूगोल में हेरफेर कर दी।

अब तक नरेन्द्र मोदी जिनपिंग से अठारह बार मिल चुके हैं। धन्य हैं! इतना तो इनसान पूरी जिन्दगी में खुद से नहीं मिल पाता है।

चीन पैदायशी धूर्त देश है। जो डिस्कवरी ऑफ इंडिया के लेखक को धोखा दे चुका, वह डिस्कवरी चैनल के अभिनेता को क्या समझता?

गर्व की बात है कि हमारे मुकाबले चीन का पलड़ा अत्यधिक कमजोर है, क्योंकि हमारे पास एक से एक न्यूज एंकर और वीर रस के कवि भी हैं।

जहाँ न पहुँचे तुलसीदास गोस्वामी वहाँ पहुँचे अर्नब गोस्वामी। अकेले अर्नब गोस्वामी की जंजीर खोल देने पर ही चीन भाग छूटेगा। कितना भी बड़ा सूरमा हो, बकवास से घबराता है।

चीन की बौखलाहट का मुख्य कारण नमस्ते ट्रम्प इवेंट के दौरान अहमदाबाद में एक गरीब बस्ती को ढँकने-छिपाने के लिए बनाई गई वह दीवार है। नरेन्द्र मोदी ने एक ही मास्टरस्ट्रोक से चीन की टूरिज्म इंडस्ट्री की

कमर तोड़कर रख दी। दुनिया-भर से जो लाखों टूरिस्ट चीन की दीवार देखने जाते हैं, अब वे सब अहमदाबाद की यह दीवार देखने आएँगे।

संग्राम शत्रु से हो या जीवन का, आत्मबल से जीता जाता है और आत्मबल आता है सत्य आचरण से। दान गुप्त और खर्च ओपन तो सुना था, लेकिन दान ओपन और खर्च गुप्त पीएम केयर फंड से ही पता चला।

जिस ढंग से चीनी सामान का बॉयकॉट किया जा रहा है, डर है कि कहीं मोदी सरकार बॉयकॉट के लिए भी चीन से सामान न मँगाने लगे।

भारतीयों से चीनी सामान के बॉयकॉट का आह्वान करनेवाले भाजपाई अपनी सरकार से यह क्यों नहीं पूछते कि मेक इन इंडिया वाले शेर में अधिकांश पुर्जे चीनी क्यों हैं?

यदि पाकिस्तानी आतंकवाद के साथ क्रिकेट नहीं हो सकता तो चीनी घुसपैठ और अतिक्रमण के साथ व्यापार क्यों होना चाहिए?

[2 जुलाई, 2020]

मुँह में राम नजर में खड़ाऊँ

न्यूज चैनलों पर राम मन्दिर के भूमि पूजन का लाइव शो ज्योंही समाप्त हुआ, त्योंही मैंने अपने एक पागल मित्र को फोन लगाया।

वह पागल है नहीं, लेकिन इस दौर में भी सच बोलता है, इसलिए लोग उसे पागल कहते हैं।

मैंने सवाल किया, "देवता सोये हुए हैं, फिर भी प्रधानमंत्री नरेन्द्र मोदी ने भूमि पूजन कर डाला?"

वह बोला, "दूरदर्शी नेता तब भी जागता रहता है जब देवता सोये हुए हों। गोस्वामी तुलसीदास कह ही गए हैं—समरथ को नहिं दोष गुसाईं।

कलयुग में राम दो प्रकार के होने लगे हैं। एक, भवसागर पार करानेवाला और दूसरा, चुनावी सागर।

राम का नाम लिखकर चुनावी सागर में छोड़ दो तो पत्थर भी तैरने लगते हैं। तैर ही रहे हैं।"

मैंने कारण जानना चाहा, "रथ से भूमि नापने वाले भूमि पूजन में टापनेवाले कैसे बना दिए गए? जिन्हें सम्मान मिलना था, उन्हें सम्मन मिल रहे हैं?"

उसने स्पष्ट किया, "कर्णधार ने लक्ष्मण रेखा का उल्लंघन किया तो सूत्रधार ने मुद्दे का हरण कर लिया।

राम के नाम का सर्वाधिक लाभ मिला नरेन्द्र मोदी और रामानन्द सागर को तथा सर्वाधिक नुकसान उठाया लालकृष्ण आडवाणी और अरुण गोविल ने।

याद करो टेलीविजन धारावाहिक रामायण का वह समय और तत्कालीन लोकसभा का चुनाव। रावण बने अरविन्द त्रिवेदी और सीता बनी दीपिका चिखलिया ने भाजपा से टिकट मिलने पर दिल्ली गमन किया और राम बने अरुण

गोविल ने टिकट न मिलने पर पुनः वनगमन। इसे कहते हैं शुद्ध पॉलिटिक्स। माइलेज राम से लिया, लेकिन टिकट रावण और सीता को दिया।"

मैंने कहा, "पर, मुझे तो नरेन्द्र मोदी की रामभक्ति सच्ची लगती है। भूमि पूजन के अवसर पर रामलला की मूर्ति के आगे साष्टांग दंडवत भी किया।"

वह हँसा, "राम को आचरण में उतारे बिना साष्टांग दंडवत कोरी अदाकारी है। साष्टांग दंडवत तो वह पूँजीपति मित्रों के आगे भी कर रहे हैं।"

मैंने मजाक की, "कोरोना की आड़ नहीं होती तो क्या तुम भी शामिल होते राम मन्दिर के भूमि पूजन में?"

उसने पलटकर सवाल किया, "हनुमान, जटायु, सबरी, निषाद, नल, नील, सुग्रीव, जामवंत में से एक भी उपस्थित था पांडाल में? प्रधानमंत्री की वजह से सिक्योरिटी इतनी टाइट थी कि खुद अंगद आ जाता तो अपने ही नाम पर बने द्वार में नहीं घुस सकता था।"

मैंने पूछा, "राम का नाम तो तुम भी लेते होगे?"

उसने हँसते हुए कहा, "लेता हूँ। तीस साल पहले मेरी शादी रामनवमी ही के दिन घटी थी। तब से हर दिन राम-राम करके निकलता है।"

[6 अगस्त, 2020]

लोटपोट करता ऑपरेशन लोटस

भाजपाई जिस गैर-भाजपाई को महाभ्रष्ट कहते हों, यदि वही महाभ्रष्ट गैर-भाजपाई भाजपा ज्वॉइन कर ले तो तुरन्त उज्ज्वल हो उठता है। शायद प्रधानमंत्री की असली उज्ज्वला योजना यही है।

मध्यप्रदेश में उपचुनाव हैं। 'महाराज' ज्योतिरादित्य सिन्धिया हितैषी महाबलिदानी अनेक कांग्रेसी अपने ही द्वारा खाली की गई सीटों पर दल बदलकर भाजपा से उपचुनाव लड़ रहे हैं।

उनका चुनाव-प्रचार करते हुए बेचारे भाजपाई कार्यकर्ताओं की दशा बड़ी विचित्र हो गई है।

जिन भाजपाई कार्यकर्ताओं ने मुख्य चुनाव में जिन कांग्रेसी उम्मीदवारों के पोस्टर फाड़े थे, उन्हें इस उपचुनाव में उन्हीं के होर्डिंग लगाने पड़ रहे हैं। जिनके पुतले जलाते थे, उन्हें सिक्कों से तौल रहे हैं। जिन्हें धिक्कारते थे, उनकी जय बोल रहे हैं।

नेता जब आराध्य मान लिया जाए तो कार्यकर्ता भक्त में बदल जाते हैं।

मजाक देखिए, जिस भाजपा का तम्बू गैर-भाजपाई सांसदों-विधायकों रूपी बाँसों-बल्लियों पर टिका है, वह देश को आत्मनिर्भर बनाने का ज्ञान दे रही है।

मैंने एक भाजपाई मित्र को छेड़ा, "दुनिया की सबसे बड़ी पार्टी होने का दम्भ करनेवाली भाजपा में सैकड़ों सांसद-विधायक तो गैर-भाजपाई हैं। भाजपा का मूल कार्यकर्ता तो बेचारा दल-बदलुओं की सभाओं में दरियाँ बिछाता है, कुर्सियाँ लगाता है और कोरी मन की बात सुनता है।"

वह हँसकर बोला, "इतना सच मत बोला करो, वरना किसी दिन छापे-वापे वाले भिजवा दूँगा।"

मैंने भी हँसकर कहा, "मैं हिन्दी का लेखक हूँ और हिन्दी लेखक के यहाँ 'गबन' के नाम पर उसके पुस्तकालय में प्रेमचन्द के गबन उपन्यास के अलावा और क्या मिल सकता है? फिर भी मुझे किसी ऊपरी दबाव में जान-बूझकर फँसाओगे तो मैं भी बीजेपी ज्वॉइन कर लूँगा।"

[6 सितम्बर, 2020]

कॉरपोरेट के हवाले वतन साथियों

जो तमाम काम करने की कहकर आए थे, वे आते ही काम तमाम करने में लग गए।

राज्यसभा में तीन कृषि विधेयक माराडोना शैली में पास करा लिये गए। माराडोना शैली यानी रेफरी अपना हो तो हाथ से गोल करके भी फुटबॉल मैच जीता जा सकता है।

जिन तीन कृषि विधेयकों पर मतदान जरूरी था, उपसभापति हरिवंश नारायण सिंह ने उन पर मात्र ध्वनिमत से मुहर लगवा ली। दूरदर्शन पर सीधे प्रसारण से दुनिया ने देखा कि ध्वनिमत में मत नहीं, मात्र ध्वनि थी।

हंगामा करने का दोषी ठहराते हुए विपक्ष के आठ सांसद यह कहते हुए निलम्बित कर दिए गए कि साध्य पवित्र हो तो साधन भी पवित्र होने चाहिए। तो जहाँपनाह विपक्ष भी तो आपसे यही माँग कर रहा था।

निलम्बित आठों सांसदों ने संसद परिसर स्थित महात्मा गांधी की प्रतिमा के पास रात-भर धरना दिया।

राज्यसभा के उपसभापति हरिवंश नारायण सिंह अगली सुबह निलम्बित सांसदों के लिए अपने घर से चाय ले गए। आठों सांसदों ने उनकी चाय पीने से इनकार कर दिया। जाहिर सी बात है, एक चाय का जला हुआ देश, दूसरी चाय कैसे पीता?

देशवासियों ने सोशल मीडिया पर हरिवंश नारायण सिंह की स्पष्टीकरण वाली चिट्ठी पढ़ी। जिसमें उन्होंने खुद को जस्टिफाई करते हुए महात्मा गांधी, जयप्रकाश नारायण, राममनोहर लोहिया, कर्पूरी ठाकुर, चन्द्रशेखर आदि को अपना आदर्श बताया।

लोगों का कहना है कि यदि हरिवंश नारायण सिंह इन महापुरुषों में से किसी एक को भी अपने आचरण में उतार लेते तो बजाय संसद में बैठने के पीड़ित किसानों के साथ सड़क पर होते।

क्या चारित्रिक उलटबाँसी है? जब चाय बेचते थे तो देश पर चर्चा करते थे। अब देश बेच रहे हैं तो चाय पर चर्चा करते हैं।

सत्य जानने के लिए मेरा एक परिचित तो नरेन्द्र मोदी के कहे का सदैव उलटा अर्थ निकालने लगा है। जब नरेन्द्र मोदी ने कहा था कि झोला उठाकर चल दूँगा, तब मेरे उस परिचित ने बताया था कि दरअसल नरेन्द्र मोदी कह रहे हैं कि झोला थमाकर चल दूँगा।

2014 के बाद से शब्दों के अर्थ बदल गए हैं। समर्थन मूल्य का मतलब हो गया है ऑपरेशन लोटस के तहत जोड़-तोड़ से भाजपा सरकार बनाने के लिए गैर-भाजपाई अवसरवादी सांसदों-विधायकों से मिले समर्थन के बदले उन्हें दिया जानेवाला मूल्य।

मजा देखिए, जो रबी और खरीफ में अन्तर नहीं जानते, वे भी किसानों को तीनों कृषि विधेयकों के अनगिन फायदे बता रहे हैं।

तीनों कृषि विधेयकों से किसानों की आय वैसे ही दो गुना हो जाएगी, जैसे नोटबन्दी से कालाधन आ चुका है।

[18 सितम्बर, 2020]

देश सुरंग में है

ज्ञान छाती पीट रहा है और विज्ञान माथा। प्रधानमंत्री नरेन्द्र मोदी ने विंड टर्बाइन द्वारा हवा से पानी निकालने का आइडिया सुझाकर न सिर्फ हवा को पानी-पानी कर दिया, बल्कि पानी की ही हवा निकाल दी।

नरेन्द्र मोदी अब तक के भारतीय प्रधानमंत्रियों में इसलिए अनूठे हैं कि बाकी सबने केवल काम किया, यह काम करें न करें, मनोरंजन खूब करते हैं। जैसे लॉकडाउन में तालियाँ-थालियाँ बजवा दीं, जीएसटी के समय नगाड़ा कूटा और नोटबन्दी से अर्थव्यवस्था का बाजा बजा दिया।

ताजा मनोरंजन देखा। अटल सुरंग के उद्घाटन के समय खुली गाड़ी में सवार हो, हाथ हिलाकर उस भीड़ का अभिवादन किया, जो वहाँ थी ही नहीं।

बिना भीड़ के हाथ हिलाकर अभिवादन करने के पीछे कारण है। प्रधानमंत्री रात-दिन विदेश जाते-आते रहे हैं। हवाई जहाज में प्रवेश से पहले वह विदा करनेवालों का हाथ हिलाकर अभिवादन करते हैं। चूँकि कोरोना की वजह से हवाई यात्राएँ तो बन्द हैं, लेकिन हाथ हिलाकर अभिवादन की आदत पड़ गई।

नरेन्द्र मोदी का काम और मनोरंजन इतना गड्ड-मड्ड रहता है कि वह काम भी कर रहे हों तो मनोरंजन लगता है।

देश भी मजे ले रहा है, क्योंकि हम भारतीय इस हद तक मनोरंजनधर्मी हैं कि यात्रा भी उस ट्रेन से करना पसन्द करते हैं जो चले कम और सीटी ज्यादा बजाये।

सुरंग बनाने का प्रस्ताव अटल बिहारी वाजपेयी का था, शिलान्यास सोनिया गांधी ने किया और उद्घाटन नरेन्द्र मोदी के कर कमलों से हुआ।

लेकिन व्यक्ति पूजकों का दावा है कि सुरंग का प्रस्ताव, शिलान्यास,

उद्‌घाटन सब एक ही दिन हुए हैं। उनके अनुसार हुआ यूँ कि अचानक नरेन्द्र मोदी का कहीं सुरंग बनाने का मूड हुआ। वह अपने कैमरामैन को संग लेकर सीधे पहाड़ पर पहुँचे। खुली गाड़ी में खड़े हो, अभिवादन की मुद्रा में हाथ हिलाते हुए बढ़ते गए और सुरंग बनती गई। कई न्यूज एंकरों का दावा तो इससे भी बढ़कर है कि नरेन्द्र मोदी ने सुरंग पहले बनाई और उस पर बड़ा सा पहाड़ बनाकर बाद में रखा।

खबर पढ़ी—बिना नाम लिये प्रधानमंत्री ने किया चीन पर हमला।

मैंने एक मित्र से पूछा, "क्यों, चीन का कितना जान-माल का नुकसान हुआ होगा?"

मित्र हँसकर बोला, "हमला ट्विटर पर किया है।"

मुँह से 'चीन' शब्द न निकल जाए, इसलिए नरेन्द्र मोदी इन दिनों कोचीन, नामचीन, समीचीन, अर्वाचीन, प्राचीन तक नहीं बोलते।

अटल सुरंग को लेकर दावा किया जा रहा है कि दुनिया की सबसे लम्बी सुरंग दुनिया के सबसे बड़े लोकतांत्रिक देश में है, जबकि हालात कह रहे हैं कि दुनिया का सबसे बड़ा लोकतांत्रिक देश दुनिया की सबसे लम्बी सुरंग में है।

[15 अक्टूबर, 2020]

अमेरिका में क्षति, बिहार में पूर्ति

अमेरिकी राष्ट्रपति चुनाव में चौहत्तर वर्षीय डोनल्ड ट्रम्प की तुलना में अठहत्तर वर्षीय जो बाइडेन को जीत मिली यानी जनादेश युवा के खिलाफ रहा।

अमेरिका में राष्ट्रपति और बिहार में विधानसभा के चुनाव लगभग साथ-साथ हुए। दोनों जगह नरेन्द्र मोदी ही स्टार प्रचारक थे।

भारतीयों को आश्चर्य है कि नरेन्द्र मोदी के प्रचार के बावजूद डोनल्ड ट्रम्प कैसे हार गया? अमेरिकियों को भी आश्चर्य होगा कि नरेन्द्र मोदी के प्रचार के बावजूद नीतीश कुमार कैसे जीत गया?

असंख्य भारतीयों ने डोनल्ड ट्रम्प की जीत के लिए हवन किए, हालाँकि वह हार गया। शायद अमेरिकी देवी-देवता संस्कृत के श्लोक नहीं समझ पाए।

चर्चा है कि अमेरिकी धरती पर 'अब की बार ट्रम्प सरकार' कहने से डोनल्ड ट्रम्प की हुई हार के बाद उन देशों में चुनाव प्रचारक के रूप में नरेन्द्र मोदी की जबरदस्त डिमांड बढ़ सकती है जहाँ की जनता अपने राष्ट्र प्रमुखों से मुक्ति चाहती है।

नरेन्द्र मोदी और डोनल्ड ट्रम्प की दोस्ती का सुपरिणाम कहें या कुछ और, भारत में चुनाव भले ही अमेरिका की तरह न लड़े जाते हों, अमेरिका में चुनाव भारत की तरह लड़े जाने लगे हैं।

बिहार चुनाव में पहले नम्बर पर रही पार्टी राजद विपक्ष में बैठेगी और तीसरे नम्बर पर रही पार्टी जेडीयू का नेता मुख्यमंत्री होगा।

जहाँ एलजेपी का खुला नारा था—'मोदी से वैर नहीं, नीतीश की खैर नहीं'। वहीं जेडीयू का गुप्त नारा था—'मोदी से वैर नहीं, एलजेपी की खैर

नहीं'। दुश्मन का दुश्मन मित्र तो कई बार देखा था, लेकिन मित्र का मित्र दुश्मन पहली बार देखने को मिला।

बिहार में अन्य मुद्दे काम न आते देख भाजपा ने कोरोना की फ्री वैक्सीन का फंदा फेंका। जो काम कर गया। नीतीश कुमार ने पाँच साल से बिहार में सख्त शराब बन्दी कर रखी है। जैसे ही भाजपा ने फ्री वैक्सीन वाला ऑफर दिया, मेरे खयाल से आदतन शराबी रहे मतदाता 'फ्री वैक्सीन' का असली अर्थ समझ गए।

अमेरिकी लोकतंत्र की तुलना में भारतीय लोकतंत्र अधिक पारदर्शी और महान है। चुनाव में टिकट जाति-धर्म से तय होते हैं। सटीक एग्जिट पोल सट्टा बाजार बताता है। लोकतंत्र काल में चुनावी मुद्दे राजतंत्र काल के होते हैं। सरकार बनाते हैं आम लोग, जिसे चलाते हैं खास लोग।

हारने के बावजूद डोनल्ड ट्रम्प व्हाइट हाउस न छोड़ने की धमकी दे रहा है, जबकि पत्नी मेलानिया पति डोनल्ड ट्रम्प को छोड़ने की धमकी दे रही है।

चुनाव के बाद पत्नी पति को त्यागे, इससे तो अच्छा है चुनाव से पहले पति ही पत्नी को त्याग दे।

अमेरिकी मीडिया के अनुसार डोनल्ड ट्रम्प दिन-भर में सतरह झूठ बोलता है। चलो, अमेरिकी मीडिया को तो गिनती आती है।

[24 अक्टूबर, 2020]

किसान आन्दोलन

थोपे गए तीन कृषि कानूनों के खिलाफ देश-भर के किसान ठिठुराती सर्दी में राजधानी के चारों ओर सड़कों पर हैं और मोदी सरकार राजधानी के वातानुकूलित विज्ञान भवन में।

प्रश्न उठता है कि भाजपा सरकारें जन आन्दोलनों के प्रति सदैव ही संवेदनहीन और निष्ठुर क्यों रहती आई हैं?

दरअसल अन्य राजनीतिक दल जहाँ छोटे-बड़े जन आन्दोलनों से निकले हैं, वहीं भाजपा यात्राओं से निकली पार्टी है। रथयात्रा, कलशयात्रा, पदयात्रा, अन्तिमयात्रा, अन्तिमयात्रा में पदयात्रा।

भाजपाई कभी-कभार जन आन्दोलन करते भी हैं तो दृश्य बड़ा हास्यास्पद बन पड़ता है। जैसे पेट्रोल के बढ़े दामों का विरोध करना हो तो मोटरसाइकिल रैली आयोजित करेंगे।

भाजपा आईटी सेल वाले एक साफ-सुथरे अहिंसक किसान आन्दोलन को बदनाम करने के उद्देश्य से कभी खालिस्तानी समर्थकों का हुजूम दुष्प्रचारित करते हैं तो कभी आन्दोलनकारी किसान संगठनों पर विदेशी फंडिंग का आरोप लगाते हैं।

भाजपा आईटी सेल वाले भी क्या करें? बेचारों को ज्ञान ही यही मिला है कि जिन सब्जियों और फलों में आयरन होता है, वे लोहे की खदानों से निकलते हैं।

यह आरोप भी निराधार है कि किसान आन्दोलन को लेकर सेलिब्रिटी चुप हैं। सेलिब्रिटी धनहित में (क्षमा करें, जनहित में) जो बन पड़ता है, करते ही हैं। मोदी सरकार ने डीडी किसान चैनल लॉन्च किया तो उसका ब्रांड

एम्बेसडर अमिताभ बच्चन को बनाया, ताकि फसलों में दाने भले ही न लगें, पौधे तो लम्बे हों।

खुद्दारी देखिए। मंत्रियों से वार्ता के दौरान किसान प्रतिनिधि सरकारी खान-पान खाना तो दूर, छूते तक नहीं। अपना खान-पान साथ लेकर जाते हैं और विज्ञान भवन के अहाते में जमीन पर बैठकर ग्रहण करते हैं।

उदारीकरण अभी तक किसानों को क्यों नहीं बरगला सका है? क्योंकि किसान सुविधा और सुख का भेद जानता है।

किसी साइकिल कम्पनी का एक सेल्समैन अपनी कम्पनी की साइकिलों के ग्राहक तलाशने गाँव-देहात में गया। सेल्समैन ने देखा कि एक किसान पैदल-पैदल आ रहा है। उसके कुर्ते की उठी हुई जेब देखकर सेल्समैन ने उसके पास ठीक-ठाक रुपये होने का ठीक-ठाक अन्दाज लगा लिया।

किसान को रोककर सेल्समैन ने सलाह दी, "ताऊ साइकिल खरीद ले।"

किसान बोला, "भाई, मैं ठहरा खेती-बाड़ी वाला आदमी। साइकिल का भला मैं क्या करूँगा? मैं तो भैंस खरीदने पशु मेला जा रहा हूँ। घर में दूध-दही-घी भरपूर रहना चाहिए।"

सेल्समैन ने उसे ललचाने की कोशिश की, "साइकिल खरीद ले। भारी डिस्काउंट दे दूँगा। साइकिल भैंस से ज्यादा फायदेमन्द रहती है।"

किसान लालच में नहीं आया और उसने साइकिल खरीदने से फिर मना कर दिया।

सेल्समैन ने ब्रह्मास्त्र फेंका, "देख ताऊ, तू पशु मेला से भैंस खरीदकर लाएगा। तेरा घर है गाँव से दो कोस दूर ढाणी में। सोच, तुझे ढाणी से गाँव आने-जाने के लिए रोज कितना पैदल चलना पड़ता है? भैंस पर चढ़कर आएगा-जाएगा तो लोग हँसेंगे।"

किसान ने दो टूक कही, "बेटा, साइकिल के दूध निकालूँगा तो ज्यादा लोग हँसेंगे।"

[05 दिसम्बर, 2020]

संघर्षरत किसान और जिओ की सिम

तीनों कृषि कानूनों के असंख्य लाभ गिनानेवाले कृषिशास्त्रियों से पहले उन अर्थशास्त्रियों का हार्दिक आभार, जिन्होंने प्रधानमंत्री नरेन्द्र मोदी को नुस्खा बताया होगा कि एक हजार का नोट बन्द करके दो हजार का नोट चला देने से कालाधन जड़ से खत्म हो जाएगा।

कवियों ही की तरह कानून भी दो प्रकार के होते हैं। जबरदस्त और जबरदस्ती। सरकार जिन तीन कृषि कानूनों को जबरदस्त बता रही है, उनके बनाने के ढंग से ही सिद्ध है कि वे जबरदस्ती हैं।

किसानों की आय दुगुनी करने का आश्वासन दिया जा रहा है, लेकिन अनुभवी किसान जानते हैं कि सरकारी शब्दकोश के अनुसार आश्वासन का मतलब झाँसा होता है।

गांधी-विचार की ताकत देखिए। जिओ की जो सिम 'दो बूँद जिन्दगी की' बताकर बाँटी गई थी और जिसकी लॉन्चिंग के पावन पर्व पर स्वयं प्रधानसेवक ने 'खुल जा सिम-सिम' कहा था, किसानों द्वारा 'जिओ हटाओ, देश बचाओ' का आह्वान करते ही असंख्य नागरिक 'बन्द हो जा सिम-सिम' करने लगे हैं।

शिकायत है कि कोरोना काल में चुनावी रैलियाँ हो सकती हैं तो संसद का शीतकालीन सत्र क्यों नहीं हो सकता?

इस बाबत प्रधानमंत्री ही की तरह और उतने ही पढ़े-लिखे, उनके करोड़ों अनुयायियों का तर्क है कि चुनावी रैलियों में माइक्रोस्कोप से भी दिखाई न देनेवाला वायरस संसद में घुसते ही डायनासोर में बदल जाता है।

सूत्रों के अनुसार तीनों कृषि कानूनों को लेकर भाजपा के भीतर भी असहमति है, लेकिन लाचार पार्टीजन अपने राजा के कोप से इस कदर भयाक्रान्त हैं कि

भोजन और मंजन के समय भी मुख न्यूनतम खोलते हैं।

जो पार्टी को देश से ऊपर समझते थे, आज वे मार्गदर्शक मंडल में हैं। जो खुद को देश और पार्टी, दोनों से ऊपर समझने लगे हैं, राम जाने उनका क्या हश्र होगा?

सूचना है कि इस बार के गणतंत्र दिवस समारोह के मुख्य मेहमान ब्रिटेन के प्रधानमंत्री बोरिस जॉनसन होंगे। यदि किसान आन्दोलन तब तक जारी रहा तो बड़ा ऐतिहासिक नजारा होगा। सड़कों पर ठिठुरते किसान और राजपथ पर बनावटी विकास की दिखावटी झाँकियाँ। ब्रिटिश प्रधानमंत्री गद्गद होकर मेजबान की पीठ थप-थपाएगा कि धन्य हैं आप। जो हम 1947 तक नहीं कर पाए, उसे आपने कर दिखाया।

कँपकँपाती सर्दी में किसान खुले में संघर्षरत हैं, लेकिन सत्य के समर्थन में एक भी ब्रांडेड बाबा और सेलिब्रिटी संन्यासी दिखाई नहीं दे रहा है?

लगता है, आर्यभूमि पर फिर से त्रेतायुग लौट आया है। जिसे हिरण समझो, वही मारीच निकलता है।

[8 दिसम्बर, 2020]

हम दो-हमारे दो

मोदी-शाह, अंबानी-अडानी की जुगलबन्दी के गली-गली में चर्चे हैं। विकास का क्या गजब गुजरात मॉडल है। हम दो, हमारे दो।

मैंने एक भाजपाई से कहा, "भाईसाहब, किसान जब चाहते ही नहीं हैं तो सरकार तीनों कृषि कानून वापस क्यों नहीं ले लेती?"

वह दहाड़े, "असम्भव, आर्यपुत्र असम्भव। पूज्य नरेन्द्र मोदी जी इतने दबंग प्रधानमंत्री हैं कि दो पूँजीपतियों के अलावा किसी के सामने नहीं झुकते हैं।"

हे राम! विपक्ष में थे तो एफडीआई, आधार, जीएसटी, कृषि, निजीकरण सब पर भाषण और तेवर अलग थे। सत्ता में आते ही सब उलट-पलट गया?

प्रधानमंत्री जब नए संसद भवन (सेंट्रल विस्टा) का शिलान्यास कर रहे थे, उसी समय नीति आयोग के सीईओ अमिताभ कान्त भारत में ज्यादा लोकतंत्र होने से परेशान थे।

अब तो आप भी समझ गए होंगे कि संसद भवन गोल से त्रिकोणीय क्यों बनाया जा रहा है?

केन्द्रीय मंत्री रावसाहेब दानवे को किसान आन्दोलन के पीछे पाकिस्तान और चीन का हाथ दिख गया।

अन्धे को अँधेरे में बड़ी दूर की सूझी।

मंत्री महोदय के किसान मतदाता जरूर अपना माथा पीट रहे होंगे।

किसान आन्दोलन के समर्थन में विदेश से जुलूस, धरना, प्रदर्शन की खबरें हैं। मोदी सरकार इसे देश के आन्तरिक मामलों में हस्तक्षेप मानती है।

किसी भी सम्प्रभु राष्ट्र में बाहरी हस्तक्षेप नहीं होना चाहिए। हाँ, अमेरिकी

धरती पर 'अब की बार ट्रम्प सरकार' बोलकर हम हस्तक्षेप कर आएँ तो बात अलग है।

किसान आन्दोलन के समान्तर तीनों कृषि कानूनों के फायदे बताने को लेकर भाजपा ने जनजागरण शुरू कर दिया है। अब झूठ फैलाने को भी जनजागरण कहा जाने लगा है।

मोदी सरकार की यह खूबसूरती तो माननी ही पड़ेगी कि ब्रेक का काम भी हॉर्न से लेती है।

देश फिर से नई ईस्ट इंडिया कम्पनी को सौंपने का भीतरी सच तमाम भाजपाई भी जानते हैं, लेकिन दो धुरंधरों के आगे बेचारे हर भाजपाई की हालत पाँचवें सवार जैसी है।

पाँचवें सवार वाला किस्सा तो आपने सुना ही होगा?

चार घुड़सवार दिल्ली जा रहे थे। उनके पास एक अतिरिक्त खाली घोड़ा था। रास्ते में एक गाँव में नीम की छाँव में बैठे एक निठल्ले ने पूछ लिया, "चारों लोग कहाँ जा रहे हो?"

वे बोले, "दिल्ली।"

निठल्ले ने निवेदन किया, "आपके पास एक खाली घोड़ा है। मैं भी दिल्ली चलूँ?"

चारों घुड़सवारों ने उसे भी साथ ले लिया।

उसके बाद तो रास्ते में जब भी कोई उनसे पूछता कि आप लोग कहाँ जा रहे हो? तो चारों घुड़सवारों से पहले ही वह बोल पड़ता कि हम तो पाँचों ही दिल्ली जा रहे हैं।

[9 दिसम्बर, 2020]

नोटबन्दी-तालाबन्दी-आर्थिकमन्दी

नोटबन्दी हो या लॉकडाउन, मेक इन इंडिया हो या आत्मनिर्भर भारत। प्रधानमंत्री नरेन्द्र मोदी ने ऐसे-ऐसे धमाके किए हैं कि पटाखों का मार्केट बैठ गया। जनता कराह रही है कि ये ही अच्छे दिन हैं तो फिर बुरे दिन ही क्या बुरे थे?

दो नेताओं की जुगलबन्दी ने देश को बिगबॉस के घर में बदल डाला और दो पूँजीपति केबीसी-केबीसी खेल रहे हैं।

अब सवाल यह उठता है कि विरोधियों द्वारा असंख्य कमियाँ गिनाने के बावजूद नरेन्द्र मोदी की ख्याति उत्तरोत्तर बढ़ती हुई क्यों दिखती है? सुनते हैं कि सब ब्रांडिंग और आस्था का खेला है। नई-नकोर मूर्ति भी खंडित हो जाए तो एंटिक मान ली जाती है।

देश की बागडोर विकास पुरुष के हाथों में हो और विकास न हो, ऐसा असम्भव है। छह सालों में छह क्षेत्रों में खूब विकास हुआ है। बेरोजगारी, धर्मान्धता, छद्म राष्ट्रवाद, झूठ, दो कुबेरों की सम्पत्ति और प्रधानमंत्री की दाढ़ी। यह अलग बात है कि प्रधानमंत्री की सफेद दाढ़ी और सफेद हो गई, लेकिन कालाधन नहीं आया।

पहले नोटबन्दी फिर उस पर तालाबन्दी ने तीज-त्योहार फीके कर डाले। अब की बार दशहरे पर खरीदारों ने रावण को मेघनाद की कीमत में भी नहीं पूछा। जिस रावण को राम के हाथों मरना था, वह मन्दी की मार से मर गया।

घरेलू गैस सिलेंडर पर सब्सिडी खत्म कर दी गई। घरेलू गैस सिलेंडर सात सौ के आसपास नॉटआउट है और पेट्रोल-डीजल की कीमतें सेंचुरी ठोंकनेवाली हैं।

मोदी-मोदी बोलो तो मन्दी-मन्दी सुनाई देने लगा है, अतः जो दो बार

मोदी-मोदी बोलते थे, वे एक बार बोलने लगे हैं और एक बार बोलने वालों के कमलमुख से केवल 'मो' निकल पा रहा है।

वे तो चुप ही हैं, जिन्होंने क्रान्ति का दावा किया था और 'कान्ति' बेच रहे हैं।

मैंने एक सज्जन से जानना चाहा, "आखिर नरेन्द्र मोदी हर समय आक्रामक और क्रुद्ध क्यों रहते हैं?"

उन्होंने बताया, "स्कूल में वही मास्टर बेंत लिये रहता है जिसे पढ़ाना नहीं आता।"

मैंने कहा, "एक देश एक नागरिकता, एक देश एक बाजार, एक देश एक टैक्स, एक देश एक चुनाव। सब कुछ एक दिशा में है। इसका मतलब है कि सरकार चल तो ए-वन रही है।"

उन्होंने हँसकर कहा, "ए-वन नहीं, ए-फोर कहिए। अंबानी, अडानी, अमित शाह, अजित डोवाल।"

मैंने रहस्य समझना चाहा, "रेलवे स्टेशन, बस स्टैंड पर तो लिखा रहता है—जेब कतरों से सावधान, लेकिन ऐसा कभी किसी हवाई अड्डे पर लिखा नहीं देखा?"

वह बोले, "दरअसल एयरलाइन कम्पनियाँ यह काम टिकट में ही कर लेती हैं।"

[26 दिसम्बर, 2020]

•

वर्ष 2020 का लेखा-जोखा

साल 2020 कोरोना के नाम रहा। वायरस लाए हवाईयात्री, जिसे भुगता पदयात्रियों ने।

नागरिकों ने मास्क लगाए और मोदी सरकार ने मुखौटे। अनेक देशों ने बीमारी को महामारी में बदलने का हुनर हमारी सरकार से सीखा। सुनने में आया कि जिसके कोरोना निकला वह मरा नहीं, लेकिन जो मरा उसके कोरोना निकला। जो हो, अवसरवादियों ने आपदा को अवसर में भरपूर बदला। चर्चा तो यह भी रही कि अवसर बनाने के लिए ही आपदा रची गई।

अधिकारों की माँग करने पर सरकार ने कर्तव्य याद दिलाए। भूखों ने भोजन चाहा तो उपवास के फायदे बताए गए। प्रथम तो कोई बोला ही नहीं और जो बोला उसे चुप करा दिया गया। यदि किसी ने मोदी सरकार से पूछा कि हूजूर आपके होते महामारी कैसे फैली तो मोदी सरकार पूछनेवाले पर फैली। अर्थव्यवस्था कैशलेस रही और विकास के सरकारी दावे बेसलेस। भ्रष्टाचार मिटाने के लिए हर योजना आधार से जोड़ी गई जो अन्ततः निराधार साबित हुई। 'अच्छे दिन' वाले सदमे से उबरे भी नहीं थे कि प्रधानमंत्री ने 'आत्मनिर्भर' दे मारा।

भाजपा के कॉपीराइट वाला कैसेट फुल वॉल्यूम में सतत बजता रहा—डीजल-पेट्रोल हमारे हाथ में नहीं है। रुपया अन्तरराष्ट्रीय कारणों से गिर रहा है। महँगाई, बेरोजगारी के लिए कांग्रेस जिम्मेदार है। बाकी सारी समस्याएँ नेहरू छोड़ गया। फिर भी कोई दिक्कत हो तो पाकिस्तान चले जाओ।

आईटी, ई-कॉमर्स और फार्मा कम्पनियों ने खूब कमाया, बाकी सबने खूब गँवाया। नई कहावत बनी—सरकार मेहरबान तो जिओ पहलवान।

बाजार का यह हाल रहा कि सांसदों-विधायकों के अलावा हर सामान की खरीद-बिक्री ठप रही। आईटी सेल ने जलती तीलियाँ मिशन-भाव से फेंकी, जिनसे यहाँ-वहाँ खूब आग लगी। अधिकांश मीडिया ने आग बुझाने का काम केरोसिन डाल-डालकर किया। भाषण एकता पर दिए गए और करतूतें बाँटनेवाली की गईं। जिन्हें न्याय देना था, वे खुद माँगते नजर आए। स्वच्छ भारत अभियान बेहद सफल रहा। गन्दगी कम और जेबें ज्यादा साफ हुईं। लोकतंत्र मुरझाता गया, कमल खिलता गया। छोटे-बड़े चुनाव लगातार हुए। जीता कोई भी, सरकार भाजपा की ही बनी। जहाँ चुनाव से नहीं बनी, वहाँ उपचुनाव से बनी।

जब-जब लोगों ने काम की बात सुननी चाही, तब-तब मन की बात की गई। जिसे सुनकर भोले लोगों को गुस्सा आया और भले लोग हँसने लगे। मन की बातों से प्रधानमंत्री ने देशवासियों को साल-भर उन विषयों के बारे में विस्तार से समझाया, जिन्हें वह खुद नहीं समझते। कोरोना से बचाव को लेकर दो गज दूरी वाली सख्ती में एक प्रतिशत भी छूट नहीं दी गई, जबकि गैर-भाजपाई अवसरवादी सांसदों-विधायकों के भाजपा में विलय के मामले में सौ प्रतिशत छूट रही।

सिनेमा कलाकारों के यहाँ से ड्रग्स वगैरह बरामद हुईं, छापे-वापे भी पड़े। शायद यह कड़ा सन्देश देने के लिए कि राजा के रहते तुम कौन होते हो अभिनय करनेवाले।

कवि सम्मेलन-मुशायरा भले ही जूम पर हुए, पर झूमकर हुए। कवियों-शायरों ने आपस ही में कही-सुनीं। प्रत्येक को अपनी एक सुनाने के चक्कर में औरों से पचासों सुननी पड़ीं। दाद उसी कवि-शायर को मिली जिसने दूसरों को दी।

आम आदमी तय ही नहीं कर पाया कि चीन की दुश्मनी और अमेरिका की दोस्ती में से कम घातक क्या है? तीन कृषि कानून हों या अन्य फैसले, साफ दिखा कि तमाम फैसले प्रधानसेवक ने कॉरपोरेट के दबाव में अकेले लिए हैं। विरोध हुआ तो बचाव में मंत्री और प्रवक्ता कूदे। यह अलग बात है कि वे बचाव कम कर पाए और कूदे ज्यादा।

विद्यार्थियों की जैसी पढ़ाई हुई और जैसी डिग्रियाँ उन्हें मिलीं, खुशी की

बात है कि भविष्य में देश को न सिर्फ अच्छे नेता-मंत्री मिलेंगे, बल्कि बहुत अच्छे प्रधानमंत्री भी मिलेंगे। मोदी सरकार ने भले ही देश ठीक से नहीं चलाया, लेकिन कॉरपोरेट ने मोदी सरकार ठीक से चलाई।

कुल मिलाकर 2020 में करिश्मा घटा और दाढ़ी बढ़ी।

[31 दिसम्बर, 2020]

दुराग्रह का जवाब सत्याग्रह से

किसान सत्याग्रह कर रहे हैं और मोदी सरकार दुराग्रह पर अड़ी है।

जन आन्दोलन की शक्ति देखिए, शीतलहर झेल किसान रहे हैं और कँपकँपी सरकार को छूट रही है। मानो किसी ने उससे कड़ाके की सर्दी में रजाई का विलोम और पानी के पर्यायवाची पूछ लिये हों।

किसानों से वार्ता करनेवाले मंत्रियों के व्यवहार से साफ है कि उन्हें मूल विषय के अलावा हर बात की समझ है।

यों भी मंत्रालय आवंटित करते समय इस बात का विशेष ध्यान रखा जाता है कि मंत्री को सम्बन्धित विषय का लेशमात्र भी ज्ञान न हो। यानी कृषिमंत्री ऐसे व्यक्ति को बनाया जाता है जो मानकर चलता है कि राई और सरसों एक ही पौधे के लगते हैं। यदि ऐसी प्रतिभा लोकसभा में उपलब्ध न हो तो खोजबीन कर राज्यसभा के मार्फत लाई जाती है।

किसानों से वार्ता हेतु कृषिमंत्री नरेन्द्र सिंह तोमर के साथ रेलमंत्री पीयूष गोयल को विशेष रणनीति के तहत लगाया गया होगा कि हो न हो, अत्यन्त प्रतिभाशाली पीयूष गोयल भारतीय रेल की तरह किसान आन्दोलन को भी जल्द पटरी से उतार देंगे।

अब तक की वार्ताओं का कुल निष्कर्ष यह है कि एक वार्ता के लिए किसान इसलिए बुलाए जाते हैं, ताकि उन्हें अगली वार्ता की तारीख दी जा सके।

मंत्रीगण किसानों को कृषि कानूनों के फायदे समझाते हुए कहते होंगे, "आन्दोलन समाप्त कर दो, तीनों कृषि कानूनों से किसानों को बहुत फायदे होंगे।"

किसान पूछते होंगे, "जी, जरा बताएँ क्या फायदे होंगे?"

मंत्रीगण बताते होंगे, "यह तो हमें भी नहीं मालूम, लेकिन बहुत फायदे होंगे।"

वार्ता की तारीख बार-बार बढ़ाने के पीछे सम्भवतया यह कारण लगता है कि पहले मंत्रीगण प्रधानमंत्री से तीनों कृषि कानूनों के फायदे पूछते होंगे। फिर प्रधानमंत्री तीनों कृषि कानूनों के फायदे उन महानुभावों से पूछते होंगे, जिन्होंने उनसे तीनों कृषि कानून बनवा लिये।

प्रधानमंत्री बिना पूछे सबका भला करते रहते हैं। नोटबन्दी से आम आदमी का भला किया। जीएसटी से आम व्यापारी का भला किया। तालाबन्दी से आम कामगार का भला किया और अब आम किसान का भला करने के लिए तीन कृषि कानून लाए हैं।

समाजवाद लाने का महाज्ञानियों का अपना फॉर्मूला होता है। बकरी की एक टाँग टूट जाए तो वे उसका इलाज नहीं कराते। उसी नाप तक बाकी तीनों टाँगें तोड़कर चारों को बराबर कर देते हैं।

इधर किसान आन्दोलन चल रहा है। उधर बंगाल में विधानसभा चुनाव होने हैं। सो, प्रचार अभियान पर गए गृहमंत्री अमित शाह ने बंगाल में एक किसान के घर खाना खाया। जाहिर सी बात है, आन्दोलन दलित कर रहे होते तो गृहमंत्री किसी दलित के यहाँ खाना खाते।

राहत की बात रही कि खाना खाने के बाद गृहमंत्री ने मेजबान किसान से यह नहीं कहा कि मुझे फटाफट ट्वीट करने के लिए लहलहाती फसल के संग सेल्फी लेनी है। तुम्हारे खेत कौन से झोंपड़े में हैं?

[5 जनवरी, 2021]

चाय पर चर्चा

मैंने मित्र से चर्चा की, "सुना है, कोई ड्राइवरलेस कार आ गई है?"

वह बोला, "यदि विकास का गुजरात मॉडल इसी गति से जारी रहा तो जल्द ही ड्राइवरलेस सरकार भी आएगी।"

मैं चौंका, "यह विकास का गुजरात मॉडल क्या है?"

उसने समझाया, "विकास का गुजरात मॉडल है—सड़क का शिलान्यास करने से पहले ही टोल नाके का उद्घाटन कर डालना।"

मैंने पूछा, "तीनों कृषि कानूनों को लेकर जब मंत्रियों से बात नहीं बन पा रही है तो किसानों से खुद प्रधानमंत्री बात क्यों नहीं करते? वह तो बोलते भी खुलकर हैं। यानी पाँच मिनट की ही बात हो, तब भी एक घंटा पाँच मिनट से कम नहीं लेते?"

उसने कहा, "ना। किसानों से प्रधानमंत्री बात नहीं कर सकते, क्योंकि किसान मीटिंग में प्रश्न पूछने के लिए अपने साथ प्रसून जोशी या अक्षय कुमार को नहीं ले जाते। एक दिक्कत और है, प्रधानमंत्री खाली मन की बात ही कर सकते हैं, जबकि किसानों के साथ काम की बात करनी पड़ती है।"

मैंने शिकायत की, "राजस्थान भाजपा के एक विधायक मदन दिलावर ने बिना मौका-मुआयना किए ही कह दिया कि आन्दोलनकारी किसान चिकन-बिरयानी खाते हुए पिकनिक मना रहे हैं। लगता है भाजपाइयों में दूरदृष्टि नहीं है?"

उसने ठहाका लगाते हुए कहा, "बयानस्थल से आन्दोलनस्थल तीन-चार सौ किलोमीटर तो होगा? विधायक ने घर बैठे वहाँ का सब हाल देख लिया और तुम कह रहे हो कि भाजपाइयों में दूरदृष्टि नहीं है।"

मैं राष्ट्रीय से अन्तरराष्ट्रीय मसले पर आया, "डोनल्ड ट्रम्प के भक्तों ने

जनमत की अवहेलना करके अपनी ही संसद पर चढ़ाई कर दी?"

उसने कहा, "यह राजनीति में व्यक्तिपूजा का सुफल है।"

मैंने जानना चाहा, "आखिर डोनल्ड ट्रम्प राष्ट्रपति चुनाव हार कैसे गया, जबकि झूठ तो वह भी बिना अटके बोलता है?"

मित्र ने मुझे डोनल्ड ट्रम्प की हार के कारण बताए, "डोनल्ड ट्रम्प को हमारे पैटर्न से प्रेरणा लेनी चाहिए थी। संस्थाओं और मीडिया को काबू में करने से ही लोकतंत्र काबू में रहता है।

डोनल्ड ट्रम्प से एक भारी चूक और हुई। वह जैसा दिखता है, है भी वैसा ही। बाहर-भीतर से एक होकर चुनाव नहीं जीता जा सकता। क्लीनसेव ने उसे क्लीनबोल्ड कर दिया। यदि दाढ़ी हल्की-सी भी बढ़ा लेता तो भारी मतों से जीत सकता था।"

मैंने आश्चर्य प्रकट किया, "लेकिन उसने अपने परम मित्र को तो दुविधा में पटक दिया। 'अब की बार ट्रम्प सरकार' कहकर चुनाव-प्रचार डोनल्ड ट्रम्प का किया और जीत की बधाई जो बाइडन को देनी पड़ गई?"

उसने ठहाके से चर्चा पर फुलस्टॉप लगाया, "टीआरपी का डंका बजवाने के चक्कर में इज्जत का बाजा बजवा लिया।"

[13 जनवरी, 2021]

अमेरिका से शिकायती फोन

मकरसंक्रान्ति का पर्व उत्साहपूर्वक मनाया गया। स्वदेशी प्रेमियों ने आत्मनिर्भर होने के सन्देशे लिखी पतंगें चायनीज माँझे से उड़ाईं।

किसान आन्दोलन के मद्देनजर माननीय सर्वोच्च न्यायालय द्वारा गठित चार सदस्यीय समिति से भूपिन्दर सिंह मान ने खुद को अलग कर लिया। सम्भव है, मान साहब मान चुके हों कि जब कानून ही तीन वापस लेने हैं तो सदस्य चार होने की क्या तुक है?

मेरे व्यंग्यों से तिलमिलाए एक प्रवासी भारतीय का अमेरिका से फोन आया। जैसे उसके तेवर थे। उससे साफ था कि उसने भारत भले ही बरसों पहले छोड़ दिया हो, लेकिन भारतीय न्यूज चैनल्स देखना अभी तक नहीं छोड़ा है। उसके लहजे और लड़खड़ाहट से यह भी पता लगा कि उसने पी भी रखी थी। लोग कमाने-खाने परदेस जाते हैं, वह कमाने-पीने गया होगा।

उसने पूरी बातचीत में मेरे तीखे व्यंग्यों की शिकायत तो की, किन्तु भाषा अभद्र इस्तेमाल नहीं की। वैसे व्यंग्य के बदले मिली गाली को मैं गाली नहीं मानता, बल्कि व्यंग्य के पहुँच की सूचना मानता हूँ।

दरअसल चुने हुए नेता को अवतार मान लेनेवालों ने मेरी इमेज मोदी-विरोधी की बना दी है। मैं यदि यह भी कह दूँ कि प्रधानमंत्री नरेन्द्र मोदी विकास के दम पर ही दुबारा जीत कर आए हैं, तब भी वे उलाहना देते हैं कि शर्म नहीं आती प्रात: स्मरणीय नरेन्द्र मोदी जी के बारे में झूठ फैलाते हुए।

उस सज्जन ने कहा, "कभी विपक्ष पर भी व्यंग्य कर दिया करो।"

मैंने मजबूरी बताई, "सवाल तो सत्ता से ही पूछे जाते हैं। कवि-लेखक तो खुद विपक्ष होता है। यदि वह सच्चा कवि-लेखक हो तो। मैंने 2014 से पहले

की सरकारों पर भी व्यंग्य कहे थे। इस सरकार के बाद जो आएगी (जो कि आना तय है, क्योंकि अमर तो अमर सिंह भी नहीं होते) उस पर भी कहूँगा।"

उसने आक्रोश व्यक्त किया, "बैलेंस किया करो, इकतरफा क्यों बोलते हो?"

मैंने हँसकर कहा, "जी, बैलेंस करने के लिए ही तो इकतरफा बोलता हूँ। सरकारें आएँगी-जाएँगी। हास्य-व्यंग्य पढ़ा करो, सुना करो और गुना भी करो। कोरोना काल है। खूब हँसो और तालियाँ बजाओ। हँसने से इम्यूनिटी बढ़ती है और तालियाँ बजाने से वायरस मरता है।"

वह दृढ़ता से बोला, "लेकिन यह तो मानोगे कि पहली बार कोई छप्पन इंची सीनेवाला व्यक्ति पाकिस्तान को उसी की भाषा में जवाब दे रहा है।"

मैं मुस्कराया, "सर, बेचारा पाकिस्तान हमारे सामने टिकता कहाँ है? उसका जितना सालाना बजट होता है, उतना धन तो अपने यहाँ के भाई लोग बैंकों का खाकर खिसक लेते हैं।"

उसने झल्लाते हुए पूछा, "तो क्या आपकी नजर में नरेन्द्र मोदी जी ने एक भी अच्छा काम नहीं किया है?"

मैं और विनम्र हुआ, "क्यों नहीं किया है। प्रधानमंत्री के रूप में नरेन्द्र मोदी ने एक काम अच्छा किया है। अपनी पार्टी में अपने जैसा दूसरा नहीं पनपने दिया।"

[18 जनवरी, 2021]

रामलला का चन्दा और रामलाल का दुख

नरेन्द्र मोदी सरकार का अर्थशास्त्र भी गजब है। बाजार बैठ रहा है और शेयर बाजार उछल रहा है।

पेट्रोल, डीजल, रसोई गैस की कीमतों में आग-सी लगी है। ऊपर से सरकार रोज कीमतें बढ़ा-बढ़ाकर इस आग में और पेट्रोल, डीजल, रसोई गैस छिड़क रही है।

सम्भव है, जल्द ही वाहनों में पेट्रोल, डीजल ड्रॉप से डाला जाए और रसोई गैस चूल्हों तक वैसे ही पहुँचाई जाए जैसे फेफड़ों के मरीजों को ऑक्सीजन दी जाती है।

बढ़ती महँगाई को लेकर भक्तों के कुतर्क टॉप गियर में हैं।

मैंने एक मोदीपूजक से शिकायत की, "प्रधानमंत्री नरेन्द्र मोदी के 2014 से पहले के भाषण सुनो। पेट्रोल, डीजल, रसोई गैस पर रुपया-आठ आना बढ़ने पर कैसे आपे से बाहर हो जाते थे। चुनाव जीतने के लिए तो अकसर सभी झूठ बोलते हैं, लेकिन यह पहले नेता हैं जो चुनाव जीतने के बाद भी झूठ बोलते हैं।

लगातार कीमतें बढ़ने पर प्रधानसेवक तो छोड़ो, आप भी आवाज नहीं उठा रहे?"

उसने कुतर्क मारा, "हमने पेट्रोल, डीजल, रसोई गैस के लिए थोड़े ही वोट दिया था।"

मैंने समझदारी दिखाई। उसका गला नहीं, अपना माथा पकड़ा। मतदाताओं से निवेदन है कि अगले चुनाव में दो सरकारें चुनें। एक धर्म-कर्म देखे और दूसरी महँगाई-बेरोजगारी।

मैंने उससे बहस नहीं की। प्रबुद्ध नागरिकों से निवेदन है कि कृपया भक्तों से उलझें नहीं। भक्त गुस्से के नहीं, दया के पात्र होते हैं। समय सबको सुधार देगा। भक्तों के लिए कौन से अलग से पेट्रोल पम्प खुलेंगे।

अभी-अभी फिर मजाक झेला। पेट्रोल, डीजल, रसोई गैस की कीमतों की बढ़ोत्तरी के लिए नरेन्द्र मोदी ने पुरानी सरकारों को जिम्मेदार ठहरा दिया। साथ ही कहा कि उनकी सरकार ऊर्जा के वैकल्पिक संसाधनों पर जोर-शोर (जोर कम, शोर ज्यादा) से काम कर रही है, जिसमें शायद नया स्वदेशी सूरज बनाना भी शामिल है।

प्रधानमंत्री से ज्यादा सवाल न करें, अन्यथा वह बढ़ती कीमतों के लिए उस व्यक्ति को भी दोषी ठहरा सकते हैं, जिसने पेट्रोलियम पदार्थों की खोज की थी।

जिस तरह नियमित कीमतें बढ़ रही हैं, हो सकता है कि किसी दिन कीमतें न बढ़ाएँ तो मोदी सरकार को ही लगे कि आज तो राष्ट्र के लिए कुछ किया ही नहीं।

कभी सरकार भूल जाती होगी, उस दिन भक्त याद दिला देते होंगे कि प्रभु ऐसे भूल-गलती करोगे तो राष्ट्र का क्या होगा?

रामलला के लिए चन्दा देते हुए रामलाल भी सोच रहा होगा कि जिस किसी ने यह कहावत कही होगी कि 'जाहि विधि राखे राम, ताहि विधि रहिए' वह इनसान अपनी सरकार से कितना निराश रहा होगा?

[19 फरवरी, 2021]

राजा ऊँचा सुनता है

सरकार ने रसोई गैस के दाम फिर बढ़ा दिए तो मैंने फोन कर कबीर के हाल-चाल पूछे, "कहाँ हो कबीरदास, क्या चल रहा है?"

कबीर हाँफते हुए बोला, "हरिद्वार के रास्ते में हूँ। रसोई गैस का खाली सिलेंडर विसर्जित करने जा रहा हूँ।"

मैंने चुटकी ली, "तुम भी ढकोसलों में विश्वास करने लगे?"

कबीर ने दहला मारा, "क्या ढकोसलों का कॉपीराइट सिर्फ एक ही के पास है?"

उसने पलटकर पूछा, "तुम सुनाओ। क्या नई खबर है?"

मैंने कहा, "नई खबर यह है कि प्रधानमंत्री एक सौ नम्बर के पेपर में डेढ़ सौ नम्बर ले उड़े।"

उसने मजाकिया अन्दाज में कहा, "खुद की कॉपी खुद ही जाँचनेवाला असंख्य नम्बर भी ले सकता है। वैसे क्या नया कर डाला?"

मैंने बताया, "दुनिया के सबसे बड़े स्टेडियम का नाम सरदार वल्लभ भाई पटेल से बदलकर नरेन्द्र मोदी स्टेडियम कर लिया। काम करके नाम कमाना तो सुना था, लेकिन नाम बदलना ही काम करना होता है, यह पहली बार देखा।"

वह हँसा, "यह तो मामूली बात हुई। जिस राजा को जीते-जी अमर होने का चस्का लग जाए, वह दुनिया की सबसे बड़ी मूर्ति पर भी अपना चेहरा लगवा सकता है। वैसे, राजा भी मौके का फायदा क्यों नहीं उठाए? जब उसकी प्रजा ऐसे खटकर्म को ही असली बदलाव समझती हो।"

मैंने जिज्ञासा प्रकट की, "पर, एक बदलाव ऐसा भी देखने में आ रहा है कि पेट्रोल-डीजल की बढ़ती कीमतों पर सवाल उठानेवालों को भक्तगण

आजकल पाकिस्तान चले जाने की सलाह नहीं देते। इसके पीछे क्या शास्त्र है?"

कबीर ने कहा, "डियर, इसके पीछे शास्त्र नहीं, अर्थशास्त्र है। भक्त जानते हैं कि पाकिस्तान भेजने से उनके विरोधियों को फायदा हो सकता है, क्योंकि इन दिनों पाकिस्तान में पेट्रोल-डीजल भारत से सस्ता है।"

मैंने एक विरोधाभास की तरफ इशारा किया, "जो चीन हमें आँखें दिखा रहा है वही चीन हमारा सबसे बड़ा व्यापारिक साझेदार भी है। क्या गजब पाखंड है?"

कबीर ने ठहाका लगाया, "भारतीय लोग चीनी मोबाइलों पर चीन से टक्कर लेने की बातें करते रहते हैं। यही तो आत्मनिर्भर भारत अभियान है। भारत जिस बड़ी मात्रा में चीन से आयात कर रहा है, हो सकता है कि जल्द ही ऐसा दिन आ जाए कि चीनी लोग अपना ही प्रोडक्ट भारत से मँगाने लगें।"

मैंने आखिरी सवाल किया, "किसान आन्दोलन को लगभग सौ दिन हो गए, आखिर कोई किसानों की बात सुन क्यों नहीं रहा?"

कबीर ने भेद उजागर किया, "राजा ऊँचा सुनता है, मतलब खुले में सौ की नहीं सुनता, अकेले में दो की सुनता है।"

[5 मार्च, 2021]

होमवर्क लेने से बचें

तानाशाही को दो ही लोग मात दे सकते हैं—महात्मा गांधी और चार्ली चैप्लिन।

सत्य-अहिंसा के अलावा तानाशाही हास्य से डरती है। अतः तानाशाह आँखें दिखाने लगे तो नागरिकों को चाहिए कि वे दाँत दिखाना शुरू कर दें। तानाशाह से निपटने के लिए जनता का एक ही नारा हो—तुम आँखें दिखाओगे तो हम दाँत दिखाएँगे।

दृष्टिहीन राजा अन्धसमर्थकों के मार्फत वातावरण में इस कदर आवेश घोल देता है कि लोग सींग भिड़ाने और पंजा लड़ाने की मुद्रा में रहने लगते हैं। बात यहाँ तक बढ़ जाती है कि चाय माँगता पति पत्नी को शराब माँगता-सा लगता है तो बेडशीट बिछाती पत्नी पति को अंगारे बिछाती-सी दिखती है। खिन्न पारिवारिक व्यवहार देखकर बच्चे भी हँसना-मुस्कराना भूलने लगते हैं।

हँसने से मनुष्यता चेतन रहती है, इसलिए तानाशाह सिंहासन पर टिके रहने के लिए ऐसे हथकंडे अपनाता रहता है कि नागरिक हँसना बन्द करके झुँझलाने, उलझने और कुतर्क करने लगें।

पूँजी और तकनीक मिलकर एक राजा गढ़ती हैं। राजा अनेक दरबारी पालता है और उसका एक दुष्प्रचार विभाग (आईटी सेल) होता है। फिर चलता है होमवर्क देने का सिलसिला। ऊपर से नीचे की ओर। पिरामिड के फैलाव की तरह। पूँजी और तकनीक मिलकर राजा को होमवर्क देते हैं। राजा दरबारियों को। दरबारी दुष्प्रचार विभाग (आईटी सेल) को और दुष्प्रचार विभाग (आईटी सेल) प्रजा को। होमवर्क देनेवाले अपने काम के प्रति इतने समर्पित रहते हैं कि सप्लाई चेन टूटने नहीं देते।

थोड़े समय में ही सब नागरिक होमवर्क के इस हद तक लती हो जाते

हैं कि कभी होमवर्क न मिले तो नीचे वाले ऊपर वालों से माँगने लगते हैं। होमवर्क न मिलने पर व्यक्ति की दशा वैसी ही हो उठती है जैसी ड्रग के एडिक्ट को ड्रग न मिलने पर होती है।

अवचेतन में गुस्सा भर देने से नासमझ लोग गुस्से ही से खुराक पाने लगते हैं। उन्हें गुस्सा दिलानेवाली बातें और हरकतें सुहाने लगती हैं, मानो उल्लू को अँधेरा उपलब्ध हो गया हो।

ऐसे होमवर्क से मुक्ति का एक ही उपाय है—हास्य।

क्रोध दिलाने की मंशा से जब भी कोई बात या हरकत करे तो उस बात या हरकत को समझ और धैर्य के साथ करुणा की भट्ठी में तपाएँ और हास्य के साँचे में ढाल लें।

अपना अनुभव बताता हूँ।

मकान का बिजली मीटर फुँक गया। मैंने बिजली दफ्तर का शिकायती फोन नम्बर लगाया। उधर से उलझानेवाली आवाज आई, "सत्तर सालों तक क्यों चुप थे?"

मैंने मजबूरी बताई, "जी, बिजली कनेक्शन पाँच दिन पहले लिया है और मीटर पाँच मिनट पहले फुँका है।"

सोचिए, यदि मैं उससे सत्तर साल वाली बहस में उलझकर होमवर्क ले लेता तो मेरा भी वही हश्र होता जो बिजली मीटर का हुआ।

[12 मार्च, 2021]

वे रोजगार देते नहीं, लेते हैं

एक बेरोजगार युवक ने मुझसे पूछा, "सर, हमारे अच्छे दिन कब तक आ जाएँगे?"

मैंने कहा, "अच्छे दिन तो छोड़ो, आज तक नरेन्द्र मोदी यही तय नहीं कर पाए कि वह गुजरात के प्रधानमंत्री हैं या भारत के मुख्यमंत्री?"

उसने फिर सवाल किया, "बेरोजगारों का भाग्य बदलने के लिए कौन सा बदलाव जरूरी है?"

मैंने स्पष्ट किया, "हैदराबाद का नाम बदलकर भाग्यनगर करना पड़ेगा।"

उसने पूछा, "क्या यही वास्तविक बदलाव है?"

मैंने कहा, "नहीं, वास्तविक बदलाव है पल-पल भेष बदलते रहना और भेष ही की तरह योजनाओं के नाम बदलते रहना।"

शुरुआत में कहा कि भारत को फिर से विश्वगुरु बनाना है। मैंने खुद उस चक्कर में बी.एड. कर ली और मेरी तो डिग्री भी एकदम असली है।

भारत फिर से विश्वगुरु बनने ही वाला था। लगभग आउटर पर खड़ा था। वैसे भी उस देश को फिर से विश्वगुरू होने से कौन रोक सकता है जिसकी जेलों तक में सन्त-महात्मा रहते हों, लेकिन मेरा बी.एड. का परीक्षा परिणाम आते ही अचानक आकाशवाणी कर बैठे कि भारत को फिर से सोने की चिड़िया बनाना है।

अपन निठल्ले थे ही। सोचा, अपना क्या है? यह कर लेते हैं। विजनरी प्रधानमंत्री का कहना नहीं मानते तो देशद्रोही का लेबल लगता।

पर काम शुरू भी नहीं किया था कि फिर नई घोषणा कर डाली कि सोने

की चिड़िया वाला काम बाद में देखेंगे। सबसे पहले भारत को आत्मनिर्भर बनाना है।

मेरा प्रधानमंत्री से हाथ जोड़कर निवेदन है। देश किसी घुम्मकड़ की विदेश यात्राओं की तरह नहीं चलता कि घर से न्यूयॉर्क के लिए निकले थे और एयरपोर्ट पर टोकियो का हवाई जहाज तैयार खड़ा मिला तो उसमें चढ़ लिए।

सोने का भाव आज पचास हजार रुपये प्रति दस ग्राम के आसपास हो चुका है। यदि 2014 में दिल्ली की गद्दी पर बैठते ही सबसे पहले सोने की चिड़िया वाले प्रॉजेक्ट पर काम करते तो न सिर्फ सोने की चिड़िया सस्ती पड़ती, बल्कि कम पैसों में बड़ी चिड़िया बन जाती।

मैंने उसे सलाह दी, "दोस्त, क्यों नौकरी-चाकरी के फेर में पड़ते हो। अपना छोटा-मोटा स्टार्टअप स्टार्ट करो और आत्मनिर्भर बनो।

कोई काम कभी छोटा नहीं होता। प्रधानमंत्री को ही देख लो। जितनी चाय बचपन में नहीं बेची, उससे ज्यादा प्रधानमंत्री बनने के बाद बेच डाली।

प्रोडक्ट चीन से मँगाओ और पैकिंग पर 'आत्मनिर्भर भारत' लिखो।

मार्केटिंग में धर्म और राष्ट्रवाद का मिश्रण करने से वारे-न्यारे हो जाएँगे। बिक्री बढ़ाने के लिए संन्यासी का बाना धारण कर लोगे तो कमाई के क्या ही कहने?

भावुक ग्राहक विक्रेता का आचरण नहीं देखते, आवरण देखते हैं।"

[24 मार्च, 2021]

बुद्धिजीवी बनाम मोदीजीवी

इन दिनों भारत में लोकतांत्रिक समझ को लेकर दो प्रकार के नागरिक पाए जाते हैं। बुद्धिजीवी और मोदीजीवी।

जहाँ बुद्धिजीवी इसलिए बुद्धिजीवी होते हैं कि वे मोदीजीवी नहीं होते हैं, वहीं मोदीजीवी भी इसलिए मोदीजीवी होते हैं कि वे बुद्धिजीवी नहीं होते हैं। जो बुद्धिजीवी नहीं होते, वे भले ही मोदीजीवी न होते हों, लेकिन जो मोदीजीवी नहीं होते, वे अवश्य ही बुद्धिजीवी होते हैं।

कहा जाता है कि न तो बुद्धिजीवी कभी मोदीजीवी होते हैं और न ही मोदीजीवी कभी बुद्धिजीवी, पर यह सच नहीं है। मैंने कई बड़े-बड़े बुद्धिजीवी मोदीजीवी होते देखे हैं। हाँ, किसी मोदीजीवी को कभी बुद्धिजीवी होते नहीं देखा।

बुद्धिजीवी और मोदीजीवी दोनों की बनावट तो एक जैसी होती है, लेकिन बुनावट में जमीन-आसमान का अन्तर होता है। बुद्धिजीवी हों या मोदीजीवी, मेहनती दोनों होते हैं। जहाँ बुद्धिजीवियों को देखकर समझ में आ जाता है कि बिना मेहनत के जड़मति सुजान नहीं हो सकता है, वहीं मोदीजीवियों को देखकर भी समझ में आ जाता है कि बिना मेहनत के सुजान भी जड़मति नहीं हो सकता है। दोनों में एक बात और समान होती है। जहाँ बुद्धिजीवी मानते हैं कि हम बुद्धिजीवी नहीं होते तो हमारा जीवन व्यर्थ चला जाता, वहीं मोदीजीवी भी मानते हैं कि यदि हम मोदीजीवी नहीं होते तो हमारा जीवन व्यर्थ चला जाता।

कोई बुद्धिजीवी मोदी-मोदी करना शुरू कर दे तो समझ लो वह मोदीजीवी हो चुका है। और यदि कोई मोदीजीवी मोदी-मोदी करना बन्द कर दे तो समझ लो वह बुद्धिजीवी होनेवाला है।

मोदीजीवी हर समय दावा करते रहते हैं कि वे मोदीजीवी हैं, जबकि

बुद्धिजीवी कभी दावा नहीं करते कि वे बुद्धिजीवी हैं। यदि बुद्धिजीवी दावा करने लगें कि वे बुद्धिजीवी हैं तो फिर आप ही बताइए कि वे काहे के बुद्धिजीवी हैं?

बुद्धिजीवी प्रधानमंत्री को मनुष्य मानते हैं, जबकि मोदीजीवी प्रधानमंत्री को अवतार मानते हैं।

मोदीजीवियों का दावा है कि प्रधानमंत्री नरेन्द्र मोदी जी ने धर्म की हानि होने पर अवतार लिया है। जबकि बुद्धिजीवियों का कहना है कि प्रधानमंत्री नरेन्द्र मोदी को अवतार मानने से धर्म की और हानि हुई है। जहाँ मोदीजीवी प्रधानमंत्री को हर समस्या का समाधान मानते हैं। वहीं बुद्धिजीवी प्रधानमंत्री को हर समस्या की जड़ मानते हैं।

बुद्धिजीवियों का मानना है कि नरेन्द्र मोदी के प्रधानमंत्री नहीं रहने पर भी दुनिया में सब कुछ बचेगा, जबकि मोदीजीवियों का दृढ़ मत है कि नरेन्द्र मोदी जी के प्रधानमंत्री नहीं रहने पर दुनिया में कुछ नहीं बचेगा।

कितने ही बुद्धिजीवियों को हमने मोदीजीवी होते देखा है, लेकिन कभी अफवाह भी नहीं सुनी कि कोई एक बार मोदीजीवी बन जाने पर फिर से बुद्धिजीवी बना हो।

अब सवाल यह उठता है कि किसी अपरिचित व्यक्ति को कैसे पहचानें कि वह बुद्धिजीवी है या मोदीजीवी? तो परीक्षण के लिए सीधा सा तरीका अपनाएँ। उसे मेरी यह व्यंग्य रचना सुनाएँ। यदि इस व्यंग्य रचना को सुनकर वह फड़क जाए तो समझ लें बुद्धिजीवी है और यदि भड़क जाए तो चौबीस कैरेट मोदीजीवी है।

[25 मार्च, 2021]

इधर-उधर की बात-1

उधर ने मजाक की, "कोरोना महामारी ने भारत का सबसे बड़ा नुकसान यह किया कि भारत के प्रधानमंत्री भारत ही में फँसे रहे।"

इधर ने उधर की बात का खंडन किया, "हो तो आए बांग्लादेश?"

उधर ने आश्चर्य प्रकट किया, "बस, केवल बांग्लादेश? प्रधानमंत्री की भ्रमित होने की (क्षमा करें) भ्रमण करने की जैसी गति है, कोरोना महामारी वाला स्पीड ब्रेकर नहीं आता तो अब तक पाँच-सात ग्रहों पर हो आते।"

उधर मुद्दे पर आया, "नरेन्द्र मोदी ढाका में कह आए कि मैं बांग्लादेश मुक्तिसंग्राम का सत्याग्रही रहा हूँ और जेल भी गया था। इतना बड़ा झूठ?"

इधर ने ठहाका लगाया, "बड़ा आदमी छोटा झूठ क्यों बोलेगा? कहावत भी है ना कि जमीन पर सोनेवाला और झूठ बोलनेवाला कभी तंगी नहीं भुगतता। हो सकता है प्रधानमंत्री किसी दिन अपनी श्वेत दाढ़ी पर हाथ फेरते हुए यह दावा भी कर बैठें कि महाभारत के युद्ध में मैं ही भीष्म पितामह था।"

उधर ने बात आगे बढ़ाई, "प्रधानमंत्री भाषण भी धाराप्रवाह देते हैं। बस, भाषण देते वक्त वहीं अटकते हैं जहाँ सोचने लगते हैं कि झूठ एकमुश्त बोलना है या किश्तों में।"

इधर हँसा, "और न सिर्फ विस्तार से बोलते हैं, बल्कि विषयान्तर बोलते हैं। महाकवि तुलसी पर बोलना हो तो तुलसी के पौधे पर बोल बैठते हैं। आशंका है किसी दिन यह न कह बैठें कि बचपन में मैं रेलवे स्टेशन की जिस चाय की दुकान पर चाय बेचता था, वह भी तुलसी के पौधे के नीचे थी।

कुछ भी कहो, प्रधानमंत्री की इस ख़ूबी का तो लोहा मानना पड़ेगा कि एक जुमला फेंककर उसे ट्वेंटी-ट्वेंटी क्रिकेट मैच के अन्तिम ओवर की अन्तिम

गेंद बना देते हैं। समर्थक और विरोधी पैवेलियन में बैठे उस दर्शक समूह में बदल जाते हैं जो रोमांच और उत्तेजना में डूबा देखता है कि कैसे अकेला बल्लेबाज सिंगल गेंद पर डबल सेंचुरी ठोंकता है?"

उधर चौंका, "सिंगल गेंद पर डबल सेंचुरी?"

इधर मुस्कराया, "सिंगल गेंद पर डबल सेंचुरी क्यों नहीं बन सकती। अम्पायर अपना हो तो फिंकवाते रहो नो बॉल।"

[31 मार्च, 2021]

इधर-उधर की बात-2

उधर ने इधर को निराश देख पूछा, "इतनी निराशा क्यों? भव्य राम मन्दिर का शिलान्यास हो चुका और दुनिया की सबसे ऊँची मूर्ति भी हमारे यहीं है। जल्द ही नया संसद भवन भी तैयार हो जाएगा। राजनीति वन नेशन वन पार्टी की तरफ बढ़ ही रही है।"

इधर ने बात काटी, "प्रजा बिना हवा के प्राण तज रही है और राजा अब भी हवा में है।"

उधर ने समझाया, "इसमें राजा का क्या दोष? राजा ने तो पहले ही प्रजा का माइंडवॉश कर दिया था कि बीमार होने पर बूटी हनुमान जी लाएँगे और जन्म-मरण से मुक्ति के लिए माँ गंगा है ही।"

इधर ने दुख प्रकट किया, "प्रधानमंत्री को प्राथमिकताएँ समझनी चाहिए। शिक्षा-स्वास्थ्य जरूरी है कि नया संसद भवन?"

उधर ने समझाया, "यह तो गर्व की बात है। कालान्तर में नया संसद भवन दिखाते समय टूरिस्ट जब गाइड से पूछेंगे कि यह बना कब था? तब गाइड तारीख न बताकर यूँ समझाएगा कि यह भव्य भवन उस दौर में बनाया गया था, जब देश में कोरोना महामारी का कहर था और हजारों लोग ऑक्सीजन की कमी से मर रहे थे।"

इधर ने कहा, "क्या गजब पाखंड है। नागरिकों के लिए सख्त लॉकडाउन और चुनावी रैलियों में लाखों का रैला। कुम्भ और दम्भ दोनों साथ-साथ?"

उधर हँसा, "मैं तो उस महामानव के चरण छूना चाहता हूँ, जिसने एक ही राज्य में चुनाव आठ चरण में रखे।"

इधर लज्जित हुआ, "कोरोना से एक बड़े वामपंथी नेता के पुत्र का अकाल

देहावसान हो गया तो एक भाजपाई नेता ने ट्वीट किया—चीनी वायरस ने चीन समर्थक के बेटे की जान ली।"

उधर ने सचेत किया, "यदि भाजपा इसे ही संस्कार मानती है तो समझ लो भारत में सांस्कृतिक राष्ट्रवाद देहरी तक आ चुका है।"

इधर ने शिकायत की, "हद है। पूर्व प्रधानमंत्री के पत्र का जवाब स्वास्थ्य मंत्री ने दिया। जवाब भी अशालीन। जबकि प्रोटोकॉल के अनुसार जवाब क्या वर्तमान प्रधानमंत्री को नहीं देना चाहिए था?"

उधर ने ठहाका लगाया, "जिसे लिखना आता है, वही तो लिखेगा। जहाँ तक अशालीन जवाब की बात है, दुख में डूबे देश के लिए यही क्या कम हर्ष की बात है कि उसका स्वास्थ्यमंत्री तो हर्षवर्धन है।"

इधर चिन्तित हुआ, "और लोकतंत्र?"

उधर ने तसल्ली दी, "लोक भले ही बेहाल है, तंत्र पूरी जिम्मेदारी से अपने 'कर्तव्य' में जुटा है।

गूँगे बहरों को आदेश दे रहे हैं और अन्धे दोनों पर नजर रखे हुए हैं। जैसे ही कोई प्यासा व्यक्ति पानी माँगता है, कटे हाथोंवाले कुदाल उठाकर कुआँ खोदने लँगड़ों के पीछे-पीछे चल पड़ते हैं।"

[24 अप्रैल, 2021]

इधर-उधर की बात-3

इधर ने उधर से पूछा, "और इधर-उधर की क्या खबरें हैं?"

दुखी मन से उधर बोला, "एक तो महामारी ऊपर से कुव्यवस्था भारी। प्रथम तो मरीज को अस्पताल ही नहीं मिलता। अस्पताल मिलता है तो बेड नहीं मिलता। यदि दोनों मिलते हैं तो ऑक्सीजन नहीं मिलती।"

इधर बोला, "सुनते हैं कि दिल्ली सूबे के प्रमुख अरविन्द केजरीवाल ने प्रधानमंत्री के साथ अपनी वर्चुअल मीटिंग मीडिया में प्रसारित करा के उनकी ब्रांडिंग पर झाड़ू फेर दी?"

उधर हँसा, "यदि गुफा से ध्यान का लाइव टेलीकास्ट कराया जा सकता है तो जनहित की सामान्य मीटिंग के सीधे प्रसारण में क्या गलत था?"

इधर ने जानना चाहा, "और वैक्सीनेशन?"

उधर बोला, "महामारी के दौरान भी प्रधानमंत्री का पूरा ध्यान वैक्सीन-वितरण के बजाय नेशन-नियंत्रण पर है। जनता में टीकाकरण को लेकर उत्साह है, लेकिन धन्धेबाजों ने टीकाकरण के नाम पर रण की टीका लिख मारी।"

इधर ने आश्चर्य से पूछा, "मतलब?"

उधर बोला, "टीका एक कीमतें अनेक की खबरें हैं। एक ही वैक्सीन डेढ़ सौ से बारह सौ रुपये तक की बताई जा रही है। टीका लगवाने वाले आपस में यह चर्चा नहीं कर रहे हैं कि वैक्सीन कौन सी वाली ठीक रहेगी, बल्कि यह पूछताछ कर रहे हैं कि वैक्सीन कितने वाली ठीक रहेगी?"

इधर ने कहा, "इसमें धन्धेबाजों का क्या दोष? ट्रेनों-हवाई जहाजों में भी तो समान जगह और समान सीट पर जानेवाले यात्री अलग-अलग किराये में जाते-आते हैं।"

इधर की बात पर उधर ने फॉर्मूला सुझाया, "क्या यह बेहतर नहीं हो कि वैक्सीन की कीमतें भी पेट्रोल-डीजल की तर्ज पर रख दी जाएँ। फिर लोग इंजेक्शन लगवाने यों जाएँ जैसे पेट्रोल-डीजल लेने जा रहे हों। अभी पेट्रोल-डीजल लेने भी तो यों जाते हैं जैसे इंजेक्शन लगवाने जा रहे हों।"

एक ही टीके की अलग-अलग कीमतों के पीछे का लॉजिक इस किस्से से समझना चाहिए—

बकरी बेचनेवाले के पास सुबह-ही-सुबह एक खरीदार गया। खरीदार को एक बकरी जँच गई। बेचनेवाले ने उस बकरी की कीमत बताई एक हजार रुपये। खरीदार को कीमत अधिक लगी। सौदा पटा नहीं।

रात को सोते समय खरीदार ने बकरी का पुनर्मूल्यांकन किया तो उसे बकरी की कीमत एक हजार रुपये भी उचित लगी। अगली सुबह खरीदार बकरी बेचनेवाले के यहाँ गया और उसे एक हजार रुपये देते हुए बकरी माँगी।

बकरी बेचनेवाला बोला, "अब एक हजार बीस रुपये लगेंगे।"

खरीदार ने पूछा, "चौबीस घंटे में बीस रुपये किस बात के बढ़ गए?"

बकरी बेचनेवाले ने बताया, "तुम्हारे जाने के बाद मैं नहाने गया और यह बकरी खाट पर रखे मेरे कुर्ते की जेब में रखा बीड़ी का बंडल खा गई।"

सच-झूठ का पता नहीं, पर बतरस खूब है कि जिस बीड़ी के बंडल को बकरी खा गई थी, यदि उसे इलेक्ट्रॉल बॉन्ड और पीएम केयर फंड मान लिया जाए तो एक ही वैक्सीन की अलग-अलग कीमतों का गणित समझा जा सकता है।"

[29 अप्रैल, 2021]

इधर-उधर की बात-4

इधर ने उधर से पूछा, "वैक्सीन लगवाई?"

उधर ने बताया, "पहला डोज लगवाया था तब बोले थे कि दूसरा डोज अट्ठाईस दिन बाद लगेगा। अट्ठाईस दिन बाद टरका दिया कि पैंतालीस दिन बाद आना। पैंतालीस दिन बाद गया तो चौरासी दिन पर टाल दिया। वैक्सीन की आस में हर तारीख पर यों डिस्पेंसरी जाता हूँ जैसे मुकदमे की तारीख पर कचहरी जा रहा होऊँ। चौरासी दिन बाद यह न कह बैठें कि दूसरा डोज अब चौरासी लाख योनियों में भटककर फिर से मनुष्य रूप धरने पर ही लगेगा।"

इधर ने हँसते हुए पूछा, "और क्या गतिविधियाँ चल रही हैं?"

उधर ने दुखी मन से कहा, "विकास का गुजरात मॉडल भुगत रहे हैं बस। लोग महामारी का कोप झेल रहे हैं और सर्वज्ञ जी से कोई होप नहीं रही। नागरिक सर्वज्ञ जी को कोस रहे हैं और सर्वज्ञ जी सिस्टम को।"

उधर चिन्तित हुआ, "लेकिन सिस्टम का नियंता कौन है? स्वयं को आर्यावर्त के इतिहास का सर्वाधिक पराक्रमी मानने वाला चक्रवर्ती सर्वज्ञ इतना हताश क्यों?"

उधर बोला, "परिस्थितियों ने भेद उजागर कर दिया है कि अनुभव दुपहिया चलाने का नहीं और उड़ाने की कोशिश कर रहे हैं हवाई जहाज।"

उधर ने पूछा, "और पाँच राज्यों के चुनाव परिणामों का क्या रहा?"

उधर बोला, "पाँच राज्यों के चुनाव परिणाम आ चुके हैं। दुष्परिणाम तो खैर पहले ही आ चुके थे। लोकतंत्र में लोक पर तंत्र इस कदर सवार है कि चुनावों के परिणाम एक दिन आते हैं और दुष्परिणाम बरसों।"

इधर ने जानना चाहा, "अन्य कोई अनुपम खबर?"

उधर ने कहा, "अनुपम खबर यह है कि सर्वज्ञ जी के लिए सदैव 'कंज लोचन कंज मुख कर कंज पद कंजारुणम' उच्चारते रहनेवाले किसी खेर ने खरी कहकर सर्वज्ञ जी की ब्रांडिंग पर सवाल उठा दिया।"

इधर को आश्चर्य हुआ, "खेर कौन?"

मास्क खिसकाते हुए उधर बोला, "कोई अभिनेता बताते हैं, जो खुद को अनुपम भी कहता है।"

इधर ने मुस्कराते हुए कहा, "अभिनय में तो सर्वज्ञ जी ही अनुपम हैं। क्या कोई सर्वज्ञ जी से भी बड़ा अनुपम अभिनेता है?"

उधर ने चिन्तित होते हुए कहा, "यों तो अभिनय में सर्वज्ञ जी ही अनुपम हैं, पर कोई सर्वज्ञ जी ही का अनुपम समर्थक तर्जनी उठाए और वह भी सर्वज्ञ जी ही की अनुपम इमेज पर तो खतरे की अनुपम आहट लगती है?"

इधर ने धीरे से पूछा, "स्वयं को सर्वज्ञ जी का अनुपम चहेता माननेवाले ने अनुपम सवाल उठा दिया। यह उसकी आत्मा की अनुपम आवाज है या ऐसी अनुपम दुर्घटना सन्तरा नगरी के अनुपम इशारे पर हुई होगी?"

उधर ने ठहाका लगाया, "कारण जो भी हो, पर यदि सर्वज्ञ जी के अनुपम प्रशस्तिवाचक ही सच बोलने लगे तो सिंहासन का वेंटिलेटर में तब्दील होना तय समझो।"

[17 मई, 2021]

इधर-उधर की बात-5

ऑक्सीजन के खाली सिलेंडर के संग सेल्फी लेते हुए इधर ने उधर से पूछा, "स्पष्ट जनादेश के बावजूद पश्चिम बंगाल का वातावरण मटमैला-सा क्यों है?"

उधर ने हँसते हुए बताया, "हार से खीझा हुआ पहलवान अखाड़े की मिट्टी दर्शकों पर उछाल रहा है।"

इधर ने कहा, "लेकिन प्रधानमंत्री पद की गरिमा का तो ध्यान रखना चाहिए?"

उधर बोला, "सूचना है कि पद भले ही बरकरार है, कद लगातार घट रहा है। शपथ ली प्रधानमंत्री की, लगते रहे पार्टी का ब्रांड एम्बेसडर और सिद्ध हुए कॉरपोरेट का श्रवण कुमार।

कॉरपोरेट किस तरह आपदा को अवसर में बदल लेता है, मजेदार कथा सुनो—

घटना हजारों साल पुरानी है। हीनताबोध से ग्रस्त एक आत्ममुग्ध राजा हर समय कुछ नया करने और चौंकाने-छा जाने की फिराक में रहता था। कॉरपोरेट को वह अपने मतलब का लगा। अवसर पाकर कॉरपोरेट ने उसे चिड़ियाघर ले जाकर उसके गगनभेदी जयकारे लगाए और उसे जोश दिलाकर शेर के बाड़े में कुदा दिया। उनींदा शेर कुछ समझ पाता, इससे पहले ही हड़बड़ाए शेर की पूँछ घबराए राजा के हाथों में आ गई। उसके बाद तो शेर जैसे-जैसे पिंजरे में टहलता-घूमता, राजा को भी उसके पीछे-पीछे वैसे-वैसे ही टहलना-घूमना पड़ता। इस भय से कि पूँछ छोड़ते ही शेर खाएगा।

चालाक कॉरपोरेट ने मीडिया और आईटी सेल से यह प्रचार करवाना शुरू कर दिया कि देखो हमारे राजा की ताकत और करामात। राज्य के इतिहास

में ऐसा पराक्रमी राजा न हुआ है और न होगा, जिसने न सिर्फ शेर की पूँछ मरोड़ दी, बल्कि शेर को मन माफिक घुमा भी रहा है।"

इधर ने नाराजगी जताई, "लोग महामारी से जूझ रहे हैं और मुद्दे से भटकाने के लिए बहस गाँजापत्ती पर कराई जा रही है?"

उधर हँसते हुए बोला, "भाई मेरे गाँजापत्ती नहीं, गाजापट्टी। सेवन शुरू कर दिया क्या?"

इधर ने कान पकड़े, "ओह! माफ करना। पॉजिटिविटी कैम्पेन कैसा चल रहा है?"

उधर ने बताया, "धमाकेदार। पेशेवर उपदेशकों ने मृत्यु को आत्मा का चोला बदलना बतानेवाली पोस्टों से सोशल मीडिया को पाट डाला है।

गंगा में तैरती लाशों को लेकर शिकायत करने वालों को मोदीजीवी लगातार समझा रहे हैं कि हमें राजा को उत्तरदायी ठहराने के बजाय भागीरथ के प्रति कृतज्ञ होना चाहिए।"

इधर आश्चर्यचकित हुआ, "नोटबन्दी हो या जीएसटी, महामारी हो या वैक्सीनेशन, प्रधानसेवक का हर दाँव उलटा ही क्यों पड़ता है?"

उधर ने चुटकी ली, "लगता है, प्रधानसेवक पुराने जमाने के मौसम विभाग से प्रभावित हैं। गरज के साथ छींटे पड़ने की घोषणा करते हैं तो धूल भरी आँधियाँ चलने लगती हैं।"

[20 मई, 2021]

इधर-उधर की बात-6

गूगल मैप पर आँखें गड़ाए देख, उधर ने इधर से पूछा, "क्या विकास और अच्छे दिन खोज रहे हो?"

इधर बोला, "नहीं, मोदीजीवियों के तीन तीर्थस्थल ढूँढ़ रहा हूँ। वह दुकान जहाँ बाल नरेन्द्र ने चाय बेची। वह शिक्षण संस्थान जहाँ किशोर नरेन्द्र पढ़ा और वह जेल जहाँ युवा नरेन्द्र 1971 के मुक्ति संग्राम में बन्द रहा।"

उधर मुस्कराया, "हे आर्यपुत्र! सूर्य की सतह पर बर्फ मिल सकती है, पर इन तीन स्थानों का मिलना असम्भव है।"

इधर ने प्रश्न किया, "पश्चिम बंगाल में भाजपाइयों की चुनावी रणनीति कैसे फेल रही?"

उधर ने रहस्य खोला, "रणनीति नहीं, नीति के आगे रण फेल रहा। तृणमूल की तैयारी देखिए, मोदी-शाह ने तो मास्क भी नहीं लगाया और ममता बनर्जी ने पाँव पर प्लास्टर बाँध डाला।"

इधर ने चुटकी ली, "प्लास्टर भी बाएँ पाँव पर, ताकि वामपंथियों तक भी साफ सन्देश पहुँच जाए।...कोरोना से मुक्ति कब तक मिलेगी?"

उधर बोला, "कोरोना से मुक्ति मिले न मिले, प्रधानमंत्री तो आँसू-पसीना बहाने में कोई कसर छोड़ नहीं रहे, बल्कि जब पसीना बहाना चाहिए, तब भी आँसू बहा रहे हैं। सीधे अधिकारियों से संवाद कर रहे हैं। अधिकारियों को फील्डमार्शल तक बता रहे हैं।"

इधर ने चुटकी ली, "उन्हीं अधिकारियों को फील्डमार्शल कहना पड़ रहा है, जिन्हें थोड़े समय पहले 'बाबू' कहकर मजाक उड़ा रहे थे।

इधर चिन्तित हुआ, "असहमत नागरिकों ने कुछेक सवालिया पोस्टर क्या

लगा दिए, मोदी सरकार ने आपराधिक कृत्य ठहरा दिया?"

उधर ने आक्रोश व्यक्त किया, "हद है। लोकतंत्र में सरकार को जनता से डरना चाहिए, यहाँ उलटा हो रहा है।"

इधर ने कहा, "रियल वाल पर पोस्टर लगाओ या वर्चुअल वाल पर पोस्ट लिखो, मोदीजीवी अभद्र भाषा का ज्वार ला देते हैं।"

उधर दार्शनिक हुआ, "सरस्वती जब किसी को दंड देती है तो उसकी भाषा छीन लेती है। भाजपा पर आज लक्ष्मी की भले ही असीम कृपा है, पर सरस्वती रूठ गई है।"

[24 मई, 2021]

इधर-उधर की बात-7

इधर ने माथा पीटा, “धन्धे का कोई धर्म नहीं रहा और धर्म खुद धन्धा हो गया। एक समय जो बाबा स्वदेशी की दुहाई देते हुए मल्टीनेशनल कम्पनियों को शीर्षासन कर-कर के कोसा करता था। आज वही बाबा अपने तथाकथित स्वदेशी प्रोडक्ट अमेरिकी अमेजॉन और फ्लिपकार्ट पर बेच रहा है।

योग ऋषि पतंजलि स्वर्गलोक में उस वक्त कपालभाति छोड़कर कपाल पकड़ लेते होंगे, जब मृत्युलोक में कोई ग्राहक दुकानदार से पतंजलि का नमक माँगता होगा।”

उधर ने ठहाका लगाया, “भगवा पहनकर गल्ले पर बैठ जाओ तो फटी जिंस के धन्धे में भी चाँदी बरसती है।

कल चेलों से घिरे एक नामी संन्यासी मिले। वृद्धावस्था के बावजूद काले-घने केश देखकर मैंने जिज्ञासा प्रकट की कि महात्मन! आपके अत्यधिक काले-घने केशों का क्या रहस्य है?”

शायद एक चेले ने संन्यास नया-नया ही ज्वॉइन किया होगा, सो सत्य बोल गया, “महाराज जी अपने आश्रम के बनाए तेल-शैम्पू इस्तेमाल नहीं करते।”

इधर ने भरपूर ठहाका लगाया, “भारत में राजाओं के संन्यास लेने के तो असंख्य उदाहरण हैं, लेकिन संन्यासियों का राजा बनना अब ही देखा जा रहा है।

राजा भरथरी ने राजपाट को ठोकर मारकर संन्यास लिया और गोरखनाथ की शरण में पहुँचकर जोगी हुए। मजाक देखिए, आज उसी जोगी भरथरी के गुरुभाई योगी बनकर संन्यासी वेश में ठाठ से उत्तर प्रदेश का राजपाट चला रहे हैं।”

उधर ने दहला मारा, “मोक्ष का मार्ग संसद-विधानसभाओं से होकर जाने लगा है।

एक सन्त की अन्तिम साँसें चल रही थीं। मुख में गंगाजल डाला जा चुका था, लेकिन प्राण कहीं अटके थे। शिष्य ने गीतापाठ रोककर पूछा कि गुरुजी कोई अन्तिम इच्छा हो तो बताओ?

सन्त बोला कि बच्चा, वैसे तो जीवन-भर सब प्रकार के मजे रहे, लेकिन एक बार भी सांसद-विधायक बन जाता तो भवसागर तर जाता।

शिष्य ने ज्ञान दिया कि गुरुजी, प्रारब्ध पर किसी का वश नहीं होता, लेकिन स्मरण रखें, जो साधु-सन्त सांसद-विधायक बने बिना देह त्याग देते हैं, भारतीय आर्य ऋषि-मुनि उन्हीं की इस इच्छापूर्ति के लिए पुनर्जन्म का प्रावधान कर गए हैं।

इतना सुनते ही सन्त ने देह त्याग दी।

[27 मई, 2021]

इधर-उधर की बात-8

इधर ने उधर को फोन मिलाया तो कॉलरट्यून बजी—"खबरदार! गुजरात मॉडल की तमाम कोशिशों के बावजूद देश में भाईचारे की भावना अभी पूरी तरह खत्म नहीं हुई है। अत: जब तक रोज दो-चार से लड़ाई नहीं, तब तक ढिलाई नहीं। मूल मुद्दों से सौ गज की दूरी बनाकर रखें। घर में रहें या बाहर, मुखौटा चढ़ाए रहें। याद रहे, हमें सच बोलनेवालों से लड़ना है, सरकार से नहीं। भाजपा आईटी सेल द्वारा सरकारी हित में जारी।"

उधर ने फोन उठाया और कॉलरट्यून सुनकर हँसते हुए सवाल उछाला, "चेहरे का झगड़ा चल रहा है दिल्ली-लखनऊ के बीच कि उत्तर प्रदेश का आगामी विधानसभा चुनाव प्रधानमंत्री के चेहरे पर लड़ा जाए या वर्तमान मुख्यमंत्री के चेहरे पर?"

इधर बोला, "स्थापित चेहरे की अन्तिम साँस तक इच्छा रहती है कि मेरे तो हजार चेहरे हों, पर मेरे सामने दूसरा चेहरा न हो।"

उधर ने अटकल लगाई, "भाजपा ने मिसकॉल से मेम्बरशिप देने का फंडा भी शायद इसीलिए अपनाया हो कि पार्टी का विस्तार भी होता रहे और किसी का चेहरा भी न देखना पड़े।"

इधर ने शिकायत की, "होर्डिंग-पोस्टर, ज्ञापन-विज्ञापन सब जगह नरेन्द्र मोदी ही का चेहरा? और तो और लोग वैक्सिनेशन पर पैसा अपना खर्च कर रहे हैं और सर्टिफिकेट पर चेहरा नरेन्द्र मोदी का?"

उधर मुस्कराया, "अपने चेहरे पर मुग्ध राजा दिन-रात शीशमहल में रहना चाहता है।"

इधर कुपित हुआ, "तो फिर उज्ज्वला वाले रसोई गैस सिलेंडरों के साथ

दिखने वाला चेहरा कोरोना के समय ऑक्सीजन सिलेंडरों के साथ क्यों नहीं दिखा?"

उधर ने समझाया, "चेहरे के सहारे राजनीति करनेवाला जानता है कि जहाँ श्रेय लेना हो वहाँ चेहरा दिखाओ, जहाँ जवाबदेही हो वहाँ चेहरा छिपाओ।"

इधर ने बात बढ़ाई, "मन की बात रेडियो पर करने के पीछे भी कहीं यही आशंका तो नहीं है कि चेहरा दिख जाएगा तो लोग चैनल बदल लेंगे?"

उधर बोला, "जब किसी नेता का चेहरा पार्टी से बड़ा हो जाता है ना तो उसकी महत्त्वाकांक्षा रहती है कि हर पार्टी सदस्य दर्पण में अपना चेहरा देखे तो भी उसे उस नेता ही का चेहरा दिखाई दे।"

इधर ने कहा, "कुछ भी कहो, प्रधानसेवक अपने चेहरे को छिपाने-दिखाने की टाइमिंग खूब जानते हैं। इसलिए मन की बात रेडियो पर करते हैं और पटकथा में आँसू बहाने का सीन हो, तब टेलीविजन पर आते हैं।"

उधर बोला, "दो चेहरों में खींचतान बेवजह नहीं है।

एक तरफ यह हकीकत है कि सात साल में भाजपा ने जिस भी राज्य में किसी मुख्यमंत्री के चेहरे पर चुनाव लड़ा, चुनाव बाद वहाँ चेहरा दिखाने लायक नहीं बची।

दूसरी तरफ प्रधानसेवक के चेहरे पर यह सोचकर हवाइयाँ हैं कि यदि पार्टी को दूसरा चेहरा मिल गया तो 2024 आते-आते मेरा चेहरा उसी मार्गदर्शक मंडल वाली अलमारी में रख दिया जाएगा, जिसका मैं ही निर्माता हूँ।"

इधर ने हँसते हुए पटाक्षेप किया, "यदि ऐसी अघट घट गई तो प्रधानसेवक को संन्यासी से यह विनती भी करनी पड़ सकती है कि महाराज, कुर्सी तो खींच ली, अब अपना कोई कुर्ता तो भेंट कर दो।"

[5 जून, 2021]

इधर-उधर की बात-9

इधर ने उधर को उलाहना दिया, "इंडिया कैसे डिजिटल होगा? तुमने तो व्हाट्सएप ही बन्द कर दिया।"

उधर झल्लाया, "क्या करता, गुडमॉर्निंग के मैसेज डिलीट करते-करते ही शाम हो जाती थी। कैसे आना हुआ?"

इधर जिज्ञासु हुआ, "विकास के गुजरात मॉडल की कार्य-शैली समझने आया हूँ।"

उधर हँसा तो इधर खिन्न हुआ, "इतनी नाराजगी क्यों? अब तो प्रधानमंत्री ने वैक्सीन भी मुफ्त कर दी।"

उधर ने कहा, "जिम्मेदारी समझकर थोड़े ही की है, सर्वोच्च अदालत की फटकार खाकर की है? चर्चा तो यहाँ तक भी है कि खुद को घोटालों की वैक्सीन बतानेवाले ने वैक्सीन में ही घोटाला कर डाला।"

इधर ने कान लगाते हुए उधर से पूछा, "यह इकतारे की-सी धुन कहाँ से आ रही है?"

उधर ने स्पष्ट किया, "इकतारे की-सी नहीं, इकतारे ही की है। योगी आदित्यनाथ राग झिंझोटी और गोरख कल्याण बजा रहे हैं।"

इधर चौकन्ना हुआ, "यह तो गुजरात मॉडल के दरवाजे पर यूपी मॉडल की दस्तक लगती है?"

उधर ने सिर पीटा, "समझ में ही नहीं आ रहा है कि ये लोग राजनीति में नेतृत्व देने आए हैं या मॉडलिंग करने?"

इधर ने शंका प्रकट की, "गुजरात मॉडल का आधार एकदम से यूपी मॉडल की तरफ क्यों खिसकने लगा है?"

उधर ने पर्दा उठाया, "कम्पनी संचालकों को अहसास हो चुका होगा कि समय रहते ब्रांड एम्बेसडर नहीं बदला गया तो मार्केट में ब्रांड पिट जाएगा।"

इधर चौंका, "लेकिन वर्तमान ब्रांड एम्बेसडर और भावी ब्रांड एम्बेसडर हैं तो दोनों एक से?"

उधर ने गणित समझाया, "नहीं, कम्पनी संचालकों का मानना है कि भावी ब्रांड एम्बेसडर दिखता भी फायर ब्रांड है। साथ ही भावी ब्रांड एम्बेसडर न सिर्फ कॉस्ट्यूम का खर्च बचाएगा, बल्कि मन्दी में भी रंग जमाता रहेगा।"

इधर अचम्भित हुआ, "यह तो खेला हो गया।"

उधर बोला, "नेशनल चैम्पियन अब तक विपक्ष से फुटबॉल खेलता रहा है। पहली बार अपनी ही टीम के धुरन्धर से पाला पड़ा है। किसी भी तरफ गोल होगा, खुद ही के खिलाफ ठुकेगा।"

इधर ने जानना चाहा, "आखिर इस गुजरात मॉडल-यूपी मॉडल में चल रही उठा-पटक की परिणति क्या होनी है?"

उधर हँसते हुए कहा, "यह समय बताएगा कि एक मॉडल दूसरे मॉडल को क्लीनबोल्ड करता है या कोई सा हिट विकेट होता है?"

[10 जून, 2021]

इधर-उधर की बात-10

इधर ने राहत की साँस ली, "कोरोना और मोदी सरकार दोनों की दूसरी लहर उतार पर है। मोदी सरकार सभी देशवासियों को वैक्सीन की दोनों डोज लगा दे तो महामारी से स्थायी मुक्ति मिल सकती है?"

उधर मोदी सरकार की वैक्सीन पॉलिसी से चिढ़ा बैठा था, छूटते ही बोला, "नहीं, महामारी से स्थायी मुक्ति मोदी सरकार द्वारा सभी देशवासियों को दोनों डोज लगाने से नहीं मिलेगी, सभी देशवासियों के मिलकर मोदी सरकार को बूस्टर डोज लगाने से मिलेगी।"

इधर ने ठहाका लगाया, "लौट गए योगी आदित्यनाथ लखनऊ। टॉस का क्या नतीजा रहा? आगामी उत्तर प्रदेश विधानसभा चुनाव में बल्लेबाजी नरेन्द्र मोदी करेंगे या योगी आदित्यनाथ?"

उधर ने चुटकी ली, "अभी सिक्का हवा में है। गिरने पर ही पता लगेगा कि योगी आदित्यनाथ नरेन्द्र मोदी को पहला और आखिरी संन्यास दिला देंगे या खुद को दूसरा मिलेगा।"

इधर ने तुलनात्मक निष्कर्ष निकाला, "लेकिन मुलाकातों की सोशल मीडिया पर जारी तसवीरों में तो प्रधानमंत्री और गृहमंत्री की बॉडीलैंग्वेज योगी आदित्यनाथ पर भारी पड़ती दिख रही है?"

उधर ने कानों पर हाथ धरे, "प्रधानमंत्री और गृहमंत्री की बॉडीलैंग्वेज पर इतराने वालों ने शायद योगी आदित्यनाथ की लैंग्वेज नहीं सुनी है।"

इधर ने प्रश्न किया, "आखिर गाँठ कहाँ उलझी है?"

उधर ने सुलझाने की कोशिश की, "दरअसल नरेन्द्र मोदी चाहते हैं कि सब कुछ मेरे ही मार्गदर्शन में हो और दर्शन भी सब मेरे ही करें। योगी

आदित्यनाथ अड़े हैं कि नरेन्द्र मोदी उन्हें न मार्गदर्शन दें, न दर्शन। संचालक मंडल मध्यममार्गी बना हुआ है कि नरेन्द्र मोदी मार्गदर्शन भले ही दें, पर दर्शन कतई न दें।"

इधर ने बात काटी, "चाणक्य का दाँव फिर भारी पड़ा। जितिन प्रसाद के रूप में कांग्रेस का एक तारा और टूट गया।"

उधर बोला, "जिसे तुम तारा टूटना समझ रहे हो, वह महज उल्कापात है। पश्चिम बंगाल में देख रहे हो। मुकुल राय सपुत्र लौट आए हैं। मुकुल राय समझ गए कि जहाँ दो जन की राय ही अन्तिम राय हो, वहाँ क्यों मुकुल राय हो?

तृणमूल ने सिद्ध कर दिया कि मूल मजबूत हो तो तृण तोड़कर कुछ नहीं बिगाड़ा जा सकता।"

इधर उत्साहित हुआ, "आखिर ममता बनर्जी ने भेद उजागर कर दिया कि सात साल से नरेन्द्र मोदी के जिन करतबों को जनता जादू समझ रही है, वे सिर्फ हाथ की सफाई हैं।"

उधर आशंकित हुआ, "सूचना है कि पीके (प्रशान्त किशोर) शरद पवार से मिले हैं?"

इधर ने विश्लेषण किया, "पीके ने शुरुआत गुजरात मॉडल के साथ से ही की थी। अत: गुजरात मॉडल भलीभाँति जानता है कि पीके जिससे भी मिलता है, पूरे होश-हवास से मिलता है। पी के नहीं मिलता है।"

उधर ने अटकल लगाई, "पीके शरद पवार को गुजरात मॉडल की नाभि में छिपे अमृतकुंड की सटीक लोकेशन बताने गया होगा?"

इधर ने तिरछी मुस्कान फेंकी, "अमृतकुंड की सटीक लोकेशन तो योगी आदित्यनाथ ने ही उजागर कर दी। प्रशान्त किशोर-शरद पवार वार्ता तो तीरन्दाज के चयन के लिए ऑडिशन को लेकर हुई होगी?"

[14 जून, 2021]

इधर-उधर की बात-11

इधर झूमते हुए बोला, "इस बार मानसून पन्द्रह दिन पहले आ गया।"

उधर ने टोका, "आहिस्ता बोल, वरना भक्तों ने सुन लिया तो इसका श्रेय भी वे नरेन्द्र मोदी को दे डालेंगे।"

इधर ने बात बढ़ाई, "और इधर-उधर की क्या नई ताजा खबरें हैं?"

उधर ने बताया, "महँगाई आसमान छू रही है और स्विसबैंकों में भारतीयों के धन में बढ़ोत्तरी के समाचार हैं।"

इधर ने चुटकी ली, "यानी कार्य प्रगति पर है। मित्रगण न सिर्फ खा-खाकर भाग रहे हैं, बल्कि भाग-भागकर खा रहे हैं।"

उधर आशंकित हुआ, "सुन रहे हैं कि अयोध्या में लाखों की जमीन मिनटों में करोड़ों की हो रही है। रामजन्मभूमि के फैसले के साथ ही अयोध्या में प्रॉपर्टी में ऐसा बूम आया है कि भगवान राम के वनवास से लौटने पर भी नहीं आया होगा।

अयोध्या में जमीनों के भाव इतने उछाल पर बताए जा रहे हैं कि स्वयं दशरथनन्दन आज लव-कुश के लिए पचास वर्ग गज का प्लॉट नहीं खरीद सकते।"

इधर मुस्कराया, "हे आर्यपुत्र! यही तो असली रामराज है। रामजी की चिड़िया रामजी के खेत / खा रे चिड़िया भर-भर पेट।

देश-दुनिया के प्रोपर्टी कारोबारी चेक बुकें और नोटों भरे बैग लेकर जब अयोध्या के लिए प्रस्थान करते होंगे तो घरवाले उन्हें यह अर्धाली सुनाते हुए विदा करते होंगे—

प्रबिसि नगर कीजे सब काजा।
हृदय राखि कोसलपुर राजा॥

उधर ने जयकारा लगाया, "बोल सियावर रामचन्द्र की जय! जिस राम ने सोने की लंका को मिट्टी समझा, उसके तथाकथित भक्त मिट्टी से सोना बना रहे हैं।"

इधर ने प्रसंग बदला, "चिराग तले अँधेरा तो सुना था, लेकिन बिहार में चिराग ही अँधेरे तले आ गया। तेल-बाती चाचा पशुपति कुमार पारस ले उड़ा और चिराग पासवान खाली चिराग-सा धरा रह गया।"

उधर ने नई सूचना दी, "उधर बंगाल में तृणमूल से भाजपा में गए लोग गंगाजल छिड़कवाकर पुनः तृणमूल में लौट रहे हैं।"

इधर ने हँसते हुए कहा, "ममता बनर्जी मोदी-शाह के कवच-कुंडल छीन रही है।"

उधर ने सार प्रकट किया, "संसार की तरह राजनीतिक दलों का भी दस्तूर है कि जो आया है, सो जाएगा भी। पर, नेता को आराध्य माननेवाले फिर भी समझने को तैयार नहीं हैं। राजा फिर कोई नई खुराफात करता है और भक्त खुराफात को मास्टरस्ट्रोक मानकर फिर दल के दलदल में छप-छप करने लगते हैं।"

इधर ने कहा, "एक घटना सुनो। घटना क्या है, दुर्घटना है। कल प्रमुख पन्ना जेब में लिये एक पन्ना प्रमुख मिले। कहने लगे कि भाई साहब, जब से पेट्रोल शतायु हुआ है, जिन्दगी स्कूटर की खाली टंकी-सी हो गई है। मैंने हमदर्दी जताई कि जी, वह तो मेरी भी हो गई है। तब बोले कि आपकी और हमारी दुर्दशा में अन्तर है। आप रो तो सकते हैं।"

[21 जून, 2021]

इधर-उधर की बात-12

उधर को अपनी ओर आता देखकर इधर ने नारा लगाया, "बोलो झूठ धड़ल्ले से / अब देश चलेगा हल्ले से।"

उधर ने कहा, "कहावत है कि भूखे के अच्छे दिन आ सकते हैं, झूठे के अच्छे दिन नहीं आ सकते। सो, कोरोना की तीसरी लहर भले ही आ जाए, लेकिन झूठ बोलनेवाले की तीसरी लहर नहीं आएगी।"

इधर बोला, "विरोध अपनी जगह, पर इस बात का तो लोहा मानना ही पड़ेगा कि मोदी सरकार झूठ दोहराती नहीं, मतलब हर बार नया बोलती है।"

उधर ने ठहाका लगाया, "इस दावे के लिए वाकई छप्पन इंच का सीना चाहिए कि कोरोनाकाल में ऑक्सीजन के अभाव में एक भी मौत नहीं हुई।"

इधर ने आक्रोश व्यक्त किया, "मर्यादापुरुषोत्तम के नाम पर राजनीति चमकाने वाले कैसे बात-बात पर मर्यादा तोड़ते रहे हैं, तोड़ रहे हैं? भरी सभा में इतना बड़ा झूठ?"

उधर ने तिरछी मुस्कान फेंकी।

इधर ने नाराजगी जताई, "आठ माह से किसान दिल्ली की सीमाओं पर डटे हैं और हठी सरकार जबरदस्ती बनाए तीन कृषि कानूनों को जबरदस्त बता रही है। केन्द्रीय मंत्री मीनाक्षी लेखी ने तो किसानों को मवाली कह दिया।"

उधर ने कहा, "झूठ की खेती करनेवाले अन्न की खेती करनेवालों का दर्द क्या समझें? फिर पैगासस जासूसी का साया भी तो अपने-पराये का भेद नहीं कर रहा।"

इधर चौंका, "यह पैगासस जासूसी वाला क्या लफड़ा है?"

उधर ने रहस्य खोला, "डरे हुए चौकीदार ने बाहर की ओर झाँकते

सीसीटीवी कैमरों के मुँह घर की तरफ मोड़ दिए।"

इधर मुस्कराया, "यानी बदलाव के लिए चुने गए थे और बदले पर उतर आए?"

उधर हँसकर बोला, "क्या गजब इंडिया डिजिटल किया है। आम भारतीय का व्यवहार यों रहने लगा है जैसे या तो वह जासूसी कर रहा है या उसकी जासूसी हो रही है।"

इधर ने चुटकी ली, "बताओ, मोदी सरकार अपने नागरिकों की बातचीत तक ध्यान से सुन रही है और विपक्ष आरोप लगा रहा है कि मोदी सरकार नागरिकों का ध्यान नहीं रख रही।"

उधर ने स्पष्ट किया, "मोदी सरकार का दावा है कि उस पर जासूसी के आरोप निराधार हैं।"

इधर ने बात काटी, "यानी झूठ बोलनेवाले कह रहे हैं कि वे झूठ नहीं बोलते।

यदि किसी की जासूसी हुई है और सरकार ने नहीं कराई है तो जाँच कराओ। जब इजरायल सरकार जाँच को तैयार है तो मोदी सरकार को क्या दिक्कत है?"

उधर ने मजबूरी बताई, "दरअसल इलेक्ट्रोल बॉन्ड, रॉफेल खरीद, पीएम केयर फंड, बैंकिंग फ्रॉड, कोरोना से मौतें, पैगासस स्पाई वेयर जासूसी वगैरह के बारे में मंत्री-प्रधानमंत्री चाहकर भी कुछ नहीं बता सकते, क्योंकि बेचारे पद ग्रहण के वक्त खाई गोपनीयता की शपथ से बँधे हैं।"

इधर ने हँसते हुए पटाक्षेप किया, "भविष्य में कहीं ऐसा न घटने लगे कि हरिश्चन्द्र का विलोम पूछने पर लोग प्रधानमंत्री नरेन्द्र मोदी बताने लगें।"

[25 जुलाई, 2021]

बेरोजगारी का विकास, महँगाई के अच्छे दिन

यदि महँगाई और बेरोजगारी टोक्यो ओलम्पिक में शामिल किए जाते तो लॉन्ग जम्प और हाई जम्प के स्वर्णपदक भारत को ही मिलते।

बेरोजगारी का इस हद तक विकास हो चुका है कि बेचारा विकास खुद बेरोजगार बैठा है।

हमें मन की बात सुनते हुए सकारात्मक रहना चाहिए। भले ही आज हमें अच्छे दिन महँगे पड़ रहे हैं, लेकिन महँगाई के तो अच्छे दिन आ गए।

मोदी सरकार पर यह आरोप नितान्त गलत है कि उसने सात सालों में डेवलपमेंट नहीं किया। जो बेरोजगार 2014 में 23 साल का था, वह आज 30 साल का हो गया। यह डेवलपमेंट नहीं तो क्या है?

सरकारें बचत और कमाई से ही राष्ट्र का विकास करती हैं। अतः इतना सा अर्थशास्त्र तो अर्थशास्त्र न जाननेवाले भी जानते हैं कि मोदी सरकार को बेरोजगारी से बचत हो रही है और महँगाई से कमाई।

गत दस दिनों से डीजल-पेट्रोल की कीमतें नहीं बढ़ने से चिन्ता हो रही है कि मोदी सरकार कमाई में ढिलाई बरतेगी तो राष्ट्र के विकास का क्या होगा?

कुछेक लोगों का मानना है लगातार बढ़ती महँगाई से मोदी सरकार को अपराधबोध हुआ है। दस दिन से डीजल-पेट्रोल-रसोई गैस की कीमतें न बढ़ाने से साबित हो गया है कि मोदी सरकार के पास भी आत्मा है।

ऐसे भोले लोगों से हाथ जोड़कर निवेदन है कि देश को महँगाई सहने दें, पर कृपया मोदी सरकार पर आत्मा रखने का लांछन न लगाएँ।

देश में कहीं चुनाव भी नहीं हैं, फिर मोदी सरकार ने दस दिन से डीजल-पेट्रोल-रसोई गैस की कीमतों में बढ़ोत्तरी क्यों स्थगित कर रखी है? समझ

से परे है। हमें भरोसा है कि मोदी सरकार राष्ट्र के विकास के लिए न सिर्फ डीजल-पेट्रोल-रसोई गैस की कीमतें नियमित बढ़ाना जारी रखेगी, बल्कि रुकी हुई कीमतें भी जोड़कर बढ़ाएगी।

अद्भुत विकास देखना है तो शिक्षा के क्षेत्र में देख लो। ऑनलाइन फीस जमा हो रही है और सर्टिफिकेट, डिग्रियाँ भी ऑनलाइन ही मिल रहे हैं। स्कूलों-कालेजों के भवन बिना पौधों वाले गमलों की तरह धरे हैं।

कोरोना की दो लहरें आईं और हर विद्यार्थी घर बैठे दो क्लास क्लियर कर गया। कोरोना महामारी को लेकर मोदी सरकार की जैसी कार्यप्रणाली है विद्यार्थियों को चाहिए कि पढ़ाई-वढ़ाई के पचड़े में न पड़कर तीसरी लहर की प्रतीक्षा करें। यों ही लहर-दर-लहर लहराते हुए प्रमोट होते चले जाएँगे।

कोरोना लहरों के सहारे पास होकर किनारे लगनेवाले विद्यार्थी भले ही नागरिक ढंग के न बन पाएँ, पर राजनीति में आ गए तो तमसो मा ज्योतिर्गमय होना तय है।

यह क्या कम विकास है कि बिना परीक्षा दिए जितने अंक प्राप्त हुए हैं, विद्यार्थी उतने अंक परीक्षा में नकल करके भी नहीं ला सकते थे।

जिस विद्यार्थी को फेल होना था वह फर्स्ट आ गया और जिस नेता ने फर्स्ट आने का दावा किया था वह फेल हो गया। यह विकास नहीं तो क्या है?

[29 जुलाई, 2021]

सरकारी चादर और मीडिया के पैर

जिस मीडिया को सत्ता पर अंकुश का काम करना चाहिए, वह विपक्ष पर हंटर का काम कर रहा है।

भारतीय मीडिया विशेषकर हिन्दी मीडिया जनमत नहीं बना रहा। या तो भ्रमित कर रहा है या मनोरंजन कर रहा है।

एक हिन्दी अखबार में खबर का शीर्षक पढ़कर बहुत हँसी आई—'हिन्द महासागर में पावर गेम! मॉरीशस में बन रहा इंडिया का सीक्रेट सैन्य अड्डा'।

अब कोई उस अखबार सम्पादक से पूछे कि भाई, जब तुमने छाप दिया, तब सैन्य अड्डा बनाना सीक्रेट कैसे हुआ?

मीडिया ने सुरंग के एक मुहाने पर बकवास की दीवार खड़ी करके सुरंग को गुफा में बदल डाला है। अखबारों के पाठक और न्यूज चैनलों के दर्शक समझ ही नहीं पा रहे हैं कि गुफा देश में है या देश गुफा में है?

प्रिंट और इलेक्ट्रॉनिक दोनों प्रकार के मीडिया की खबरें इतनी गड्डमड्ड रहने लगी हैं कि अखबार पढ़ो तो लगता है टीवी देख रहे हैं और टीवी देखो तो लगता है अखबार पढ़ रहे हैं।

इस दौर में सबसे मुश्किल है खबरों के मलबे में सत्य खोजना।

निरर्थक समाचारों के अतिरेक से मीडियाई नदी-नाले खतरे के निशान से ऊपर बह रहे हैं। जिस मीडिया को बाजार की बदमाशियों की खबरें देनी थीं, उसने खुद को बाजारू बना लिया।

जितनी घटनाएँ नहीं घटतीं उससे अधिक खबरें होती हैं। लगता है, खबरों का बाजार भी स्वदेशी बाबा के बाजार की तरह हो गया है कि तमाम देशी गाएँ जितना दूध नहीं देतीं, देशी घी उससे कई गुना अधिक बेचा जा रहा है।

कई समझदार भारतीयों ने टेलीविजन के कनेक्शन कटा लिए हैं और न्यूज चैनलों की प्रस्तुतियों से इस कदर भयभीत हैं कि टेलीविजन की बन्द स्क्रीन भी ढँककर रखते हैं।

हाँ, लोग अखबार अवश्य खरीद रहे हैं, ताकि शोक सन्देशों से अपडेट रह सकें। वरना ऐसा हास्यास्पद भी घटित हो सकता है कि परिचित के दादा जी की तीये की बैठक के दिन लोग सुबह-ही-सुबह उसे वैरी गुडमॉर्निंग का मैसेज व्हाट्सएप कर बैठें।

मीडिया की बँधी घिग्गी से साफ है कि प्रधानमंत्री और गृहमंत्री ने सिंहासन पर बैठते ही हर मीडिया समूह को चादर भिजवा दी है कि बरखुर्दार पैर इससे बाहर नहीं निकलने चाहिए। खबरों के स्तर और लहजे से यह भी सिद्ध है कि भय और लालच की कतरनी से चादर की लम्बाई में कटौती लगातार जारी है।

मीडिया घरानों को आपे में रहने का इशारा किया जाता है। फिर भी कोई आपे में नहीं रहता हो तो छापे से काम लिया जाता है।

जिसे सत्ता से सवाल पूछने चाहिए, वह खुद सवालों के घेरे में है!

[11 अगस्त, 2021]

खेलों में खेला होबे

सरकार को ताना दिया जा रहा है कि एक सौ पैंतीस करोड़ का देश और टोक्यो ओलम्पिक में मात्र एक स्वर्ण पदक?

मजे की बात है कि ऐसा कहनेवाले अधिकतर वे खिलाड़ी हैं जो हर समय स्मार्टफोन पर पबजी खेलते रहते हैं।

ऐसे तानेबाजों को कौन समझाए कि सरकार को खिलवाड़ से फुरसत मिले तो खेलों पर ध्यान दे।

अतीतजीवियों ने नीरज चोपड़ा के भाला की तुलना महाराणा प्रताप के भाला से कर डाली।

राष्ट्रीय गौरव की कल्पना अच्छी बात है, लेकिन पैर यथार्थ के धरातल पर टिके रहने चाहिए। न तो हल्दीघाटी का युद्ध टोक्यो ओलम्पिक था और न टोक्यो ओलम्पिक हल्दीघाटी का युद्ध। खेल की तुलना युद्ध से करोगे तो किसी दिन युद्ध खेल हो जाएगा।

हम अपनी कमतरी को मिथ्या गौरव की पॉलिश से चमकाने में माहिर हैं। यदि भारत-पाकिस्तान का हॉकी मैच हो और भारत जीत जाए तो भारतीय मीडिया में ब्रेकिंग न्यूज चलती है—'भारत ने रौंदा पाकिस्तान को' और यदि पाकिस्तान जीत जाए तो मीडिया में खबर होती है—'सिर चढ़कर बोला एशियाई हॉकी का जादू'।

जैसे ही नीरज चोपड़ा ने गोल्ड मेडल जीता, भाजपा की आईटी सेल नीरज का अर्थ कमल से निकालकर किसी और के पसीने से अपने कमल की जड़ें सींचने में जुट गई।

भाजपाई तब क्या तर्क देंगे जब कांग्रेसी कहने लगें कि भले ही नीरज का

अर्थ कमल होता है, लेकिन नीरज ने भाला तो हाथ के पंजे से फेंका है। बिना हाथ के पंजे के कोई भाला फेंककर बताए?

माफ करें। यहाँ बात भाला फेंकने की हो रही है, फेंकने की नहीं।

फेंकना और भाला फेंकना दो अलग बातें हैं। जो सिर्फ फेंक सकता है, वह भाला नहीं फेंक सकता। और यदि भाला फेंकनेवाला फेंकने में लग जाएगा तो वह भाला कब फेंकेगा?

फेंकने और भाला फेंकने में बड़ा अन्तर होता है। भाला एक सीमा तक ही फेंका जा सकता है, जबकि फेंकने की कोई सीमा नहीं होती। जहाँ भाला फेंकने के लिए निरन्तर अभ्यास की जरूरत होती है, वहीं फेंकनेवाला अभ्यास के चक्करों में नहीं पड़ता। भाला मैदान पर ही फेंका जा सकता है, जबकि फेंकने वाला मैदान का मोहताज नहीं होता। भाला फेंकनेवाला भाला फेंकने के बाद दूरी की नाप-जोख का हिसाब रखता है, ताकि भाला फेंकने की क्षमता बढ़ाई जा सके। जबकि फेंकने वाला फेंकने के बाद दूरी की नाप-जोख के हिसाब में उलझ जाए तो फेंकने की क्षमता घटने लगती है।

फेंकने और भाला फेंकने में कुछेक समानताएँ भी होती हैं। जैसे भाला फेंकने वाला खिलाड़ी होता है, वैसे ही फेंकनेवाला भी कम खिलाड़ी नहीं होता है।

राजीव गांधी खेलरत्न पुरस्कार का नाम ध्यानचन्द के नाम पर कर देने को नरेन्द्र मोदी का मास्टरस्ट्रोक प्रचारित किया जा रहा है। मेरे खयाल से क्रेडिटजीवी ने इसमें भी खेला कर लिया। गुफा में बैठकर कैमरों के सामने ध्यान लगानेवाले को भी तो ध्यानचन्द कह सकते हैं?

[13 अगस्त, 2021]

लो, सँभालो एक और झुनझुना

'अच्छे दिन' से शुरू हुए थे और 'विभाजन विभीषिका स्मृति दिवस' तक आ गए।

दरअसल बहलानेवाला जानता है कि समय-समय पर झुनझुने नहीं पकड़ाए गए तो दृष्टिहीन फॉलोअर्स को दृष्टि मिल जाएगी।

इतिहास हम इसलिए पढ़ते हैं कि विगत में हुई दुर्घटनाओं के कारण और परिणाम जान-समझ सकें, ताकि वैसी दुर्घटनाओं की पुनरावृत्ति न हो।

हालाँकि इस विभाजनकारी 'विभाजन विभीषिका स्मृति दिवस' से आशंकित होने की जरूरत नहीं है, क्योंकि 'तुम' की अंग्रेजी वाईओयू को सिर्फ 'यू' लिखने वाली पीढ़ी किसी दिवस का इतना बड़ा नाम याद ही नहीं रख सकती।

यह नाम अपने मूल उद्‌देश्य में असफल रहेगा। हाँ, हिन्दी के प्रचार-प्रसार में अवश्य सफल होगा। इस बात के लिए नाम गढ़नेवाला बधाई का पात्र है कि उसको संस्कृत अमर कोश कंठस्थ है।

चूँकि दरबारी विद्वानों को मिनिमम मेहनत के बदले मैक्सिमम बख्शीश मिलती है, अतः बेचारे शब्दकोश तो याद रखते हैं, लेकिन वाक्य-विन्यास में मात खा जाते हैं।

उदाहरण के लिए 'सबका साथ, सबका विकास, सबका विश्वास, सबका प्रयास' को ही लें, हालाँकि विकास सबका न सही, पर इस स्लोगन का खूब हुआ है।

पहले सिर्फ 'सबका साथ, सबका विकास' था। स्लोगन ने थोड़ा सा विकास किया और उसमें विश्वास जुड़ा। आठ सालों में मोदी सरकार सबके साथ से सबका इतना भर विकास कर पाई है कि इस पन्द्रह अगस्त को इसमें प्रयास और जोड़ दिया गया।

मेरा मानना है कि जैसे-जैसे दरबारी विद्वानों को तुकें हाथ लगती जाएँगी, देश का न सही, स्लोगनों का विकास होता जाएगा।

यदि विकास के काम आ सकें तो दो-एक तुकें मेरी ओर से भी निःशुल्क स्वीकारें। जैसे—दो का प्रयास, दो का विकास। दो को आकाश, बाकी को वनवास।

तुकें और भी हैं। इस देश में बेतुकी बातें करने के लिए तुकों का कभी टोटा नहीं रहा।

जितनी सी व्यावहारिक हिन्दी मैं जानता हूँ। मेरे खयाल से 'सबका साथ, सबका विकास, सबका विश्वास और सबका प्रयास' में सबका विश्वास पहले नम्बर पर होता, उसके बाद सबको साथ लिया जाता, फिर सब प्रयास करते, तब सबका विकास अपने-आप हो ही जाता, लेकिन जब नीयत ही दो का विकास करने की हो तो शब्दों का क्रम तो उलट-पलट होगा ही।

समझदारों को शिकायत है कि जब आजादी का अमृत महोत्सव मनाया जा रहा हो, तब विभाजन विभीषिका स्मृति दिवस के बहाने बाहर जाती गेंद क्यों छेड़ी जा रही है?

हे समझदारो! समझो जरा। चाक का काम डस्टर से लेनेवाला व्यक्ति जन्मदिन भी मनाए तो इवेंट की थीम श्राद्ध वाली रखता है।

[17 अगस्त, 2021]

धर्म + राजनीति = तालिबान

राजनीति जब धर्म के कन्धों पर चढ़ बैठे तो वही घटता है जो अफगानिस्तान में घट रहा है।

कुछेक लोगों ने व्यंग्यात्मक चुनौती दी कि दम है तो तालिबान पर हास्य-व्यंग्य लिखो।

बताओ, ऐसे नासमझ लोगों को कैसे समझाया जाए कि हास्य-व्यंग्य पाखंड पर लिखा जाता है, मूर्खता पर नहीं?

इस डिजिटल युग में भी जिसने कम्प्यूटर, स्मार्टफोन के बजाय तलवार और बन्दूक पर भरोसा कर रखा हो, उस पर क्या लतीफा बनाया जाए? वह तो खुद ही लतीफा है।

मैंने तलवार पहली बार पारसी शैली के एक नाटक में देखी थी और बन्दूक डाकुओं वाली एक हिन्दी फिल्म में। आज पारसी शैली के नाटकों और डाकुओं वाली हिन्दी फिल्मों का हश्र सामने है।

मैंने तो तलवार प्रथम और अन्तिम बार अपनी शादी में पकड़ी थी। और यह सोचकर मुझे आज भी हँसी आती है कि हाथ में तलवार होने के बावजूद मैं अपने को विवाहित होने से क्यों नहीं बचा पाया?

अमेरिकी विरोधी तालियाँ पीट रहे हैं कि अफगान राष्ट्रपति असरफ गनी को पतली गली से निकलना पड़ा और सुपर पॉवर अमेरिका ने जबरदस्त मुँह की खाई।

भैया जब सामने गन थी तो लाचार गनी क्या करता? रही बात अमेरिका के जबरदस्त मुँह की खाने की तो दुनिया में कौन ऐसा हुआ है, जो अपनी औलाद के आगे नहीं हारा हो?

अफगानिस्तान में चीन अमेरिका के साथ वही कर रहा है जो अमेरिका ने रूस के साथ किया था। अगला नम्बर चीन का तय है। जिस दिन चीन तालिबान के कटोरे में दूध की सप्लाई बन्द कर देगा, उस दिन यही तालिबान चीन को डसेगा।

पाकिस्तान के प्रधानमंत्री इमरान खान ने तालिबान की वापसी को अफगानिस्तान की आजादी बता डाला। फास्ट बॉलर ने बड़ी फास्ट फेंकी, हालाँकि इस पर हास्य-व्यंग्य की जरूरत नहीं है, क्योंकि ऐसा बयान देनेवाला हास्य-व्यंग्य का नहीं, करुणा का पात्र होता है।

वैसे भी पाकिस्तान की राजनीतिक, सामाजिक, धार्मिक विसंगतियों से निपटने के लिए वहाँ इम्तियाज अली ताज, शौकत थानवी, मुश्ताक़ अहमद युसूफ़ी, मोइन अख़्तर, अनवर मक़सूद जैसे हास्य-व्यंग्यकारों की समृद्ध परम्परा पहले से मौजूद है।

दरअसल पूरी दुनिया में राजनीति धर्म का इस्तेमाल कर रही है, धर्म राजनीति का इस्तेमाल कर रहा है और कॉरपोरेट दोनों का इस्तेमाल कर रहा है।

धर्म-कर्म वाले कॉरपोरेट बन बैठे, कॉरपोरेट सरकारें चला रहे हैं और सरकारें धर्म-कर्म में लगी हुई हैं।

हँसी इस बात पर जरूर आ रही है कि उन तालिबानियों को अत्याधुनिक महँगे हथियार कौन दे रहा है, जिन गरीबों के पास पहनने को कपड़े तक ढंग के नहीं हैं?

पूँजीवादी फन्दे में फँसकर हिंसक हुए विश्व को बुद्ध, महावीर और गांधी के देश से उम्मीद थी, लेकिन क्या करें, हम तो अभी अलीगढ़ का नाम बदलकर हरिगढ़ करने के क्रान्तिकारी काम में व्यस्त हैं।

धर्म के कन्धों पर राजनीति की सवारी का सीन देखिए, जिन्हें खप्पर बढ़ाकर भिक्षामदेही पुकारना था, वे हाथ जोड़कर वोट माँग रहे हैं।

[20 अगस्त, 2021]

महँगाई तार गई

चतुर शासक वह होता है जो अपने नागरिकों के दिमाग में बिठा दे कि तुम्हारी बदहाली नहीं बढ़ी तो राष्ट्र की खुशहाली घट जाएगी।

नागरिक जितना बुनियादी जरूरतों के लिए तरसेंगे, राष्ट्र की बुनियाद उतनी ही मजबूत होगी। जीडीपी जितनी माइनस में जाएगी, ग्रोथ रेट उतनी ही प्लस में रहेगी।

अपने शासक के भक्तिभाव में आकंठ डूबे नागरिक भी मान बैठते हैं—व्यवस्था सत्य है, अर्थव्यवस्था मिथ्या।

महँगाई-बेरोजगारी वगैरह बेमतलब की बातें हैं, पढ़ाई-लिखाई टाइम पास के लिए की थी और नौकरी भाग्य से मिलती है। खाली हाथ आए थे और खाली हाथ जाना है, लेकिन जिन्दगी का मजा तो तब है जब जिएँ भी खाली हाथ।

यदि सरकार द्वारा किसी वस्तु पर दस रुपये बढ़ाकर दस पैसे कम कर देने को ही नागरिक महँगाई घटाना मानने लगें तो समझ लो राष्ट्र का विकास पटरी पर है।

महँगाई और विकास एक-दूसरे के पर्याय बना दिए गए हैं, अतः एक दिन पेट्रोल के दाम नहीं बढ़ें तो लगता है कि हम मोटरसाइकिल पर बैठकर नहीं, उसे कन्धों पर उठाकर चल रहे हैं।

डीजल पर इक्कीस पैसे कम कर दिए तो दिन-भर मनःस्थिति ऐसी रही जैसे राष्ट्र इक्कीस सौ साल पीछे चला गया। अगले दिन पिचहत्तर पैसे बढ़ाए, तब जाकर आजादी के अमृत महोत्सव वाली फीलिंग लौटी।

किसी राज्य में चुनाव थे, सो सरकार चाहकर भी सप्ताह-भर तक डीजल, पेट्रोल, रसोई गैस के दामों में बढ़ोत्तरी नहीं कर पाई। लोग घबराकर

त्राहिमाम-त्राहिमाम कर उठे कि हे राम! अब राष्ट्र के विकास का क्या होगा?

सरकार महँगाई नहीं बढ़ाए तो लोग उसकी लानत-मलामत करने लगते हैं कि हमने जिस काम के लिए सरकार चुनी थी जब वही काम नहीं कर पा रही है तो फिर काहे की सरकार है?

वह तो मतदान खत्म होते ही रसोई गैस पर पचास रुपये बढ़ाए, तब जाकर भरोसा लौटा कि सरकार ने विकास से मुँह नहीं मोड़ा है।

मेरे एक परिचित के यहाँ जिस दिन बढ़ी रेटवाला रसोई गैस सिलेंडर आया तो उन्हें लगा रसोई गैस सिलेंडर नहीं आया, कोई लाल चोले में प्रकट हुआ है। उन्होंने श्रद्धा भाव से रसोई गैस सिलेंडर के आगे शीश झुकाया, मानो प्रधानमंत्री संसद की सीढ़ियों पर नतमस्तक हो रहे हों।

कई को शिकायत है कि प्रधानमंत्री को महँगाई, बेरोजगारी की ओर ध्यान देना चाहिए।

अब शिकायत करनेवालों को कौन समझाए कि महँगाई, बेरोजगारी जैसी अप्सराएँ कदापि एक ऋषि का ध्यान भंग नहीं कर सकती हैं।

नकारात्मक लोगों को समझना चाहिए कि रोजगार घटने से भले ही अपराध बढ़ते हैं, लेकिन अपराध बढ़ने से भी तो कई को रोजगार मिलता है।

जैसा कि माना जाता है कि महँगी वस्तु ही श्रेष्ठ होती है, अत: इन दिनों वस्तुएँ महँगी मिलने से हम भारतीयों में विशेष प्रकार का श्रेष्ठताबोध आ गया है। इस पर भी तो गर्व करो।

स्कूल-कॉलेज की पूरी फीस भरने के बावजूद ऑनलाइन पढ़ाई का खर्च अलग से। फीस की टीस का मजा ही कुछ और है।

कभी-कभी आशंका होती है कि यदि राष्ट्र का सम्पूर्ण विकास नरेन्द्र मोदी ही कर डालेंगे तो भावी प्रधानमंत्री क्या करेंगे?

[24 अगस्त, 2021]

हर माल मिलेगा ढाई आना

सरकारी अर्थशास्त्रियों के अनुसार विकास की परिभाषा है—माँ के गहने बेचकर स्मार्टफोन खरीदना।

कस्बाई बसों में सुरमा-काजल बेचनेवालों की तरह आवाजें लगाई जा रही हैं—हर माल मिलेगा ढाई आना। सेल लो, गेल लो, भेल लो/एयर इंडिया, बीएसएनएल, रेल लो।

विपक्ष में रहते जो ढूँढ़-ढूँढ़कर निजीकरण के नुकसान गिनाते थे, वे सत्ता में आते ही ढूँढ़-ढूँढ़कर निजीकरण के फायदे गिना रहे हैं।

पुरखों की हवेली बेचकर किराये में रहने को ही विकास मानते हो तो करो शौक पूरा। पर जहाँपनाह! प्रजा को यह तो बता दो कि आप विपक्ष में थे तब गलत थे या अब सत्ता में हो, तब गलत हो?

उदारीकरण असल में कॉरपोरेट का साम्राज्यवाद है। अत: जिन्होंने आजादी का आन्दोलन नहीं देखा, वे गुलामी की प्रक्रिया देख लें।

जैसे आजादी की लड़ाई लड़नेवालों को स्वतंत्रता सेनानी सम्मान दिया जाता है। सम्भव है, देश के पूरी तरह निजी हाथों में चले जाने पर, निजीकरण के समर्थक 'गुलामी के सहभागी' पुरस्कार से नवाजे जाएँ। जो निजीकरण के खतरों को जानकर भी अनजान बने हुए हैं, वे 'पराधीनता के मूकदर्शक' सम्मान के हकदार होंगे।

विपक्ष लगातार बोल रहा है, पर उसका माइक छीन लिया गया है। न्यूज चैनल क्या सवाल करेंगे, वे तो खुद ही निजीकरण का पुण्यफल हैं। जिन हिन्दी अखबारों को व्यवस्था परिवर्तन पर सामग्री छापना चाहिए, वे फैशन परिवर्तन पर छाप रहे हैं।

वित्तमंत्री निर्मला सीतारमण ने कई सरकारी सम्पत्तियों के नेशनल मोनेटाइजेशन प्लान की घोषणा की है। यानी सम्पत्तियाँ किराये पर दी जाएँगी, लेकिन मालिकाना हक सरकार के पास रहेगा।

क्या इसे यों समझा जाए कि जनता के टैक्स से बनी ट्रेन निजी होगी, मुनाफा निजी जेबों में जाएगा, लेकिन उस पर 'भारतीय रेल' लिखना अनिवार्य होगा, ताकि सरकारी होने का भ्रम बना रहे?

जिस गति से सरकारी सम्पत्तियाँ बेची जा रही हैं, निकट भविष्य में ऐसी स्कीमें आ सकती हैं—बाई वन गेट थ्री टाइप। एक आईआईटी की खरीद पर दो एनआईटी मुफ्त। एक राजधानी एक्सप्रेस ट्रेन खरीदें और साथ में मुफ्त पाएँ माल से भरी हुई दो माल गाड़ियाँ।

मंत्रीपद हो सकते हैं—रेल विक्रय मंत्री, मानव संसाधन विक्रय मंत्री। उद्योग मंत्री का एकमात्र काम सार्वजनिक क्षेत्र के उद्योग बेचना होगा और स्वास्थ्य मंत्री सिर्फ सरकारी अस्पताल बेचने का काम करेगा।

मंत्रीगण शपथ-ग्रहण के अवसर पर सरकारी सम्पत्तियाँ बेचने की शपथ लेंगे। नागरिक उड्डयन मंत्री ने यदि शपथ लेते ही तुरन्त हवाई अड्डे बेचने शुरू नहीं किए तो उससे तुरन्त इस्तीफा ले लिया जाएगा।

रेलवे स्टेशनों की पूछताछ खिड़कियों पर लोग ट्रेनों का टाइम नहीं, ट्रेनों की प्राइस पूछेंगे।

एयर इंडिया के कस्टमर केयर पर ग्राहक इस बात के लिए फोन करेंगे कि एक बोइंग 747 कितने तक में पड़ेगा?

वाह! क्या गजब मोदीनॉमिक्स है? कामधेनु जनता की और दूहेगा कॉरपोरेट।

[27 अगस्त, 2021]

कौन ठगवा नगरिया लूटल हो

मोदी सरकार के न व्यवस्था समझ में आ रही है और न अर्थव्यवस्था।

फलतः जिन्हें व्यवस्था से लड़ना चाहिए वे खुद से लड़ रहे हैं या एक-दूसरे से। समझदार निठल्ला अपना माथा पीट रहा है और मूर्ख निठल्ला दूसरे का।

सवाल है कि जनता को असहज करके भी सरकार सहज कैसे दिख लेती है?

दरअसल सरकार के पास हिन्दू-मुस्लिम एजेंडे के साथ ही और भी कई तरकीबें हैं। जिससे जनता का ध्यान न व्यवस्था की तरफ जाता है और न अर्थव्यवस्था की तरफ।

उदाहरण से समझें। ज्योंही बेरोजगारी का हल्ला बेकाबू होता है, त्योंही सरकार किसी विभाग में दस पदों की भर्ती निकाल देती है। दस पदों के लिए अमूमन एक लाख के आसपास बेरोजगार आवेदन करते हैं। एक लाख लोगों के आवेदन खर्च से चयनित होनेवाले दस लोगों के सम्पूर्ण सेवाकाल के वेतन-भत्ते निकल आते हैं।

सोने पे सुहागा यह कि नियुक्तियाँ देने से पहले कोई 'जागरूक' नागरिक अड़ंगा लगवा देता है कि परीक्षा में जबरदस्त धाँधली हुई है। सरकार ने प्रश्नपत्र हल करने के लिए परायों को सिर्फ दो घंटे दिए, जबकि अपनों को पूरे एक सौ बीस मिनट।

बहिन पीहर जाने को बैठी थी और भाई लेने को आ गया। सरकार नियुक्तियाँ रद्द कर देती है।

नौकरी एक को भी नहीं मिली, काम से लाखों लगे रहे और सरकार ने बिना एक पाई खर्च किए करोड़ों कमा लिए। है ना शानदार व्यवस्था और जानदार अर्थव्यवस्था?

चालाक अर्थशास्त्री भाषायी फेर-बदल से भी गेम कर रहे हैं। जैसे नौकरी को जॉब, ठेके को पैकेज और छँटनी को स्क्रिनिंग कह देने से पूरा मनोविज्ञान बदल जाता है।

सगाई के समय लड़कीवालों से कह दिया जाए कि लड़का सालाना छह लाख ठेके पर नौकरी करता है तो वह जिन्दगी-भर अविवाहित रह सकता है। इसी को यों कहा जाए कि लड़का तीन लाख ईयरली पैकेज पर जॉब कर रहा है तो चट मँगनी पट ब्याह। छह लाख के ठेके की तुलना में तीन लाख का पैकेज श्रेष्ठ माना जाता है। जॉब को नौकरी कह दो तो लगता है लड़का मनरेगा में मजदूरी करता है।

ऑफिस या कारखाने से छँटनी करके निकाल दिए जाने पर नौकरी और इज्जत दोनों जाते हैं, जबकि स्क्रीनिंग कहकर हटा देने पर जॉब ही जाता है, इज्जत नहीं।

बहुराष्ट्रीय ई-कॉमर्स, आईटी और फार्मा कम्पनियों की अर्थव्यवस्था समझे बिना वर्तमान भारतीय राजनीतिक व्यवस्था नहीं समझी जा सकती।

विश्वबैंक, अन्तरराष्ट्रीय मुद्राकोष और विश्व व्यापार संगठन ने अपने हित साधक नेता की जीत का फॉर्मूला निकाल रखा है। एक युवा की बीस हजार रुपये की नौकरी छीनकर चालीस युवाओं के बैंक खातों में पाँच-पाँच सौ रुपये डलवा दो तो नेता की उनतालीस वोटों से जीत पक्की।

मंगलग्रह पर पानी मिल सकता है, लेकिन अपने देश में जरूरत के अवसर पर अवसरवादी नहीं मिलते।

कभी बहुराष्ट्रीय कम्पनियों को देश-निकाला दिलवाने वाले बाबा रामदेव इन दिनों कहीं नजर नहीं आ रहे हैं?

शायद बाबा अपने सेवन स्टार आश्रम में योग की बिक्री से हुई कमाई का योग लगाने में व्यस्त हैं?

[29 अगस्त, 2021]

जन्माष्टमी की राजनीतिक शुभकामनाएँ

उत्तर प्रदेश के मुख्यमंत्री योगी आदित्यनाथ की ओर से मेरे फोन पर जन्माष्टमी की शुभकामनाओं का सन्देश प्राप्त हुआ। हिन्दी के तुच्छ व्यंग्य-लेखक को देश के सबसे बड़े प्रदेश के मुख्यमंत्री का शुभकामना सन्देश!

देखते ही लगा जैसे डीजल-पेट्रोल मात्र दो-चार रुपये लीटर हो गए हों।

शुभकामना सन्देश तीन प्रकार के होते हैं। नि:स्वार्थ, व्यावसायिक और राजनीतिक। नि:स्वार्थ शुभकामना सन्देश जहाँ आदान-प्रदान वाले होते हैं, वहीं व्यावसायिक और राजनीतिक सन्देश सिर्फ प्रदान वाले होते हैं। व्यावसायिक शुभकामना सन्देश राजनीतिक नहीं होते, लेकिन राजनीतिक सन्देश शुद्ध व्यावसायिक ही होते हैं।

योगी आदित्यनाथ के साढ़े चार साल के कार्यकाल में ऐसा सन्देश न सिर्फ पहली बार मिला, बल्कि जन्माष्टमी के एक दिन पहले मिला।

न तो मैं उत्तर प्रदेश का वोटर हूँ और न उन्हें एक भी वोट दिला सकता हूँ, फिर भी मुख्यमंत्री ने मुझे अपनी शुभकामनाओं के लायक क्यों समझा? वह भी ऐसे मतलबी समय में जब लोग घायल व्यक्ति की मदद करने के बजाय उसकी जेबें टटोलते हैं।

अपने प्रदेश की जनता के टैक्स का पैसा अन्य राज्यों के निवासियों को शुभकामनाएँ देने पर क्यों उड़ाया जा रहा है?

सन्देश जन्माष्टमी के एक दिन पहले भिजवाने को भेजनेवाले का उतावलापन मानूँ या निठल्लापन?

मैं उन्हें जवाबी शुभकामनाएँ देता, लेकिन राजनीतिक शुभकामनाएँ इकतरफा होती हैं, प्रधानमंत्री की मन की बात की तरह।

मुझे शुभकामनाएँ देने के पीछे योगी आदित्यनाथ का कोई एजेंडा है या यह वैसे ही है जैसे सन्तोषी माता वगैरह के सोलह पोस्टकार्ड लिखे जाते थे?

कहीं ऐसा तो नहीं कि उन्होंने शुभकामना किसी और को भेजी हो और मैसेज देश की तरह भटक गया हो?

सन्देश एक दिन पहले मिलने का तो कारण समझ में आता है कि नेटवर्क बीएसएनएल का इस्तेमाल किया गया है। सो, यह सोचकर सप्तमी को भेजा होगा कि अष्टमी की आधी रात तक तो पहुँच ही जाएगा, लेकिन इन दिनों अपनी बिकवाली से घबराए बीएसएनएल ने चुस्ती-फुर्ती दिखाई और तुरन्त पहुँचा दिया।

हो सकता है योगी-सरकार जन्माष्टमी की शुभकामनाएँ मुझे अपनी स्थापना के समय से ही भिजवाती रही हो, लेकिन मुझे पहला सन्देश चार साल बाद मिला हो, सरकारी मदद की तरह?

इंडिया के डिजिटल होने से पहले त्योहारों की शुभकामनाएँ कार्डों-पत्रों के माध्यम से समाज का एक छोटा सा वर्ग देता-लेता था।

छुट्टा पूँजीवाद की वजह से कामनाएँ बढ़ती गईं और शुभ घटता गया, लिहाजा शुभकामनाओं का फॉर्मेट भी बदलता गया। पहले शुभकामनाएँ गले मिलकर दी जाती थीं। फिर हाथ मिलाकर दी जाने लगीं। उसके बाद हाथ हिलाकर दी जाने लगीं और अब तो पड़ोसी भी एसएमएस या व्हाट्सएप से छुट्टी पा लेते हैं।

शायद जल्द ही ऐसा समय भी आए कि शुभकामनाएँ धमकाकर दी जाएँ और स्वीकार न करने पर और अधिक धमकाया जाए।

[1 सितम्बर, 2021]

निठल्ले बहुत बिजी हैं

आदर्श सरकार के पास बिना रोजगार दिये भी भीड़ को काम से लगाकर रखने के कई नुस्खे होते हैं।

जनता व्यस्त रहनी चाहिए, भले ही इसके लिए उसे अस्तव्यस्त रखना पड़े। आखिर अस्तव्यस्तता शब्द में भी तो व्यस्तता है, बल्कि अस्तव्यस्त व्यक्ति अधिक व्यस्त रहता है। एक तो व्यस्त, ऊपर से अस्तव्यस्त। यानी डबल व्यस्त।

शान्ति-व्यवस्था को सत्ता सदैव अपने लिए खतरा मानती है, क्योंकि शान्त और व्यवस्थित नागरिक सरकार से उसके जमा-खर्च का हिसाब पूछते हैं। इससे सरकार अशान्त और अव्यवस्थित हो जाती है।

अतः जब भी सरकार कहे कि हम लाखों लोगों को काम देंगे तो समझ लेना चाहिए कि जल्द ही यहाँ-वहाँ प्रायोजित ऊटपटाँग क्रियाकलाप शुरू होनेवाले हैं।

सूचना है कि भाजपा शासित मध्यप्रदेश के एक नदी किनारे बसे कई गाँवों-कस्बों के लोगों ने इस माँग को लेकर जुलूस निकाला कि हमारी लोकल नदी को गंगा का दर्जा दिया जाए। जुलूस में भाजपा के एक राष्ट्रीय महामंत्री, राज्य के एक मंत्री और रामायण धारावाहिक के राम अर्थात अरुण गोविल भी शामिल हुए। अब तो आप भी समझ गए होंगे कि भारत में रोजगार भले ही नहीं हैं, पर काम की कोई कमी नहीं है।

मान लो मोदी सरकार इस माँग को मानकर वोटों के चक्कर में उस नदी को गंगा का दर्जा दे दे तो फिर अगली माँग के लिए इससे भी बड़ा जुलूस निकलेगा कि जिस विचारक ने हजारों लोगों को व्यस्त करने का ऐसा अनुपम आइडिया दिया है, उसे भागीरथ का दर्जा दिया जाए।

इसी कड़ी में अरुण गोविल को ऑरिजनल राम का दर्जा दिए जाने की माँग भी उठ सकती है।

किसी गाँव के सैकड़ों लोग अपने गाँव की किसी पहाड़ी को हिमालय का दर्जा दिलवाने के लिए दिल्ली कूच का नारा दे सकते हैं।

छोटे-छोटे तालाब हिन्द महासागर का दर्जा प्राप्त करने की जिद में सूख सकते हैं।

पत्नी को बिसरानेवाले के लिए दुष्यन्त के दर्जे की माँग को लेकर अपार जनसमूह सड़कों पर उतर सकता है।

शायद लोग दाढ़ी-मूँछ बढ़ाने लगें और जिसकी दाढ़ी-मूँछ सर्वाधिक लम्बी और सफेद हो, वही अपने लिए रवीन्द्रनाथ टैगोर का दर्जा माँगने लगे।

यह तो अवश्य ही हो सकता है कि सांसद-विधायक सदनों में प्रस्ताव पारित कर, खुद को देवताओं का दर्जा दे लें और प्रधानमंत्री देवराज इन्द्र का दर्जा पा जाएँ।

सरकार के लिए भी मूल काम करने के बजाय ऐसी दर्जा वाली स्कीमें अधिक लाभकारी होती हैं। दर्जा देते रहो, चुनावी जीत के मज़े लेते रहो।

नजारा बड़ा हास्यास्पद है। जहाँ सरकार ने संकल्प ले रखा है कि जनता को रोजगार नहीं, सिर्फ काम देते रहना है, वहीं जनता ने भी ठान रखी है कि हमें भी रोजगार नहीं, सिर्फ काम चाहिए।

काम देते रहनेवाले आह्लादित हैं कि नागरिक किसी-न-किसी काम में व्यस्त हैं।

व्यस्तता का यह आलम है कि कोई अफवाहें ऑनलाइन प्रसारित करने में व्यस्त है तो कोई उन्हें ऑफलाइन क्रियान्वित करने में।

मोदी सरकार को जनता की इस निठल्ली व्यस्तता का भरपूर लाभ मिल रहा है। वह अलीगढ़ का नाम बदलकर हरिगढ़ प्रस्तावित करके, रसोई गैस सिलेंडर पर पच्चीस रुपये बढ़ा लेती है।

[3 सितम्बर, 2021]

चेहरे की राजनीति और राजनीति का चेहरा

बिकाऊ राजनीति में चेहरा बिकता है। फिर भले ही चेहरा आत्मप्रचार करके बेचना पड़े या दुष्प्रचार करके।

जिधर भी नज़र डालो, प्रधानमंत्री नरेन्द्र मोदी ही का चेहरा दिखाई देता है। वैक्सीन सर्टिफिकेट से लेकर प्रधानमंत्री गरीब कल्याण योजना वाले थैले तक पर। टैक्स जनता का और चेहरा प्रधानमंत्री का? वाह! मोदी जी वाह! क्या मार्केटिंग है?

कोरोना वैक्सीन सर्टिफिकेट पर प्रधानमंत्री का चेहरा देखकर सतर्कता स्लोगन 'दवाई भी और कड़ाई भी' बोलो तो ध्वनि निकलती है 'दवाई भी और बड़ाई भी'।

दरअसल ब्रांड आधारित चुनावी रण में चुनाव व्यक्ति नहीं, चेहरा जीतता है।

एक दौर में प्रधानमंत्री का चेहरा मुख्य चौक-चौराहों तक सीमित रहता था। वह भी चुनाव के समय ही। फिर चेहरा चप्पे-चप्पे पर टाँगा, लटकाया, चिपकाया जाने लगा और अब तो बात 'दाने-दाने पर छपा हो पीएम का चेहरा' तक आ पहुँची है।

हो सकता है चुनावी रणनीतिकार रणनीति बना रहे हों कि प्रधानमंत्री का चेहरा सिर्फ वैक्सीन सर्टिफिकेट पर ही क्यों, हर तरह के सर्टिफिकेट पर क्यों नहीं?

मजा आ जाए, यदि मार्कशीट, डिग्री, डिप्लोमा पर नाम विद्यार्थी का हो और चेहरा प्रधानमंत्री नरेन्द्र मोदी का। कड़ा कानून बनाना चाहिए कि लोग अपने मकान-झोंपड़े पर चेहरे वाली नेमप्लेट लगाएँ। जिस पर नाम-पता अपना हो और चेहरा नरेन्द्र मोदी का। प्रधानमंत्री का चेहरा दूर से ही दिखना चाहिए,

भले ही मकान मालिक का नाम-पता नजदीक से भी न दिखे।

इससे प्रधानमंत्री की ब्रांडिंग शानदार होगी और मकान मालिकों को भी लगेगा कि वे प्रधानमंत्री आवास में रह रहे हैं।

चेहरा दिखाने की लिप्सा किस सीमा तक जा सकती है, जानिए—

किसी राजा का एकमात्र लक्ष्य था कि प्रजा जहाँ कहीं भी नजर डाले, उसे मेरा ही चेहरा दिखे। उसने राज्य की रेत के एक-एक कण पर अपने चेहरे छपवा दिए। देवताओं तक की मूर्तियाँ हटवाकर वहाँ अपने चेहरे धरवा दिए।

तमाम सरकारी, गैर-सरकारी मकानों की सीलिंग पर अपने चेहरे चिपकाने अनिवार्य कर दिए और आदेश दे दिया कि बाहर निकलनेवाले लोग ऐसा छाता तानकर ही निकलें, जिसकी भीतरी सतह पर मेरे चेहरे चित्रित हों।

अब राजा के सामने एक ही चुनौती थी कि वह अपने चेहरे बहते पानी पर छपवाए और लोग देखें भी। उसने यह समस्या भी हल कर ली। राज्य की नदियों के तटों पर उनके उद्गम से अन्त तक अपने चेहरेवाले होर्डिंग, कटआउट लगवाकर पानी के अन्य सारे संसाधन नष्ट करवा दिए।

प्यासे लोग पानी लेने नदी पर जाते। ऊपर देखते तो राजा के चेहरे होर्डिंगों, कटआउटों पर दिखते और नीचे देखते तो परछाइयों के रूप में।

मारे खुशी के राजा बार-बार दर्पण देखता।

लेकिन यह क्या? चेहरे से ऊबकर प्रजा राजा का चेहरा देखने से बचने के लिए गांधारी की तरह आँखों पर पट्टी बाँधकर जीने लगी।

हर हाल में अपना चेहरा दिखाने पर उतारू राजा भी कहाँ हार माननेवाला था? उसने प्रजा के मोतियाबिन्द घोषित करवाकर सबकी आँखों में अपना चेहरा छपे लेंस डलवा दिए।

इसके बाद आँखें खुली रखी जातीं या बन्द, राजा का चेहरा कभी किसी नागरिक की दृष्टि से ओझल नहीं हुआ।

[5 सितम्बर, 2021]

चौथा खम्भा खुद चारपाई पर

जिस मीडिया को लोकतंत्र को महनीय बनाना था, वह स्वयं दयनीय हो गया।

चौथा खम्भा खुद चार पायों के सहारे है—कॉरपोरेट, कर्मकांड, क्राइम और क्रिकेट।

खबरिया चैनलों ने तो लगता है गंगाजली उठा ली है कि कुछ भी दिखाना है, पर खबर नहीं दिखानी।

हिन्दी अखबार भी न्यूज चैनलों की देखा-देखी उस गेंदबाज की भूमिका में हैं, जो सत्ता के सामने रूई की गेंद फेंकता है और विपक्ष के सामने पत्थर की।

हिन्दी अखबार सत्ता के तिल को तो ताड़ बनाकर छापते हैं, जबकि विपक्षी ताड़ को तिल बराबर भी जगह नहीं देते।

विपक्ष में कमियाँ खोजना ही खोजी पत्रकारिता हो गई।

तीन कृषि कानूनों के विरोध में मुजफ्फरनगर में ऐतिहासिक विशाल किसान महापंचायत हुई। अगले दिन प्रमुख हिन्दी अखबारों ने ऐसे जिक्र किया जैसे पाँच-सात देहाती हुक्का-पानी के लिए इकट्ठे हुए हों। जबकि सत्तारूढ़ पार्टी का छुटभैया नेता भी घर की बालकनी में रखे गमले में नन्हा-सा कैक्टस ही लगाए तो ये ही अखबार 'विशाल वृक्षारोपण' छापते हैं।

लोकतंत्र में कैसे पाठक के अवचेतन में राजतंत्र आरोपित किया जाता है, अखबारों की चुनावी रिपोर्टिंग से समझिए—बजा चुनावी बिगुल, उम्मीदवारों ने सँभाला मोर्चा। चुनाव घोषित, हर दल में बज उठी रणभेरी। अधिकांश सीटों पर भाजपा कांग्रेस में सीधी जंग। तृणमूल ने ढहाया वामपंथ का किला। आरजेडी ने छीनी जेडीयू से सीटें। आप, कांग्रेस, भाजपा में त्रिकोणीय संघर्ष। शिवसेना ने दी भाजपा को पटखनी। सपा-बसपा ने लगाई एक-दूसरे के खेमे

में सेंध। टिकटों को लेकर सभी दलों में घमासान। बागियों ने अपने ही दलों को ललकारा।

चुनावी समाचारों के शीर्षक पढ़कर लगता है कि अखबारवाले रिपोर्टिंग के लिए संवाददाताओं के रूप में वीर रस के मंचीय कवि तैनात करने लगे हैं।

बिगुल, मोर्चा, रणभेरी, जंग, किला, छीनाझपटी, संघर्ष, पटखनी, सेंध, घमासान, ललकारा आदि पढ़-पढ़कर पाठक युद्ध की मानसिकता में रहने लगते हैं। अखबारों की ऐसी ही भाषा रही तो बूथ पर जाने से पहले मतदाता असमंजस में न पड़ने लगें कि मतदान के लिए वोटर आईडी लेकर जाएँ या ढाल-तलवार?

'बीजेपी ने मारी कांग्रेस से बाजी'। खबर में 'बाजी' शब्द पढ़कर पाठक समझ ही नहीं पाता कि बीजेपी चुनाव में जीती है या ताशपत्ती के खेल में।

न्यूज चैनलों के तो कहने ही क्या? चुनाव तो छोड़िए, न्यूज एंकर को प्रतिदिन की रिपोर्टिंग में ही महाभारत वाले संजय से बड़ा काम करना पड़ रहा है। संजय ने तो अन्धे धृतराष्ट्र को सिर्फ युद्ध का हाल सुनाया था, बेचारे न्यूज एंकरों को तो युद्ध कराते हुए हाल सुनाना पड़ रहा है।

[7 सितम्बर, 2021]

चुनाव अनेक, चेहरा एक

बहारों फूल बरसाओ, पाँच राज्यों में चुनाव होनेवाले हैं।

चुनाव किसी वार्ड का हो या पार्लियामेंट का, भाजपा की ओर से नामांकन कोई भी दाखिल करे, लड़ते प्रधानमंत्री नरेन्द्र मोदी ही हैं।

शिकायत है कि चुनाव संगठन लड़े, सरकार क्यों? लोकसभा के अलावा अन्य चुनावों में प्रधानमंत्री अपनी भागीदारी क्यों रखते हैं?

तो भैया इसलिए कि बैटरी को बैठने से बचाना हो तो गाड़ी को नियमित स्टार्ट करते रहना जरूरी है।

यदि 'ग्राम पंचायत से लेकर देश की पंचायत तक अपनी ही सरकारें हों' वाली मानसिकता ही विकास है तो गत सात सालों जितना विकास सच में सत्तर सालों में नहीं हुआ।

नरेन्द्र मोदी की एक विशेषता तो स्वीकारनी ही पड़ेगी कि चुनावी सक्रियता के मामले में पूरे धरतीपकड़ हैं। उनका कोई प्रत्याशी कहीं चुनाव हार जाए तो भी वे हार नहीं मानते।

कोई मुख्य चुनाव में हार जाए तो उपचुनाव की जमीन तैयार करवा लेते हैं। उपचुनाव में भी हारने पर फिर चुनाव-उपचुनाव की गुंजाइश निकालने में लगे रहते हैं।

कई बार तो चिन्ता होती है कि यदि नरेन्द्र मोदी किसी सिंगल चुनाव वाले या बिना चुनाव वाले देश के प्रधानमंत्री होते तो अपना और उस देश का टाइम पास कैसे करते?

कोरोना हो इस कोरोना वायरस को। विदेश यात्राएँ न होने से भारत के प्रधानमंत्री सिर्फ भारत ही के प्रधानमंत्री होकर रह गए। ऊपर से चुनावी भागीदारी

भी ऑफलाइन, सो भारत के प्रधानमंत्री कहीं के नहीं रह गए।

कोरोना काल से पहले कितने मजे थे। प्रधानमंत्री चुनाव में व्यस्त हैं या विदेश निकल लिये। अकसर तो यही सोचकर विदेश चले जाते होंगे कि जब कोई चुनाव ही नहीं है तो देश में पड़ा-पड़ा क्या करूँगा?

प्रधानमंत्री के विदेश से लौटने की खबर से ही लोग समझ जाते थे कि देश में कोई चुनाव होनेवाला है अथवा जब भी विदेश से लौटने का मन होता होगा, देश में कहीं-न-कहीं चुनाव घोषित करा लेते होंगे।

कोरोना काल से पहले प्रधानमंत्री का एक निश्चित टाइम टेबल था। विदेश से आए। चुनावी रैलियाँ सम्बोधित कीं और फिर विदेश निकल लिए।

बिना चुनाव देश में क्यों रुकना? हो सकता है, ऐसा भी हुआ हो कि विदेश से देश के लिए चले हों और भारतीय वायु सीमा में प्रवेश करते ही पता लगा हो कि अभी तो देश में कहीं कोई चुनाव ही नहीं है और वहीं से लौट गए हों अथवा भारत से बुलावे का फोन जाता हो तो कह देते हों कि जब देश में कोई चुनाव ही नहीं है तो आकर करूँगा क्या?

या तो पार्टी किसी चुनावी सभा का आमंत्रण भेजती होगी, तब स्वदेश आते होंगे या खुद ही फोन कर पूछ लेते होंगे कि कहीं चुनाव कराओ तो स्वदेश आऊँ? या यह भी कहा हो कि कल सुबह भारत आने का मन है, किसी छोटे-मोटे चुनाव का प्रोग्राम रखना।

हो सकता है, कुछेक चुनाव तो प्रधानमंत्री की भारत वापसी को सार्थक सिद्ध करने के लिए ही कराए गए हों?

एक सज्जन मुझ पर क्रोधित हुए, "तुम प्रातः स्मरणीय प्रधानमंत्री आदरणीय नरेन्द्र मोदी जी पर निर्लज्जता से व्यंग्य करते रहते हो, लेकिन उनका विकल्प क्या है?"

मैंने हाथ जोड़ते हुए कहा, "भाई साहब, यह समस्या भाजपा की है, देश की नहीं।"

[9 सितम्बर, 2021]

वर्ल्डवॉर-कोल्डवॉर-ट्रेडवॉर

पाँचेक साल दूसरा वर्ल्डवॉर झेलने के बाद दुनिया कोई आधी सदी तक कोल्डवॉर की चपेट में रही और अब ग्लोबलाइजेशन का मुखौटा लगाकर ट्रेडवॉर हाजिर है।

वर्ल्डवॉर खुद के कन्धे पर बन्दूक रखकर लड़ा गया। कोल्डवॉर में दूसरों के कन्धे इस्तेमाल किए गए। ट्रेडवॉर उन दोनों से ज्यादा जटिल है, क्योंकि कन्धे की जगह धन्धे ने ले ली है।

वर्ल्डवॉर धुरी राष्ट्रों और मित्र राष्ट्रों के बीच हुआ था। कोल्डवॉर में तीन गुट थे—अमेरिकी, रूसी और निर्गुट। ट्रेडवॉर में शिकारी मल्टीनेशनल आईटी, ई-कॉमर्स और फार्मा कम्पनियाँ हैं तो शिकार सम्पूर्ण सृष्टि।

इन्वेस्टमेंट ट्रेडवॉर का रथ है। डब्ल्यूटीओ, वर्ल्डबैंक और आईएमएफ उसके सारथी हैं। धर्मान्धता और राष्ट्रवाद रथ के दो पहिये हैं। निजीकरण, आधार, एफडीआई, जीएसटी, नोटबन्दी ट्रेडवॉर के तरकश के तीर हैं और रणभूमि है बाजार।

प्रजा को भ्रम है कि राजा का चुनाव वह करती है, जबकि कुछेक मल्टीनेशनल कम्पनियाँ मिलकर जिस खिलौने में चाबी भर देती हैं, वह चल पड़ता है।

ट्रेडवॉर का एकमात्र लक्ष्य है, मुनाफे के लिए इनसान को ग्राहक में बदलना। ट्रेडवॉर लाइन से मुक्ति के नाम पर ऑनलाइन लड़ा जा रहा है।

सामान्य जन को सामान्य तरीके से पूँजीवाद के साइड इफेक्ट समझाने के लिए ही गोस्वामी तुलसीदास ने रामचरितमानस में सोने की लंका और सोने के हिरण का मिथ रचा है।

हनुमान से सोने की लंका का दहन कराना असल में पूँजीवाद के दहन का प्रतीक है।

वर्तमान समय मारीच से अधिक मायावी है। माया को महाठगिनी बतानेवाले भी माया के पीछे भाग रहे हैं।

मनुष्य को योजनाबद्ध तरीके से बाहर-भीतर से हिंसक बनाया जा रहा है, क्योंकि पूँजीवाद चाहता है कि लोग आपस में लड़ें, ताकि उससे न लड़ पाएँ।

सादगी से जिएँ, विचार प्रगतिशील रखें और जीवन में हास्य की मात्रा बढ़ाएँ। भूल-गलती पर क्षमा माँगना और क्षमा करना सीखें। जंग लोहे को ही नहीं बख्शती, मनुष्य की तो बिसात ही क्या है?

जंगल में जब आग लगती है, तब न तो वे पेड़ बचते हैं जो हवा को आँधी में बदलते हैं और न वे बाँस ही बच पाते हैं जिन्होंने आपसी रगड़ से चिंगारी पैदा की होती है।

हो सकता कि भारत को आजादी सिर्फ अहिंसा के दम पर ही नहीं मिली हो, लेकिन बरकरार अहिंसा के दम पर ही रह सकेगी।

प्रजा को जाति, भाषा, धर्म, सम्प्रदाय के नाम पर लड़ानेवाले राजा को अनीति के उपयोग और ताकत के दुरुपयोग के नतीजे भुगतने ही पड़ते हैं। भले ही जयद्रथ चक्रव्यूह रचकर अभिमन्यु के प्राण हरने में सफल रहा, लेकिन उसका उसे आज तक यह दंड मिल रहा है कि अभिमन्यु नामवाले तो कई हुए हैं, हैं और होते रहेंगे, पर कोई माता-पिता अपने बेटे का नाम जयद्रथ नहीं रखते।

ट्रेडवॉर से बचना है तो विदेशी निवेश सन्तुलित हो, वह भी देश के व्यापारियों के हितों की कीमत पर न हो। विपदा के समय भामाशाह ही काम आता है, एलनमस्क, बिलगेट्स, जेफ बेजोस या वॉरेन बफेट नहीं।

'ट्रेडवॉर जमीन पर नहीं लड़ा जाता, जमीन के लिए लड़ा जाता है' किसान आन्दोलन से सिद्ध है कि इस भेद को संसार में सबसे पहले भारत के किसानों ने समझ लिया है।

[11 सितम्बर, 2021]

गुजरात मॉडल की हिन्दी

त्याग दो प्रकार का होता है, देह का और कुर्सी का। कुर्सी-त्याग देह-त्याग से अधिक कष्टकर होता है। प्रमाण चाहिए तो किसी ऐसे राजनेता को देख सकते हो, जिसे कुर्सी त्यागनी पड़ी हो और वह देह न त्याग पा रहा हो।

घटना ग्यारह सितम्बर की है। व्हाट्सएप पर प्राप्त एक हिन्दी सन्देश पढ़कर पहले तो हँसी आई, फिर क्रोध कि लिखनेवाले को कम-से-कम हिन्दी दिवस के आसपास तो हिन्दी व्याकरण का ध्यान रखना चाहिए था। बजाय यह लिखने के कि गुजरात के मुख्यमंत्री विजय रूपाणी नहीं रहे, लिखना चाहिए था कि विजय रूपाणी गुजरात के मुख्यमंत्री नहीं रहे।

हिन्दी दिवस से ठीक तीन दिन पूर्व राष्ट्रभाषा के प्रति बरती गई ऐसी असावधानी नितान्त अक्षम्य है। ऐसों से तो बैंकवाले अच्छे, जो चौदह सितम्बर नहीं, पूरे सितम्बर लोन को ऋण और मंजूर को स्वीकृत लिखते-बोलते हैं।

खैर..., आदरणीय विजय रूपाणी जी व्याकरण की त्रुटि को अन्यथा न लें। स्वस्थ रहें, दीर्घायु हों।

अर्जुन को चिन्तित अवस्था में देख, द्वारिका में बैठे श्रीकृष्ण ने वर्चुअली कारण पूछा तो अर्जुन बोला, "हे द्वारिकाधीश! गूगल मैप के अनुसार द्वारिका से चार सौ उनतालीस किलोमीटर दूर अहमदाबाद में एक मुख्यमंत्री अचानक पूर्व मुख्यमंत्री कैसे हो गया? संसार की सबसे बड़ी पार्टी में इन दिनों मुख्यमंत्री ऐसे क्यों बदले जा रहे हैं जैसे बोरियत के मारे दर्शक टीवी चैनल बदलते रहते हैं?"

श्रीकृष्ण हँसते हुए बोले, "हे कौन्तेय! व्यर्थ का शोक क्यों? जिस आलाकमान ने पद दिया था, उसी आलाकमान ने वापस ले लिया। गुजरात में विधानसभा के चुनाव आसन्न हैं। चुनावी राजनीति में जो जिताऊ होता है,

वही टिकाऊ होता है। नाम में विजय होना अलग बात है और चुनाव में विजय प्राप्त करना अलग बात। सुदूर पूर्व में असम में मूल भाजपावासी की उपेक्षा करके कांग्रेसप्रवासी मुख्यमंत्री बना कि नहीं बना? दक्षिणावर्त कर्नाटक में देख लो, बलशाली को कुर्सी से उठाकर दलशाली को बैठाना पड़ा। पार्टी को खंड-खंड होने से बचाने के लिए उत्तराखंड में तो दो खंडों में फेरबदल हुआ।"

अर्जुन ने प्रश्न किया, "हे मुरारी! तो क्या भाजपा आलाकमान के सम्मुख अपने ही मुख्यमंत्रियों की कोई हैसियत नहीं?"

श्रीकृष्ण ने धैर्यपूर्वक समझाया, "हे इन्द्रसुत! भाजपा आलाकमान एक उफनती नदी है और बाकी सारे भाजपाई उस नदी के किनारों के पेड़ हैं।"

अर्जुन जिज्ञासु हुआ, "हे केशव! लेकिन मुख्यमंत्री पद की शपथ-ग्रहण के समय तो विजय रूपाणी की बड़ी जय-जयकार हुई थी?"

श्रीकृष्ण ने भेद खोला, "हे जयन्त! राजनीति में शपथ-ग्रहण कोई पाणिग्रहण नहीं होता कि एक बार कुर्सी से बँध गए तो सात जन्म तक निश्चिन्त, बल्कि उग्र महत्वाकांक्षी नेता तो शपथ-ग्रहण के लिए बरसों पहले हो चुके अपने पाणिग्रहण तक को भूल जाता है।"

अर्जुन आशंकित हुआ, "हे योगीश! पूर्व मुख्यमंत्री के लिए अब आगे का क्या रास्ता है?"

श्रीकृष्ण ने दो टूक कहा, "हे धनंजय! ऐसी अवस्था प्राप्त भाजपाई का अन्तिम पड़ाव केवल मार्गदर्शक मंडल होता है। जहाँ के लिए एक रास्ता सीधा जाता है और दूसरा वाया गवर्नर हाउस।"

[13 सितम्बर, 2021]

कोलकाता का फ्लाईओवर, योगी सरकार ओवरफ्लाई

देश-भर में खूब चकल्लस रही कि विकास का विज्ञापन भी कार्टून से अधिक मजे देता है, बशर्ते फ्लाईओवर बंगाल से कटकर के यूपी में पेस्ट कर दिया जाए।

विकास के विज्ञापनों को पढ़-देखकर यह सन्तोष तो होता है कि विज्ञापनों का तो खूब विकास हो रहा है।

जनता और सरकारें दोनों मान चुके हैं कि विज्ञापन ही विकास है। अत: जैसे राम से बड़ा राम का नाम, वैसे ही काम से बड़ा काम का नाम।

लखनऊ में किसी खम्भे पर डेढ़ सौ रुपये का एक एलईडी बल्ब लगाकर दिल्ली के अन्तरराष्ट्रीय हवाई अड्डे पर उसे डेढ़ करोड़ की एलईडी स्क्रीन पर दिखाते हुए डेढ़ सौ करोड़ खर्च नहीं करो, तब तक जनता और सरकार दोनों ही नहीं मानते कि विकास हुआ है।

हाल ही में उत्तर प्रदेश की योगी आदित्यनाथ सरकार के विकास कार्यों का एक विज्ञापन छपा। विज्ञापन में जिस फ्लाईओवर का फोटो था, वह कोलकाता का निकला। गनीमत रही कि विज्ञापन में बतौर उत्तर प्रदेश के मुख्यमंत्री, फोटो तो उत्तर प्रदेश के मुख्यमंत्री ही का छपा।

पता नहीं विज्ञापन बनानेवाले चूक गए या योगी सरकार अपना सम्पूर्ण विकास बताने में कंजूसी कर गई? वरना गुलाबी नगर जयपुर का हवामहल बाराबंकी में बताकर सरकारी विकास का चेहरा गुलाबी किया सकता था।

कोलकाता का सामान्य फ्लाईओवर ही क्या उठाया? योगी सरकार के विकास का जलवा तो दुनिया तब देखती जब विज्ञापन बनानेवाले हावड़ा का ब्रिज हुगली से उठाकर सरयू पर धर देते। एफिलटॉवर आजमगढ़ में खड़ा करके आजमाते तो राज्य के विकास को और हाइट दी जा सकती थी।

कैनेडी एयरपोर्ट को गोरखपुर का और हीथ्रो एयरपोर्ट को जेवर का बता देते तो उत्तर प्रदेश के विकास को नई उड़ान मिलती। अजन्ता-एलोरा के फोटो अमरोहा, मेरठ, मुरादाबाद या झाँसी वगैरह में दर्शा कर आईटी सेल द्वारा दावा दुष्प्रचारित कराया जा सकता था कि ये गुफाएँ योगी सरकार द्वारा साढ़े चार साल में बनाई गई हैं और शताब्दियों पूर्व अजन्ता-एलोरा बनानेवालों ने इन्हीं से आइडिया चुराया था।

उधर करनाल में किसानों के धरने के समर्थन में किए गए ट्वीट के साथ राहुल गांधी ने किसानों के किसी अन्य धरने का फोटो क्या लगाया, भाजपाइयों ने बड़े चटखारे लिए। जबकि फोटो भले ही अन्यत्र का था, किसान तो वे ही थे।

इधर उत्तर प्रदेश सरकार के विकास का विज्ञापन बनानेवालों की कृपा रही कि बंगाल से पुल ही उठाया, बंगाल की खाड़ी नहीं उठाई।

गैर-भाजपाइयों को बजाय हँसने के, भाजपाइयों की करामात का लोहा मानना चाहिए। त्रेता में हनुमान जी संजीवनी का पूरा पहाड़ उठाकर उत्तराखंड से लंका ले गए थे तो क्या हनुमान-भक्त कलयुग में पश्चिम बंगाल से एक फ्लाईओवर उठाकर उत्तर प्रदेश नहीं ला सकते?

अगले किसी विज्ञापन में पेरिस के चमाचम बाजार को बरेली का बताकर वाहवाही लूटी जा सकती है—योगी सरकार की साधना हुई पूरी। अब नहीं गिर सकेगा बरेली के बाजार में हीरोइन साधना का झुमका।

[15 सितम्बर, 2021]

गुप्ता शेखर जी की पत्रकारिता

गुप्ता शेखर जी अपनी पत्रकारिता में दो टूक बात नहीं करते, बात के दो टूक करते हैं।

गुप्ता शेखर जी के अनुसार कलम का एक ही उपयोग है, विपक्ष के चेहरे पर स्याही छिड़कते रहना। अतः वह अंग्रेजी में लिखें या हिन्दी में, 'स्याही छिड़कें कहीं-गिरे वहीं'।

अपनी कलम से इस कारीगरी से विपक्ष से विपक्षधरता करते हैं कि पक्ष से पक्षधरता अलग से नहीं करनी पड़ती।

यदि कभी विपक्ष के चेहरे पर स्याही छिड़काव से कलम ही मना कर दे तो सत्ता के कमलमुख पर डिठौना बना देते हैं। और सब जानते ही हैं कि किसी मसिजीवी द्वारा सत्ता के कमलमुख पर स्याही से डिठौना बनाना भी विपक्षी चेहरे पर स्याही छिड़कना ही होता है।

वह कागज-कलम लिये सत्ता के पीछे चलते हैं। पाठक समझते हैं कि गुप्ता शेखर जी सत्ता का पीछा कर रहे हैं, जबकि वह सत्ता का अनुकरण कर रहे होते हैं।

सिंहासन के साथ गुप्ता शेखर जी की इतनी प्रगाढ़ जुगलबन्दी झलकती है कि हिन्दी सिनेमा की संगीतकार जोड़ियों की भी क्या रही होगी?

गुप्ता शेखर जी की कलम दुधारी है। समय-समय पर वह बताते रहते हैं कि 2014 से पहले की इक्यावन प्रतिशत एफडीआई कैसे देश को करोड़ों साल पीछे ले जानेवाली थी और 2014 के बाद की सौ प्रतिशत एफडीआई कैसे देश को करोड़ों साल आगे ले जाएगी।

उनके अनुसार तब जो निजीकरण बेहद घाटे का सौदा था, अब वही निजीकरण बेहद फायदे का सौदा है।

गुप्ता शेखर जी अपने लेखों में नोटबन्दी को इस कलात्मकता से जस्टिफाई करते हैं कि हर पाठक को अपनी जेब में रखी हुई दस-पाँच रुपये की नगदी भी आलपिन-सी चुभने लगती है।

गुप्ता शेखर जी की पत्रकारिता और नेहरू-गांधी, बाप रे बाप!!

मान लो राहुल गांधी ने कह दिया कि सूरज पूरब में उदय होता है, तो गुप्ता शेखर जी लताड़ेंगे, "जिस बात को दुनिया जानती है, उसकी जुगाली बचपना है?"

यदि यही बात नरेन्द्र मोदी कभी मन की बात में ही कह दें कि सूरज पूरब में निकलता है तो गुप्ता शेखर जी सगर्व लिखेंगे, "भले ही इस बात को दुनिया जानती है, पर पहली बार रेडियो पर कहने की हिम्मत सिर्फ नरेन्द्र मोदी ने ही की है। क्या नेहरू परिवार ने कभी उगते सूरज को पाँच सेकंड भी देखा है, जबकि नरेन्द्र मोदी ने यह बात सूरज की तरफ बिना पलकें झपकाए हजारों बरस एकटक देखने के बाद कही है।"

कल्पना करो, नरेन्द्र मोदी कुछ नया और चौंकानेवाला करने के चक्कर में किसी नदी-झील-तालाब से छलनी में पानी भरें। जाहिर है, पानी छलनी में रुकेगा नहीं। इस कौतुक के समर्थन में गुप्ता शेखर जी का तर्क होगा, "सच है कि छलनी में पानी न कभी रुका है, न कभी रुकेगा, लेकिन इसका मतलब यह तो नहीं है कि प्रयास ही न किया जाए। असफलता से हार मान लेता तो जेम्सवाट क्या कभी भाप के इंजन का आविष्कार कर पाता?"

गुप्ता शेखर जी कलम के धनी नहीं, धनी लोगों की कलम लगते हैं।

गुप्ता शेखर जी का पत्रकारिता में वही योगदान समझना चाहिए जो भगत चेतनजी का साहित्य में है, हालाँकि दोनों ही जोशी प्रसूनजी से अभी भी सैकड़ों किलोमीटर पीछे हैं।

[17 सितम्बर, 2021]

थोक में यूज एंड थ्रो

गुजरात में मुख्यमंत्री सहित पूरा मंत्रिमंडल ऐसे साफ कर दिया गया, गोया किसान भी खेत में खरपतवार क्या साफ करता होगा?

सम्पूर्ण मंत्रिमंडल के उलट-फेर ने सिद्ध कर दिया कि मंत्रीपद जीवन से भी अधिक क्षणभंगुर है।

अमिताभ बच्चन निवेदन करते हैं—'कुछ दिन तो गुजारो गुजरात में'। अब बताओ, जब गुजरात में गुजरात के मंत्रियों तक का एक पल का भरोसा नहीं है तो कोई अन्य कुछ दिन गुजारने गुजरात में क्यों जाए?

क्या गुजरात मंत्रिमंडल के बदलाव को वैसा ही माना जाए कि धरती के अपनी धुरी पर आधा चक्कर काट लेने पर अँधेरा हिस्सा उजाले में आ जाता है और उजला हिस्सा अँधेरे में? नहीं, परिवर्तन प्रकृति में भले ही नियम है, राजनीति में शुद्ध मजबूरी है।

जो कॉरपोरेट्स की देहरियों के अलावा कहीं नहीं झुकते, गद्दी खिसकने का भय हो तो उन्हें भी नब्बे डिग्री तने हुए मतदाता के चरणों में एक सौ अस्सी डिग्री साष्टांग होना पड़ता है।

नयों को ताज और पुरानों पर गाज। राजनीति में यूज एंड थ्रो किश्तों में तो कई बार देखा था, पर थोक में प्रथम बार देखा।

सोचो, उन करकमलों पर क्या गुजरी होगी, जिन्हें गाड़ी से लालबत्ती उतारनी पड़ी है। मंत्रालय भवन के सामने से गुजरते हुए पूर्व मंत्री शोकाकुल हो उठता होगा कि यही वह भवन है जिसमें दरबारियों से घिरा बैठा मैं फाइलों पर हस्ताक्षर किया करता था। वर्तमान मंत्री को तब मुझसे मिलने के लिए पर्ची भिजवानी पड़ती थी, अब उससे मिलने के लिए मुझे भिजवानी पड़ेगी।

हे हाईकमान! जब मंत्रीपद छीनना ही था तो दिया ही क्यों था? क्या यही दुख झेलने के लिए मैं खादी धारकर जनसेवा के अभिनय क्षेत्र में कूदा था?

पूर्व मंत्री के पर्ची भिजवाने पर नया मंत्री उसे इन्तजार कराता होगा, क्योंकि उसने भी मंत्री रहते उसे इन्तजार कराया था।

समझ में नहीं आता कि पुराने मंत्री अयोग्य थे तो उन्हें मंत्री क्यों बनाया था और नए मंत्री अधिक योग्य हैं तो उन्हें पहले ही मंत्री क्यों नहीं बनाया गया?

दरअसल चुनाव नजदीक हों तो योग्यता नहीं, समीकरण देखे जाते हैं। जाति के वोट अधिक हों तो निरक्षर सांसद-विधायक को भी शिक्षामंत्री बनाना पड़ता है। जितना यह सत्य है कि चमत्कार को ही नमस्कार किया जाता है, उतना ही यह भी सत्य है कि नमस्कार करते रहने पर एक दिन चमत्कार होकर रहता है।

पूर्व मंत्रीगण वास्तविकता समझें। हाईकमान सर्वशक्तिमान होने पर ऐसा ही होता है। सामान्य विधायकों को भले ही मंत्रीपद दे दिया गया है, लेकिन आगामी चुनाव में टिकट की गारंटी उनकी भी नहीं है।

गुजरात मंत्रिमंडल में एक झटके में आमूलचूल परिवर्तन करके भाजपा आलाकमान ने देश के सभी भाजपाइयों को भी कड़ा सन्देश पहुँचा दिया है। वैसे ही जैसे किसी अध्यापक को पढ़ाना नहीं आता तो वह जुलाई में ही दो-चार बच्चों को पीट-पाट देता है।

यूपी मॉडल से गुजरात मॉडल को बराबर चुनौती की खबरें हैं। देखते हैं, फोटो छपा राशनवाला झोला कौन किसके हाथों में थमाता है?

[19 सितम्बर, 2021]

जेब में आधार, जिन्दगी निराधार

एक तो महामारी, ऊपर से महँगाई और बेरोजगारी। विपदा के समय सरकार के जो हाथ जनता के कन्धों पर होने चाहिए, वे जनता की जेबों में हैं।

आज जितनी महँगाई त्रेता में रही होती तो सुरसा मुख फैलाना तो दूर, जरा सा खोलने की ही हिम्मत नहीं कर सकती थी।

पेट्रोल-डीजल लेते समय जब पम्प ऑपरेटर कहता है कि जीरो देखिए, तब लाचार ग्राहक तय ही नहीं कर पाता कि जीरो के लिए उसे मशीन की तरफ देखना है या अपनी जेब की तरफ।

सुबह अखबार खोलते ही भाग्यवादियों को तो छोड़िए, पुरुषार्थवादी भी बाजार भाव से पहले राशिफल पढ़ने लगे हैं।

बेरोजगारी से अपराध बढ़ गए हैं। तकनीक के जानकार अपराधी ऑनलाइन लूट रहे हैं और तकनीक से अनजान ऑफलाइन।

महँगाई-बेरोजगारी की मार सज्जन-दुर्जन सब पर पड़ी है। जेब कतरे तभी खुशहाल होते हैं, जब लोग खुशहाल होते हैं । आज लोग बदहाल हैं, अत: जेबकाटने वाले भी बदहाल हैं। सरकार की बात अलग है।

अर्थशास्त्र समझ से बाहर है। आम आदमी का बटुआ खाली है और सरकार का खजाना भरता जा रहा है। मार्केट बैठ रहा है, शेयर मार्केट उछल रहा है।

इन दिनों खाद्य तेल के भाव इस ऊँचाई पर हैं कि तेल शनिदेव के अलावा बहुत कम को नसीब हो रहा है।

जो चीज एक रुपये की दो आती थी, वह दो रुपये की एक आती है। कभी सब्जियों के भाव किलो के हिसाब से पूछे जाते थे और बेचनेवाला पाव के बताता था। अब पूछे ही पाव के जाते हैं। पेट्रोल-डीजल की कीमतें यूँ ही

बढ़ती रहीं तो सम्भव है, आज जो कार लेकर सब्जी खरीदने जाता है, कल वह उसी कार में सब्जी बेचने लगे।

रसोई गैस सिलेंडर की डिलीवरी वाला कॉलबेल बजाए तो लगता है पुलिस थाने से फोन आया है।

बस की यात्रा बस से बाहर होती जा रही है। ट्रेन का किराया हवाई जहाज के बराबर बैठने लगा है, बावजूद इसके यात्री सिर्फ इसलिए ट्रेन को प्राथमिकता देते हैं कि एक तो हवाई अड्डा हर जगह नहीं है और दूसरा, हवाई जहाज में जंजीर खींचने की सुविधा नहीं होती। एयरलाइन कम्पनियाँ यात्रियों से अन्तिम पाई तक वसूलने में लगी हैं, मानो यात्री देश छोड़कर भाग रहे हों।

अनाज भले ही महँगा है, पर तसल्ली है कि दाने अभी तौलकर ही दिए जा रहे हैं। जिस दिन खेती पर कॉरपोरेट का कब्जा हो गया, दाने गिनकर दिए जाएँगे।

बच्चों से परीक्षा में सवाल पूछा जाएगा कि दाल के दाने एक रुपये में दो दर्जन आते हैं तो बताओ एक सौ बीस दानों की कीमत कितनी होगी?

अब तो बस मोदी सरकार को चाहिए कि हर नागरिक के नाक-मुँह पर तुरन्त स्मार्ट मीटर लगाकर उसे आधार से जोड़ दे, ताकि उसके पास हिसाब रहे कि कौन कितनी ऑक्सीजन खींच रहा है?

पहले भुगतान, फिर आक्सीजन। अत: मीटर रिचार्ज में सिर्फ प्रीपेड का ऑप्शन हो।

कई को मुझसे शिकायत हो सकती है कि मारे महँगाई-बेरोजगारी के हम तो मरे जा रहे हैं और तुमको हँसी सूझ रही है। शिकायतकर्ताओं से करबद्ध निवेदन है कि हँस लो। वरना मोदी सरकार किसी दिन हँसी को भी जीएसटी के दायरे में ला सकती है।

[21 सितम्बर, 2021]

गुलामी वाया ऑनलाइन

आज किसी कबिरा को बाजार में खड़ा रहने के लिए बाजार जाने की जरूरत नहीं है। कबिरा मोबाइल फोन से लैस है, अतः घर में पड़ा है, तब भी बाजार में खड़ा है।

मोबाइल फोन थामकर मनुष्य चौबीस घंटे तीन सौ पैंसठ दिन बाजार से नत्थी हो गया है। जो बाजार से गुजरकर भी कुछ नहीं खरीदे, उसे भी डाटा खरीदते रहना पड़ता है।

पूँजी के उपासकों ने ऐसी व्यूह रचना कर डाली है कि अपना पानी बेचने से रोकेंगे तो नदी-झरने प्यासे मार दिए जाएँगे। ऑक्सीजन नहीं बेचने देने पर पेड़ों का दम घोट दिया जाएगा।

मान लो व्यक्ति बाजार नहीं जाता और बाजार से बचाव के लिए मोबाइल फोन भी नहीं रखता, तब इमोशन की गोलियाँ अटका-अटकाकर मीडिया काँटे फेंकता है।

श्राद्धपक्ष के प्रथम दिन एक अखबार में खबर पढ़ी—'पंडितों की राय। घर में लाएँ पूर्वजों की पसन्द की चीजें'। लो बच्चू, अब बचकर दिखाओ बाजार से।

मेरे कई परिचितों के स्वर्गीय पिताओं को सुरापान इस कदर प्रिय था कि शराब और जीवन में से वे सदैव शराब को चुनते थे।

खबर पढ़कर निश्चित ही मेरे वे परिचित असमंजस में पड़ गए होंगे कि अपने पिता के श्राद्ध के दिन उनकी प्रिय वस्तु खरीदकर लाएँ कि नहीं लाएँ? खरीदकर नहीं लाते हैं तो पिता की आत्मा अतृप्त रहती है और लाते हैं तो उन्हें लगता है कि श्राद्ध पिता का नहीं उन्हीं का है।

देश बदलाव की बड़ी कीमत चुका रहा है।

दुकान पर पन्द्रह-बीस रुपये में बिकनेवाला समोसा हवाई जहाज पर सवार होते ही सौ-सवा सौ रुपये का हो जाता है। अनजाने में फँसा हुआ ग्राहक कूद भी नहीं सकता।

ऑनलाइन मार्केटिंग के सुपरिणाम आने लग ही गए हैं। बाजारों में न चहल-पहल है, न बिक्री। कोई ग्राहक किसी दुकान पर जाता भी है तो सिर्फ भाव-ताव पूछने। दुकान पर इच्छित वस्तु देखी-परखी, न्यूनतम कीमत जानी और काउंटर पर खड़े-खड़े ही ऑनलाइन ऑर्डर कर दिया।

याद करो यूपीए सरकार का समय। जब रिटेल में इक्यावन प्रतिशत एफडीआई लागू करने पर कैसे उमा भारती की अगुवाई में 'स्वदेशियों' की भीड़ ने एक निजी कम्पनी के आउटलेट में तोड़-फोड़ कर डाली थी और कैसे करोड़ों ई-कॉमर्स विरोधियों ने वंदे मातरम् के नारे और भारतमाता के जयकारे लगाए थे?

आज एफडीआई सौ प्रतिशत तक है और वे तमाम स्वदेशी समर्थक उसी आउटलेट वाले के चरणों में लमलेट हैं।

दरअसल हम क्या खरीदें और कैसे खरीदें, क्या पढ़ें और क्या सोचें-विचारें यह वर्ल्डबैंक, आईएमएफ और डब्ल्यूटीओ तय कर रहे हैं।

प्रेमचन्द की कहानी ईदगाह इसलिए पाठ्यक्रम से हटवा दी जाती है कि यदि गाँव में मेला लगेगा और हामिद अपनी दादी के लिए चिमटा मेले से खरीदेगा तो मल्टीनेशनल कम्पनियों के ब्रांडेड चिमटे ऑनलाइन कैसे बिकेंगे?

[23 सितम्बर, 2021]

अब की बार बाइडन सरकार

प्रधानमंत्री नरेन्द्र मोदी अमेरिकी दौरे पर हैं। एयर इंडिया के विशेष विमान में यहाँ दौड़े-दौड़े चढ़े और वहाँ धीरे-धीरे उतरे।

नरेन्द्र मोदी हवाईयात्रा डोमेस्टिक करें या इंटरनेशनल, विमान में भागते-दौड़ते चढ़ते हैं, मानो फ्लाइट आखिरी हो और सीटें सवारियों से कम।

सुनते हैं कि विमान में भागते-दौड़ते चढ़कर योगी आदित्यनाथ को इशारा करते हैं कि कभी हल्के में मत ले लेना।

जैसा कि दुनिया ने देखा, हमारे प्रधानमंत्री ने अमेरिकी एयरपोर्ट पर उतरते समय छाता पहले लगाया और मास्क बाद में। मास्क लगाने से पहले ही छाता हटाया।

लोग मजाक बना रहे हैं कि न धूप थी और न बरसात फिर भी छाता? छाता बेवजह लगाया क्यों और जब लगा ही लिया था तो हटाया क्यों? तो हे हँसनेवालों, यदि कुछ अटपटा न करें तो फिर काहे के नरेन्द्र मोदी?

छाता हटाने का यह कारण भी हो सकता है कि धरती अमेरिकी और विदेश-यात्रा के उत्साह में छाता मेड इन चाइना उठा ले गए हों?

चेखव ने नाटक की कसावट को लेकर कहा है कि नाटक में कुछ भी अतिरिक्त नहीं होना चाहिए। यदि मंच पर खूँटी पर बन्दूक टँगी है तो वह नाटक में चलनी ही चाहिए। अत: भले ही धूप और बरसात नहीं थी, पर जब छाता ले गए थे तो क्षणिक ही सही, तानना जरूरी था।

ट्रम्पकाल में नरेन्द्र मोदी अमेरिका में 'अब की बार ट्रम्प सरकार' दहाड़कर मित्र का चुनाव-प्रचार कर आए थे, लेकिन सरकार जो बाइडन की आ गई।

ऐसे में अतिरिक्त सतर्कता के मद्देनजर हो सकता है, छाता पूरे समय तानकर हवाई यात्रा की हो?

राष्ट्रपति जो बाइडन से मुलाकात से पहले हमारे प्रधानमंत्री पाँच बड़ी अमेरिकी कम्पनियों के सीईओज से मिले। अमेरिका का सर्वकालिक एकसूत्री एजेंडा है—'अपने व्यापारिक हित पहले'। सो, जिन्हें लोग सीईओज के दफ्तर समझते हैं, असल में वे व्हाइट हाउस के प्रवेश-द्वार होते हैं।

अमेरिका दो तरीकों से सामान बेचता है। एक, मीठा बोल-पूरा तौल और दूसरा, कड़वा बोल-कुछ मत तोल। अमेरिका जिस देश को चॉक बेचता है, अगले ही दिन उसके दुश्मन देश को डस्टर बेच देता है।

खबरों के अनुसार वहाँ हमारे प्रधानमंत्री ने उन अमेरिकी सीईओज से कहा कि कोविड काल में डिजिटल एजुकेशन की नींव रखी गई, अब हमें इस दिशा में आगे बढ़ना चाहिए।

लो, हम भोले भारतवासी समझ रहे थे कि हमारी सरकार को ऑनलाइन पढ़ाई कोरोना के चलते मजबूरी में करानी पड़ी है। अब पता चला कि मोदी सरकार तो महामारी को शुभ मुहूर्त समझकर सत्यानाश का शिलान्यास कर गुजरी।

बाइडन-मोदी वार्ता कुछ यूँ सी हुई होगी—

बाइडन के हाथ मिलाते ही नरेन्द्र मोदी ने हाल-चाल पूछे होंगे, "केम छो?"

बाइडन व्यंग्यात्मक लहजे में बोला होगा, "फाइन। पिछली बार आए तब 'अब की बार ट्रम्प सरकार' खूब कह गए?"

नरेन्द्र मोदी ने सफाई दी होगी, "दरअसल भीड़ दिखते ही मेरी जिह्वा को पंख लग जाते हैं। मुझे नहीं मालूम था कि अमेरिकी वोटर समझदार होते हैं।"

बाइडन ने तसल्ली दी होगी, "डोंट वरी। अमेरिका अपने ग्राहक की बातों का बुरा नहीं मानता।"

अन्त में नरेन्द्र मोदी ने निवेदन किया होगा, "जो भाई, नवरात्रि मां गरबा रमवा अमदावाद आवो। नमस्ते ट्रम्प की तर्ज पर नमस्ते बाइडन करा देता हूँ। हमारे यहाँ गैरजरूरी कामों के लिए हर समय पर्याप्त फंड रहता है। आवज्यो।"

[25 सितम्बर, 2021]

असली छाते पर नकली बरसात

वर्तमान राजनीति के अनुसार भक्त की परिभाषा है—अपने आराध्य की क्षणिक झूठी वाह के लिए 'वाह' शब्द में 'अफ' जोड़कर अफवाह गढ़नेवाला।

सफलता भले ही शॉर्टकट से मिल जाए, पर असफल होने के लिए जी तोड़ मेहनत करनी पड़ती है। विश्वास न हो तो भाजपा आईटी सेल से जुड़े साइबर योद्धाओं को देख लें।

आईटी सेलानियों का दावा है कि जितनी मेहनत में सफल हुआ जा सकता है, असफल होने के लिए उससे हजार गुना अधिक मेहनत की दरकार होती है। जो सिर्फ उन्हीं के बूते की बात है।

हाल में प्रधानमंत्री नरेन्द्र मोदी अमेरिका गए। दुनिया ने देखा कि वहाँ हवाई जहाज से उतरते समय न धूप थी और न बरसात, फिर भी वह छाता तान बैठे।

उस हास्यास्पद घटना का वीडियो आते ही आईटी सेल लगी काम पर। साइबर योद्धाओं ने वीडियो एडिट करके मूसलाधार बरसात और कड़कती बिजली का सीन रचा, ताकि छाते की निरर्थकता को सार्थकता प्रदान की जा सके।

बरसात की जगह चिलचिलाती धूप बनाकर भी काम चलाया जा सकता था, लेकिन उसके लिए सूरज बनाना पड़ता और व्यक्तिपूजा में डूबे लोग नहीं चाहते कि उनके नेता के अलावा दुनिया में कोई दूसरा सूरज हो।

आईटी सेल के लिए कट-पेस्ट बाएँ हाथ का खेल है। साइबर योद्धा अपनी पर उतर आते तो सामान्य छाते को पैराशूट में बदलकर हवाई जहाज से उतरते हुए प्रधानमंत्री को उड़ते हवाई जहाज से कूदता हुआ भी दिखा सकते थे।

एडिटिंग से छाता हटाया जा सकता है, लेकिन नरेन्द्र मोदी के हाथ में हो तो नहीं, क्योंकि वह एक बार जिसे पकड़ लेते हैं, उसे छोड़ते नहीं हैं, भले ही वस्तु हो, जिद हो या पूँजीपति की मित्रता।

वीडियो एडिटर की मेहनत देखी? ऐसी मूसलाधार बरसात बरसाई जो सिर्फ प्रधानमंत्री के छाते ही पर बरसती रही। बरसात ने छाते की ऊपरी सतह की परिधि से परे सिंगल छींटा नहीं डाला। बरसात में न हमारे प्रधानमंत्री भीगे और न उनके स्वागतकर्ता, बल्कि छाते तक को पता नहीं चला कि बरसात भी हो रही है। छाता बन्द करते ही बरसात और बिजली भी बन्द हो गईं। जैसे तीनों का एक ही बटन हो। न बरसनेवाली बरसात बरसा डालने की करामात भाजपा आईटी सेल ही के पास है।

हे राम! कितनी मेहनत करते रहते हैं आईटी सेल से जुड़े वैतनिक-अवैतनिक साइबर योद्धा? भारत में बैठे-बैठे हजारों किलोमीटर दूर हवाई जहाज से उतरते अपने प्रधानमंत्री के सिर्फ छाते पर मूसलाधार बारिश करा देना। ऊपर से आकाशीय बिजली और कड़कवाते रहना, ताकि दर्शक चौंक-चौंककर उनकी कलाकारी देखें भी।

भाजपा आईटी सेल ने प्रमाणित कर दिखाया कि डिजिटल इंडिया के सामने अमेरिका की उपलब्धि तुच्छ है। बनाई होंगी अमेरिका ने हजारों किलोमीटर दूर तक मार करनेवाली असली मिसाइलें, वह हजारों किलोमीटर दूर से अपने राष्ट्रपति के छाते पर नकली बरसात नहीं करा सकता। असली कृत्रिम बिजली खर्च करके नकली प्राकृतिक बिजली कैसे कड़कवाई जाती है, अमेरिका को भाजपा आईटी सेल से सीखना चाहिए।

बिगड़ी को बनाने के चक्कर में बिगड़ी को और बिगाड़ने के हुनर के अपने मजे हैं।

[29 सितम्बर, 2021]

श्री श्री एक बटा आठ

नॉलेज और स्किल का मिसयूज कैसे किया जा सकता है, यह टेक्नीक यशजीवी नेता के अपयशजीवी शुभचिन्तकों से बेहतर कोई नहीं जानता।

ज्ञान, कौशल, दुरुपयोग और तकनीक को नॉलेज, स्किल, मिसयूज और टेक्नीक कहने से ही आप समझ गए होंगे कि यहाँ वर्णन ग्लोबल मूर्खता का किया जा रहा है।

गत सप्ताह प्रधानमंत्री नरेन्द्र मोदी अमेरिका गए। भारी तकनीक और हल्की अंग्रेजी के जानकार किसी फुरसतीये ने उनका फोटो 26 सितम्बर के न्यूयॉर्क टाइम्स अखबार के मुखपृष्ठ पर इस कैप्शन के साथ चिपका डाला—दुनिया की आखिरी और सर्वश्रेष्ठ उम्मीद।

नरेन्द्र मोदी भले ही दुनिया की आखिरी उम्मीद न हों, पर ऐसे खटकर्म करनेवालों ने फिर नाउम्मीद नहीं किया। कैप्शन लेखक का दुनिया से तात्पर्य निठल्लों की दुनिया से हो तो बात अलग है।

भाजपा आईटी सेल वाले दुष्प्रचार में आलस्य नहीं बरतते। कोयला हाथ लगते ही सफेद दीवार की तलाश में निकल पड़ते हैं।

कभी सार्वजनिक शौचालयों की दीवारों पर उकेरे जाते रहे 'सुभाषितों' के लिए आज सोशल मीडिया की दीवारें सहज उपलब्ध हैं। फुरसत और अर्धज्ञान पहले से थे ही, डिजिटलाइजेशन ने राहें और सुगम कर दीं।

सोचो, कितना परिश्रमी और साहसी है वह होनहार जिसने भारत के प्रधानमंत्री का फोटो न्यूयॉर्क टाइम्स के मुखपृष्ठ पर चस्पा कर दिया। फोटो के अलावा स्पेलिंग और उद्देश्य दोनों गलत। हाँ, फोटो एकदम लेटेस्ट इस्तेमाल की, ताकि दाढ़ी के आकार-प्रकार में फर्क न आ जाए। तसवीर की ताजगी

और मारकता देखो तो लगे कि खुद प्रधानमंत्री ने उपलब्ध कराई हो।

न्यूयॉर्क टाइम्स ने खुद फैक्ट चेक करके फर्जीवाड़ा उजागर किया।

क्या जरूरत थी टॉर्च जलाकर चोरी करने की। यहीं के किसी हिन्दी अखबार का सदुपयोग कर लिया होता तो बेचारा अखबार न फैक्ट चेक के लफड़े में पड़ता और न खंडन जरूरी समझता। उलटा हिमायत और करता।

सवाल है कि ऐसे गैरजरूरी झूठ और कट-पेस्ट का हासिल क्या रहा? तो हासिल इस सच्ची घटना से समझो—

कवि-सम्मेलन में प्रस्तुति के दौरान वीर रस के एक कवि ने अपनी कविता सुनाने से पहले पराई पँक्तियों से समाँ बाँधा—"भारतवर्ष वह आर्यभूमि है, जहाँ ऊँचे मचान पर बैठे मुहम्मद गोरी के घंटा बजाते ही अन्धे पृथ्वीराज ने महाकवि चन्दबरदाई के श्रीमुख से दोहा सुनकर, दूरी का सटीक आकलन किया और शब्दबेधी बाण से दुश्मन के प्राण हर लिए। दोहा अच्छा लगे तो तालियों की गूँज चन्दबरदाई तक पहुँचे।" दोहा है—

चार बाँस चौबीस गज, अंगुल अष्ट प्रमान
ता ऊपर सुल्तान है, मत चूके चौहान।

आयोजन समाप्ति के बाद एक वरिष्ठ कवि ने उसे सलाह दी—"कविवर मौलिक सुनाया करो। चन्दबरदाई का बताकर जिस दोहे का आपने जिक्र किया, प्रथम तो उस घटना की ऐतिहासिकता पर ही सवाल है। दूसरा, चन्दबरदाई के काव्य की भाषा डिंगल, पिंगल, प्राकृत और अपभ्रंश थी। अतः इस दोहे की भाषा से स्वतः सिद्ध है कि यह चन्दबरदाई का नहीं है। किसी पारसी शैली के नाटककार का रचा लगता है। कवि को अध्ययन करना चाहिए और तालियों के लोभ में झूठ और कट-पेस्ट से बचना चाहिए।"

वीर रस के उस महाकवि ने आँखें तरेरते हुए कलेजाबेधी शब्दबाण दागे, "मैं किताबें-विताबें पढ़ने के चक्करों में नहीं पड़ता। झूठ और कट-पेस्ट से राष्ट्र का गौरव बढ़ता है तो तुझे क्या दिक्कत है?"

[1 अक्टूबर, 2021]

अपराधियों आगे बढ़ो, पार्टी तुम्हारे साथ है

गृहराज्य मंत्री अजय मिश्रा टेनी ने आन्दोलनकारी किसानों को धमकी दी और मंत्री-सुपुत्र ने लखीमपुर खीरी में धमकी को मूर्तरूप दे डाला।

भारतीय लोकतंत्र उत्तरोत्तर प्रगति-पथ पर है। एक समय न्यूनतम लोग सांसद-विधायक बनकर अपराध करते थे। अब अधिकतम लोग अपराध करते हुए सांसद-विधायक बन रहे हैं।

सदनों में आरोपियों-अपराधियों की बढ़ती संख्या और आरोपियों-अपराधियों को मंत्रीपद दिए जाने से भविष्य में चुनावी उम्मीदवार यों छाँटे जा सकते हैं—

सबसे पहले पार्टी तमाम अपराधियों की क्षेत्रवार मेरिट लिस्ट बनाएगी, ताकि कल को ऐसी चूक न हो जाए कि गला काटनेवाले के होते, जेब काटनेवाले को टिकट दे दिया गया।

टॉप टेन अपराधियों के नाम पुलिस थानों में भेजकर उनके अपराधों की संख्या और गम्भीरता की पुष्टि की जाएगी। उसके बाद उच्च कोटि के तीन अपराधियों का आखिरी पैनल बनाकर पर्यवेक्षक (जो खुद उच्चकोटि का अपराधी होगा) उनसे ऐसे पूछताछ करेगा—

पर्यवेक्षक का सवाल होगा, "पार्लियामेंट का टिकट तो चाहते हो, पर उपलब्धियाँ क्या हैं?"

उम्मीदवार उत्तर देगा, "एक हत्या और दो अपहरण कर चुका हूँ।"

पर्यवेक्षक गिनकर कहेगा, "यानी अब तक कुल तीन मुकदमे हैं?"

प्रत्याशी वास्तविकता बताएगा, "नहीं, मुकदमे दो ही हैं। अपहरण दोनों

एक साथ किए थे और दोनों को फिरौती लेकर छोड़ भी दिया था।"

पर्यवेक्षक पार्टी के प्रति अपराधी के त्याग को तौलेगा, "फिरौती अकेले ही डकार गए थे या पार्टी फंड के तौर पर अंशदान भी किया था?"

प्रत्याशी खरा जवाब देगा, "उस समय चुनाव लड़ने की योजना ही नहीं थी तो फिरौती का हिस्सा पार्टी को क्यों देता?"

पर्यवेक्षक जानना चाहेगा, "हत्या व्यक्तिगत कारणों से की थी या सुपारी लेकर?"

उम्मीदवार का स्पष्टीकरण होगा, "आपसी रंजिश का मामला था।"

पर्यवेक्षक झिड़केगा, "जाओ, इलाके में जाकर अभी और मेहनत करो।"

पर्यवेक्षक का अगले प्रत्याशी से सवाल होगा, "सलाखों में रहे हो कभी?"

प्रत्याशी सीना तानकर कहेगा, "एक रात स्थानीय पुलिस चौकी के लॉकअप में काटी है।"

पर्यवेक्षक डाँटेगा, "सिर्फ एक रात स्थानीय पुलिस चौकी के लॉकअप में बन्द रहे हो तो बायोडाटा में 'लम्बे समय तक सलाखों में रह चुका' कैसे लिख दिया? यहाँ ऐसे-ऐसे काबिल प्रत्याशी टिकट माँगने आए हैं जिनकी पूरी जिन्दगी जेलों में कटी है और तुम चाहते हो कि मात्र एक रात लोकल पुलिस चौकी के लॉकअप में आराम फरमानेवाले को पार्टी सांसद का टिकट थमा दे? पार्टी विधान के अनुसार तो तुम्हारी योग्यता पार्षद लायक भी नहीं है।"

पर्यवेक्षक तीसरे प्रत्याशी से जानेगा, "अपराध जगत में जमीनी काम भी किया है या कोरे हवा-हवाई ही रहे हो?"

प्रत्याशी गर्व से बताएगा, "जमीनी और हवा-हवाई दोनों काम किए हैं। एक विधवा की दस बीघे खेती की जमीन कब्जाने के लिए अपनी लाइसेंसी बन्दूक से दो हवाई-फायर कर चुका हूँ।"

पर्यवेक्षक उसे समझाएगा, "जमीन एक लाचार की हड़पना चाहते थे, इसलिए आचरण के आधार पर तो तुम्हारी टिकट की दावेदारी बनती है, लेकिन मामला लोकसभा चुनाव का है। देखो दोस्त, तुम्हें टिकट देने में दो बाधाएँ हैं। पहली, बन्दूक लाइसेंसी थी और दूसरी, फायर भी तुमने हवाई ही किए। जब आज तक कोई जनहानि ही नहीं कर पाए हो तो सांसद बनकर जनसेवा क्या खाक करोगे?"

हो सकता है, जल्द ही ऐसा दिन देखने को मिले कि केवल अपराधी ही चुनाव लड़ने के पात्र माने जाएँ। फिर चुनाव हारनेवाले चाहे सेंट्रल जेल नहीं जाएँगे, लेकिन जीतनेवाले सीधे सेंट्रलविस्टा जाएँगे।

[13 अक्टूबर, 2021]

पेट्रोल पम्पों पर प्रधानमंत्री

महँगाई का मतलब ही विकास है, अतः पेट्रोल, डीजल, रसोई गैस की कीमतें नियमित बढ़ाई जाने से स्वतः सिद्ध है कि राष्ट्र का विकास भी नियमित है।

देश को पेट्रोल पम्पों पर प्रधानमंत्री नरेन्द्र मोदी के फोटोवाले बड़े-बड़े होर्डिंग लगाते से ही समझ जाना चाहिए था कि पेट्रोल, डीजल के दाम लगातार बढ़ाए जाएँगे और प्रधानमंत्री खुद कड़ी निगरानी रखेंगे।

प्रधानमंत्री अपने को चौकीदार यूँ ही नहीं बताते हैं। वह न सिर्फ चौकीदारी करते हैं, बल्कि पेट्रोल पम्पों पर तो दिन-रात करते हैं।

सुनने में तो यह तक आया है कि प्रधानमंत्री के फोटोवाले होर्डिंग लगने के बाद पेट्रोल पम्प मालिकों ने अलग से चौकीदार रखने बन्द कर दिए हैं।

प्रधानमंत्री की चौकीदारी ही का करिश्मा है कि उनका समर्थक हो या विरोधी, वाहन की टंकी के ढक्कन से पहले बटुआ खोलता है।

बेचारे ग्राहक तय ही नहीं कर पा रहे हैं कि मोदी सरकार तेल बाहर से मँगा रही है या उन्हीं का निकाल रही है।

पेट्रोल, डीजल की बेकाबू कीमतों को लेकर सरकार समर्थक तो इसलिए चुप हैं कि राष्ट्र का विकास रुक जाएगा और विरोधी इस हद तक डरे हुए हैं कि मुँह खोलते ही प्रधानमंत्री होर्डिंग से कूदकर वाहन छीन लेंगे।

दुनिया को अनुशासन भारतीय वाहन धारकों से सीखना चाहिए। पेट्रोल पम्प पर गए। प्रधानमंत्री का चेहरा छपे होर्डिंग के आगे शीश नवाया। अधिकतम पैसा देकर न्यूनतम पेट्रोल, डीजल लिया। और पुनः होर्डिंग के आगे शीश नवाते हुए निकल लिए।

यदि कोई भूले-भटके बढ़ी कीमतों को लेकर शिकायत कर भी दे तो पम्प

ऑपरेटर उसे होर्डिंग की तरफ इशारा करके चुप करा देता है।

समझ से परे है कि चुनाव के समय चाय तक पर चर्चा कर लेनेवाले, चुनाव बाद महँगाई पर चर्चा क्यों नहीं कर रहे हैं? कभी सामान्य विषयों पर गम्भीर बहस करानेवाला मीडिया, आज गम्भीर विषयों पर सामान्य बहस भी नहीं कराता?

इस बीच समाचार है कि विश्व भुखमरी सूची में भारत एक सौ सोलह देशों में एक सौ एक नम्बर पर है, लेकिन यह खबर भी है कि घबराने की कोई बात नहीं है। नरेन्द्र मोदी लिस्ट को बाजी की तरह उलट देंगे और जो भारत ग्लोबल हंगर इंडेक्स में नीचे से सौलहवें नम्बर पर है, वह ऊपर से सौलहवें नम्बर पर हो जाएगा।

पेट्रोल, डीजल की बेतहाशा बढ़ती कीमतों को लेकर देश-भर में क्या गजब पिनड्रॉप साइलेंस है? जबकि यूपीए सरकार के दौरान दस-पाँच पैसे भी बढ़ा दिए जाते थे तो ऐसा शोर मचता था, जैसे दुनिया के तमाम वाहनों के साइलेंसर फट गए हों।

चुप्पी तो छोड़िए, आज तो पेट्रोल का 'पी' या डीजल का 'डी' ही बोल दिया जाए तो सामने से जूता आता है कि क्या महँगाई का रोना रो रहा है, धारा तीन सौ सत्तर भी तो हटा दी।

सरकार से करबद्ध प्रार्थना है कि रोज-रोज बीस-तीस पैसे बढ़ाने से अच्छा है कि पेट्रोल और डीजल दोनों सीधे तीन सौ सत्तर रुपये लीटर कर दिए जाएँ। इससे विकास तो तीव्र होगा ही, यह लाभ अलग से मिलेगा कि कम-से-कम पेट्रोल, डीजल भराते समय तो धारा तीन सौ सत्तर हटाना याद रहेगा।

लोग पेट्रोल, डीजल बिना ना-नुकर के तीन सौ सत्तर रुपये लीटर भी खरीद लेंगे, क्योंकि हर पेट्रोल पम्प पर प्रधानमंत्री खड़े हैं।

[15 अक्टूबर, 2021]

संकटमोचक खुद संकट में

इन दिनों संकटों का यह आलम है कि पता ही नहीं लग रहा कि देश में संकट हैं या देश ही संकट में है? संकटों की भयावहता का अन्दाजा इस बात से लगाया जा सकता है कि भक्तों तक ने नेतृत्व को बल याद दिलाना शुरू कर दिया है—को नहिं जानत है जग में कपि, संकट मोचक नाम तिहारो।

जिधर नजर डालो, उधर संकट। नजर न डालो तो और संकट। जिसके पास संकट पर नजर रखने का जिम्मा है, उसके पास नजर का ही संकट है।

देश एक संकट से नहीं उबरता है कि दूसरे संकट में फँस जाता है। भीतरी रोशनी के लिए नैतिक संकट तो सदा से था, अब बाहरी रोशनी के लिए बिजली संकट और आ खड़ा हुआ। मारे बिजली संकट के, जीरो वाट का बल्ब जलाने की सम्भावनाएँ भी जीरो हुई जा रही हैं।

कहते हैं कि बिजली संकट से तभी छुटकारा मिलेगा, जब कोयले का संकट दूर होगा। हालत यह है कि यदि पूछ लिया जाए कि कोयले का संकट कब तक दूर होगा तो जवाब देनेवाला संकट में पड़ जाता है।

इस बीच सुखद खबर है कि केन्द्रीय मंत्री अर्जुन मेघवाल ने बिजली संकट का तोड़ बताते हुए तमसो मा ज्योतिर्गमय कर दिया है। उन्होंने घोर अन्धकार में उम्मीद की किरणें फेंकते हुए सुझाया है कि लोगों को बिजली संरक्षण के लिए सपरिवार एक रात छत पर जाकर चाँद देखना चाहिए। स्वअर्जित आइडिया के साथ मंत्री महोदय ने स्वरचित स्लोगन भी दिया है 'एक रात, चाँद के साथ'।

मेरा दावा है, संकटों का अन्त छत पर जाकर चाँद देखने से भी नहीं होगा। मंत्री के इस दार्शनिक आइडिया से देश का बिजली संकट भले ही हल हो जाएगा, लेकिन देश के कवि संकट में पड़ जाएँगे।

बिजली संकट के समाधान का ऐसा बेजोड़ आइडिया किसी देश की वही सरकार दे सकती है जिसका बिजली बिल उस देश के नागरिक भरते हों।

बेहतर होता, लगे हाथ मंत्री इन संकटों का समाधान भी सुझा देते कि जिनके छत नहीं है, वे एक रात चाँद देखने कहाँ जाएँ और एक रात छत पर जाकर चाँद देखने से यदि रोटी की स्मृति हो आए तो क्या करें?

गनीमत है कि भारत सरकार के मंत्रियों को ऐसे मार्गदर्शक आइडिया देर से सूझते हैं। वरना स्वास्थ्यमंत्री कोरोना काल में ऑक्सीजन की आपूर्ति के लिए, बजाय सिलेंडर उपलब्ध कराने के, मरीजों के सिरहाने गमले रखवा सकते थे।

कल को पानी की माँग करनेवालों को केन्द्र सरकार द्वारा बहती नदियों के वीडियो देखने के उपदेश भी दिए जा सकते हैं। बीमारों से कहा जा सकता है कि दवा के पैसे न हों तो एकदम नजदीकी अस्पताल की ओर मुँह करके एक सौ एक बार महामृत्युंजय मंत्र का जाप करें, लेकिन विशेष ध्यान रखें कि मंत्रजाप करते समय मुँह सरकारी अस्पताल ही की तरफ करें। निजी अस्पताल की तरफ मुँह करना भी चार्जेबल है।

इन दिनों मोदी सरकार की दशा उस बस जैसी लगती है, जिसकी सीटों पर फ्री पास वाले जमे हैं। सवारियाँ खड़ी-पड़ी लदी हैं, जिन्हें कंडक्टर दो गुना कीमत में आधी दूरी का टिकट थमा चुका है। ड्राइवर ऊँची आवाज में भजनों का कैसेट बजा रहा है और खड़खड़ाती बस में कई जगह लिखा है—ईश्वर आपकी यात्रा सफल करे।

[17 अक्टूबर, 2021]

राम को मानेंगे, राम की नहीं मानेंगे

पिछले साल की तरह इस साल भी दशहरा फीका रहा। रावण, कुम्भकर्ण, मेघनाद के पुतलों का दहन हुआ नहीं और पुजनेवाले अस्त्रों-शस्त्रों की हैसियत सेविंग ब्लेड से भी कम रही।

रावण, कुम्भकर्ण और मेघनाद को लगातार दूसरे वर्ष न मारे जाने से सिद्ध हुआ कि कोरोना महामारी ने सिर्फ जीवित प्राणियों को ही नहीं मारा, बल्कि वे भी मारे गए जो हजारों साल पूर्व मारे जा चुके थे।

जहाँ कहीं होंगे, तीनों असुर होने के बावजूद पछता रहे होंगे कि दहन न होने से वे दूसरे वर्ष भी अपने दुश्मनों का मनोरंजन नहीं कर पाए।

त्योहार पर शोर और दिखावा नहीं हुआ, सो जरा सोच-विचार का मौका मिला।

कोई रावण बनता कैसे है?

जब झूठ, अहंकार और जिद का मेल हो जाए तो किसी का भी रावण बन जाना तय है।

राम के दो आँखें थीं और रावण के बीस। राम से दस गुना की क्षमता के बावजूद रावण कैसे मात खा गया? मतलब साफ है कि ज्यादा देखना और सार्थक देखना दो अलग तथ्य हैं। भीतरी दृष्टि हो तो बाहरी आँखें दो ही पर्याप्त हैं। सत्य का बल न होने पर दस शीश और बीस भुजाएँ सहारा नहीं, बोझ बन जाते हैं। 'रावण रथी विरथ रघुवीरा' अर्थात रावण रथ पर सवार था और राम बिना रथ के। फिर भी रावण ही क्यों पराजित हुआ? क्योंकि सत्य के मार्ग पर चलनेवाले के लिए दो पैर ही काफी होते हैं। रथों पर आरूढ़ होकर सत्य को पराजित नहीं किया जा सकता, चुनाव भले ही जीते जा सकते हों।

जहाँ तक कुम्भकर्ण की मौत का सवाल है। समझ से बाहर है कि जो एक दिन जागकर फिर छह माह के लिए सो जाता हो, उसे अलग से मारने की क्या जरूरत थी? बेचारा कुम्भकर्ण भी तो वही काम कर रहा था जो आम भारतीय मतदाता करता है।

कहते हैं कि तपस्या से प्रसन्न होकर ब्रह्मा ने कुम्भकर्ण को वर माँगने के लिए कहा था। देवी-देवताओं की खूबी रही है कि कोई उन्हें तपस्या से प्रभावित कर दे तो वे वरदान देते समय पात्र-कुपात्र में भेद नहीं करते।

कुम्भकर्ण ब्रह्मा से इन्द्रासन माँगना चाहता था, लेकिन मुख से निद्रासन निकल गया। इससे सबक मिलता है कि हम सबको, विशेषकर नेताओं को गाँठ बाँध लेनी चाहिए कि वाणी की लापरवाही वरदान को अभिशाप में बदल डालती है।

मेघनाद ने न अपनी आत्मा की सुनी और न माता मंदोदरी की। फलत: वह युवावस्था में ही अन्ध पितृभक्ति की भेंट चढ़ गया। युग कोई भी रहा हो, अन्धभक्ति के सदैव दुष्परिणाम ही निकले हैं, फिर अन्धभक्ति चाहे देवी-देवता की हो, माता-पिता की हो या नेता की।

रावण ने सीता हरण के लिए साधु का वेश धारण किया था। विश्वास न हो तो रामानन्द सागर के रामायण सीरियल के एपिसोड देखे जा सकते हैं। लंकेश अपने कुकृत्य से संन्यास को और लांछित कर गया। काश! लंका के नागरिक और साधु ऐसे राजा से सतर्क रहते, जो भाँति-भाँति के वेश बदलने में माहिर था।

वैसे नागरिक और साधु भी क्यों एतराज करते? वे भी सोने की लंका के मजे लेने में डूबे रहे होंगे?

[19 अक्टूबर, 2021]

लालकिले से सफेद झूठ

बुराई के महिमा मंडन का स्वर्णयुग चल रहा है। जिसे धिक्कारा जाना चाहिए, उसकी वाहवाही की जाती है।

विख्यात उपेक्षित है और कुख्यात की पीठ थपथपाई जा रही है।

रावण ही को लो। ऐसी चर्चाओं की भरमार है—कुछ भी कहो, रावण की झूठ, अहंकार और जिद की तो दाद देनी पड़ेगी। भाई ने देश, परिवार सब समूल नष्ट करवा लिए, लेकिन अन्तिम समय तक एक भी गलती नहीं स्वीकारी। हर दशहरे पर बकते रहो—'असत्य पर सत्य की विजय'। साल-दर-साल ऊँचे होते पुतले खुद गवाही देते हैं कि झूठ, अहंकार और जिद में अगले का आज भी जलवा नम्बर वन है।

त्रेता से द्वापर में आते हैं। कंस का किस्सा छेड़ो तो कोई-न-कोई उसकी प्रशंसा में कहता मिलेगा—रोते रहो कंस की क्रूरता का रोना। मानते हैं कंस बेहद क्रूर था। अपने बहिन, बहनोई और उनकी सन्तानों तक पर दया नहीं दिखाई, लेकिन क्रूरता के प्रति कमिटमेंट का उस जैसा उदाहरण दुनिया में दूसरा हो तो बताओ?

कोई गुंडा भीड़ भरे चौराहे पर चाकू से किसी के प्राण हर लेता है तो उसके कुकृत्य की भर्त्सना करनेवालों से अधिक संख्या उसके दुस्साहस की दाद देनेवालों की होती है। लोग चौक-चौराहों पर बतरस करते मिलते हैं—चलो, मान लिया उसका अपराध अक्षम्य है, लेकिन भैया, सरे आम सैकड़ों की भीड़ को चीरते हुए वैसा करने के लिए भी कलेजा चाहिए।

नाबालिग चोर बाइक चोरी करते पकड़ा जाता है। अगली सुबह अखबारों में उसके कारनामे पढ़कर लोग उसके अपराध की कड़ी निन्दा करने के बजाय

सोशल मीडिया पर लिखने लगते हैं—छोरे का कमाल तो देखो। क्या पलक झपकते ही मोटरसाइकिल ले उड़ता है। यहाँ तो अपनी मोटरसाइकिल चलाओ तो लगता है चोरी की चला रहे हैं। एक वह है कि चोरी की मोटरसाइकिल भी अपनी की तरह चलाता है। एक ही मास्टर-की से हर मॉडल की मोटरसाइकिल अनलॉक करने का हुनर भी ईश्वर किसी-किसी को ही देता है।

जैसा कि बस, ट्रेन में टिकट लेकर यात्रा करना बेवकूफी समझा जाता है। अतः एक चिर बेटिकट ट्रेन यात्री की समझदारी मैंने खुद सुनी है—पच्चीस बरस से कश्मीर से कन्याकुमारी और अटक से कटक तक ट्रेनों में घूम रहा है। बन्दे ने आज तक टिकट तो दूर, प्लेटफॉर्म टिकट तक नहीं खरीदा। टीटीई को इस अदा से चकमा देता है कि चकमा भी चकमा खा जाए। कई बार तो ऐसा भी हुआ कि टीटीई ने पकड़ा, लेकिन उस्ताद ने उसे बातों की ऐसी फिरकी दी कि उसके सामने से तीन-चार विदाउट टिकट वाले और निकलवा दिए।

शिक्षा जगत की ऐसी बातचीत आम हो ही गई है—गुल्लू साल-भर किताब के हाथ तक नहीं लगाता, लेकिन हर साल फर्स्ट आता है। परीक्षा में इस कलाकारी से नकल के कारतूस ले जाता है कि परीक्षक की परीक्षा ले बैठता है।

क्या हम नकारात्मक हो गए हैं? नहीं, हम नकारात्मकता के प्रति सकारात्मक हो गए हैं।

पन्द्रह अगस्त के भाषण में बोली गई झूठों की शिकायत करने पर ऐसी हिमायत सुनने को मिलती ही है—लालकिले की प्राचीर से सीना ठोंककर झूठ बोलने के लिए भी सीना छप्पन इंची चाहिए।

[21 अक्टूबर, 2021]

पेट्रोल : चार दिन पैंतीस पैसे

समाचार-पत्रों में पेट्रोल, डीजल की कीमतें दैनिक राशिफल की तरह छपने लगी हैं और पढ़ी भी उसी श्रद्धाभाव से जा रही हैं।

गत चारों दिन पेट्रोल पर प्रतिलीटर पैंतीस पैसे रोज बढ़ाए गए। न चौंतीस न छत्तीस, नेट पैंतीस।

डीजल की कीमतें भी विकास के पथ पर हैं। कभी पेट्रोल के साथ कदम-से-कदम मिलाकर तो कभी कुछेक कदम आगे-पीछे। जैसे कल पेट्रोल पैंतीस पैसे बढ़ा, लेकिन डीजल सैंतीस पैसे। मोदी सरकार ने डीजल की तुलना में पेट्रोल खरीदने वालों को कल दो पैसे की बड़ी राहत दी। मैं खुद दिन-भर गणित लगाता रहा कि डीजल की गाड़ी बेचकर पेट्रोल की खरीद लूँ क्या?

चार दिन तक पेट्रोल पर रोज पैंतीस पैसे ही बढ़ाने का रहस्य समझ में नहीं आया। क्या मोदी सरकार चार दिन पैंतीस को शुभ अंक मानती रही? या कहीं ऐसा तो नहीं कि पेट्रोल की कीमत तय करनेवाले गुट की सदस्य संख्या चार दिन तक पैंतीस रही? अथवा कोई पैंतीस पैसे बढ़ाकर चार दिन के लिए छुट्टी पर चला गया? एक सम्भावना यह भी लगती है कि पेट्रोलियम मंत्री के यहाँ चार दिन तक दो ही अर्थशास्त्री काम पर रहे हों। जिसे पैंतीस तक गिनती आती थी, वह पेट्रोल की कीमत तय करता रहा और सैंतीस तक गिनती जाननेवाला डीजल की।

यदि गिनती जानना ही कीमतें तय करने का आधार हो तो जिस दिन पेट्रोल, डीजल पर शून्य राशि की बढ़ोत्तरी की जाए, क्या उस दिन समझ लिया जाए कि आज कीमतें खुद पेट्रोलियम मंत्री ने तय की हैं?

जैसा कि लोक-कल्याणकारी सरकार जनता की एक पाई का हिसाब

रखने के लिए भी करोड़ों रुपये के वेतन-भत्तेवाले लाखों लोग रखती है। सो, हो सकता है कि सरकार तो पेट्रोल पर पैंतीस से अधिक पैसे बढ़ाना चाहती थी, लेकिन उसे अधिकारियों ने बता दिया हो कि पेट्रोल खरीदनेवाले भारतीय चार दिन से सिर्फ पैंतीस पैसे ही रोज बचा पा रहे हैं।

डीजल खरीदारों के कल दो पैसे अधिक कमा लेने की सूचना होगी, इसलिए सरकार ने डीजल की कीमत सैंतीस पैसे बढ़ा दी?

ईमानदार और पारदर्शी सरकार नागरिकों की बचत के हिसाब से चीजों के मूल्य तय करती है। यही कारण है कि जिस माह भारतीय गृहिणियों द्वारा जैसे-तैसे बीस रुपये बचा लेने की खबर हो, सरकार भी उस माह रसोई गैस पर बीस ही रुपये बढ़ाती है। यदि पच्चीस रुपये बचा लेने की खबर हो तो पच्चीस रुपये से कम नहीं बढ़ाती।

चार दिन तक मैंने पैंतीस बार सोचकर पैंतीस ही बार माथा पकड़ा कि आखिर पेट्रोल की कीमत चार दिन तक रोज पैंतीस पैसे ही क्यों बढ़ाई गई? क्या चार दिन में एक साथ एक रुपया चालीस पैसे नहीं बढ़ाए जा सकते थे?

मोदी समर्थकों का तर्क है कि नरेन्द्र मोदी ऐसी लापरवाही नहीं बरतते। उन्हें लगातार काम करते हुए भी तो दिखना होता है। चार दिन में एकमुश्त एक रुपया चालीस पैसे बढ़ाने पर बात भले ही वही होती, लेकिन वह तब क्या जवाब देते जब लोग पूछ बैठते कि प्रधानमंत्री जी आपने राष्ट्र के विकास के लिए तीन दिन क्या किया?

[23 अक्टूबर, 2021]

इंटरनेट बन्द, बेरोजगारी चालू

समय खूब हो, लेकिन उसे काटने का सहारा न हो तो कितना तनाव झेलना पड़ता है? इस प्रश्न का सही उत्तर वही व्यक्ति दे सकता है जो सोशल मीडिया इस्तेमाल करता हो और इंटरनेट बन्द हो।

शाम के साढ़े पाँच बजे रहे हैं और एक प्रतियोगी परीक्षा की वजह से आज सुबह छह से शाम छह बजे तक इंटरनेट बन्द है। लिहाजा हर मोबाइल, कम्प्यूटरधारक की हालत उस वाहन जैसी है जिसके पहिये निकाल लिये गए हों।

हमारे घर के पास एक विद्यालय है जो अकसर प्रतियोगी परीक्षाओं का केन्द्र रहता है। सो, किस विभाग और पद के लिए प्रतियोगी परीक्षा होने जा रही है, यह मैं बिना पूछे-बताए ही जान लेने में पारंगत हो गया हूँ।

आज जैसे ही परीक्षार्थी जुटने लगे, मैं तुरन्त समझ गया कि परीक्षा पटवारी के पद के लिए है, क्योंकि हर प्रतियोगी ऐसे सधे कदमों से चल रहा था जैसे जमीन की नाप-जोख कर रहा हो।

जो परीक्षार्थी हवा में कुछ लिखता, काटता, फिर एक ही शब्द की आकृति पाँच बार बनाता चले तो मैं अविलम्ब पहचान लेता हूँ कि यह हिन्दी अध्यापक के पद की प्रतियोगी परीक्षा में बैठने आया है।

परीक्षार्थी की बॉडीलैंग्वेज खुद चुगली कर देती है कि उसने जनरल नॉलेज के पेपर की तैयारी अमिताभ बच्चन की एंकरिंग वाले कौन बनेगा करोड़पति कार्यक्रम के एपिसोड देख-देखकर की है।

इंटरनेट बन्दी पर लौटता हूँ। रोजगार उन्हें मिलेगा जो प्रतियोगी परीक्षा पास कर लेंगे, लेकिन सुबह छह बजे से बेरोजगारी उन सब सोशल मीडियाधारियों को भुगतनी पड़ रही है जिनका इस परीक्षा से कोई लेना-देना नहीं है।

व्हाट्सएप पर सूर्योदय से पहले भेजे गए गुडमॉर्निंग के सन्देश सूर्यास्त के बाद मिलेंगे। फेसबुक दीवार पर कुछ भी पोस्ट न कर पाने से फेसबुकियों को लग रहा होगा कि किसी ने उनके और क्रान्ति के बीच दीवार खड़ी कर दी है। अपलोड के अभाव में सेल्फियाँ गैलरियों में वैसे ही बैठी-खड़ी-पड़ी होंगी जैसे ट्रेनों की वेटिंग में सवारियाँ वेटिंग रूमों में बैठी-खड़ी-पड़ी रहती हैं। यूट्यूब न देख-सुन पाने से सभी बेचारों के पास जरूरी काम-काज करने के अलावा कोई चारा नहीं बचा। इंस्टाग्राम के नहीं चलने से जिन्दगी अचल हुई पड़ी है।

बिना इंटरनेट के मोबाइल फोन माचिस की उस डिबिया की तरह लग रहा है जिसमें तीलियाँ नहीं हों।

दंगा-फसाद के दौरान बन्द किया जानेवाला इंटरनेट अब प्रतियोगी परीक्षाओं के समय भी बन्द किया जाने लगा है।

यथाशक्ति सभी प्रतियोगी परीक्षाओं के प्रश्नपत्र लीक किए जाने लगे हैं और इस गति से लीक किए जाने लगे हैं कि लगता है, प्रतियोगिता नौकरी पाने की नहीं, प्रश्नपत्र लीक करने की है।

प्रश्नपत्र लीक करनेवाले भी क्या करें, प्रश्नपत्र बनानेवाले ही व्यावहारिक नहीं हैं। पुलिस भर्ती की परीक्षा में यह सवाल पूछने का क्या तुक है कि पृथ्वी से चन्द्रमा कितने प्रकाशवर्ष दूर है? क्या सिपाही बनने के बाद अपराधियों को पकड़ने या वारंट तामील कराने वहाँ भी जाना पड़ेगा? जिसने अपने गाँव के पड़ोस का कस्बा नहीं देखा, उसे जापान की राजधानी के बारे में पूछोगे तो वह पेपर लीक की लीक पर ही चलेगा?

वैसे, प्रतियोगी धैर्य रखें। प्रश्नपत्र लीक-वीक वाले झंझट थोड़े समय के हैं। एक तो मशीनीकरण, ऊपर से निजीकरण। जब सरकारी नौकरियाँ ही नहीं होंगी तो प्रतियोगी परीक्षाएँ भी क्यों होंगी?

यह व्यंग्य लेख मैं और बेहतर लिखता, लेकिन लिखते-लिखते छह बज चुके हैं और इंटरनेट चालू हो गया है।

[24 अक्टूबर, 2021]

उन्माद और पटाखे दोनों फुस्स

कोई भी खेल हो, अन्य देश जहाँ परस्पर खेलते हैं, वहीं भारत और पाकिस्तान भिड़ते हैं।

दुबई में भारत और पाकिस्तान के बीच आईसीसी टी-20 क्रिकेट वर्ल्डकप का महा मुकाबला हुआ। दोनों पड़ोसियों की महानता देखिए कि अन्य देशों के मध्य बड़े-से-बड़े खेल में भी मुकाबला ही रहता है, जबकि भारत-पाकिस्तान आपस में कंचे भी खेलें तो मुकाबला से पहले 'महा' जोड़ लेते हैं।

भारत-पाकिस्तान की टीमों के बीच क्रिकेट का मैच तय होते ही दोनों ओर के उन्मादी खुद को बॉर्डर पर तैनात कर लेते हैं। खेल के मैदान को रणक्षेत्र में बदलने से लेकर, गोला-बारूद की सप्लाई का जिम्मा दोनों तरफ का मीडिया-सोशल मीडिया सँभाल लेता है। गेंदबाज गेंद फेंकता है तो उसे मिसाइल दागना माना जाता है। इस तरह एक ओवर में छह मिसाइलें होती हैं। विकेटों के गिरने का मतलब होता है हताहतों की संख्या और रन बनाए नहीं जाते, ठोंके जाते हैं।

मायावी मीडिया-सोशल मीडिया का जनसामान्य का विवेक वैसे ही हर रहा है जैसे दशानन ने साधु वेश धरकर सीता का हरण किया था।

चूँकि मैं किरकेट-विरकेट से दूर रहता हूँ (क्रिकेट को किरकेट-विरकेट बोलने से ही आप इस खेल से मेरी दूरी समझ गए होंगे)। लिहाजा पटाखे न छूटने से ही जान पाया कि मैच में भारतीय टीम हार गई है।

दोनों देशों में अपनी टीम की जीत पर फोड़े गए पटाखे परमाणु परीक्षण का मजा देते हैं।

भारतीय टीम के हारने के दिन यदि किसी ने यहाँ अपना जन्मदिन होने से

भी पटाखा फोड़ दिया तो उसे तुरन्त देशद्रोही घोषित कर दिया जाता है। सुनते हैं, देशद्रोही घोषित करने का ऐसा ही पैटर्न उधर भी है।

धन्धेबाजों को जनता की भावनाओं से खेलने से फुरसत मिले तो वे खेल भावना पर ध्यान दें।

मैच तय होते ही भारत में पटाखों की बिक्री शुरू हो गई। पाकिस्तान पर इस समय चीन का फुल आशीर्वाद है, सो वहाँ अधिक पटाखे बिके होंगे।

दो देश तीसरे देश में खेलेंगे और पटाखे चौथे देश के बिकेंगे। क्या अद्‌भुत ग्लोबलाइजेशन है?

पाकिस्तान पर एक अदद जीत के लिए भारत के राष्ट्रवादियों ने हर फॉर्मूला आजमाया। हवन-पूजन से लेकर देवी-देवताओं तक से मनौती माँगी, फिर भी हार नहीं टल सकी। राष्ट्रवादी शायद यह भूल गए कि मैच भारत से बाहर था और कोई कितना भी रिझाए या उकसाए, हमारे राष्ट्रवादी देवी-देवता कभी अपने राष्ट्र की सीमा नहीं लाँघते।

कश्मीर में आतंकी घटनाओं के मद्‌देनजर जब यहाँ कुछेक आवाजें उठीं कि आतंकवाद और क्रिकेट साथ-साथ नहीं चलेंगे तो बीसीसीआई ने दो टूक कह दिया कि हम आईसीसी के नियमों से बँधे हैं। लो भाई, देशभक्ति की परिभाषा 2014 से पहले अलग थी और 2014 के बाद से अलग।

एक भाई साहब ने हार की झेंप मिटाने की गरज से पाकिस्तानी नहले पर भारतीय दहला खूब मारा कि पाकिस्तान भले ही जीता, लेकिन वहाँ पटाखे फोड़ने से प्रदूषण भी वहीं हुआ।

क्रिकेट में कोई हारे-जीते, खुशी इस बात की है कि गल्ले पर अपना गुजराती भाई (जय शाह) बैठता है।

[25 अक्टूबर, 2021]

न आनेवाला काम करना

देश चलाना नहीं आता हो और चलाया जाए तो देश वैसा ही चलता है, जैसा इन दिनों चल रहा है।

जो काम करना नहीं आता हो, फिर भी उसे किया जाए तो नतीजा वही निकलेगा जो निकलना चाहिए। प्रत्यक्ष प्रमाण चाहते हैं तो उस गायक से गाना सुन लें, जिसे गाना नहीं आता हो।

जिस मिस्त्री को मशीन ठीक करनी नहीं आती, फिर भी वह ठीक करने लगे तो मशीन कैसी ठीक होगी, इसका अन्दाजा इस बात से लगाया जा सकता है कि उसकी ठीक की हुई मशीन ठीक करने में उसे भी पसीने आ जाएँगे, जिसे ठीक करनी आती हो।

मेरी बात आप इसीलिए ठीक से समझ गए, क्योंकि मुझे ठीक से समझाना आता है। यदि मुझे ठीक से समझाना नहीं आता और फिर भी मैं समझाने लगता तो नजारा क्या होता, यह आप ठीक से समझते ही हैं।

एक व्यक्ति को सच बोलना नहीं आता था। ज्योंही उसने 'सच में, सच बोल रहा हूँ' कहकर बोलना शुरू किया, सुननेवाले तुरन्त समझ गए कि यह जो बोल रहा है वह सच नहीं है। झूठ बोलना ही जाननेवाला यदि गीता पर हाथ रखकर भी बोले कि कसम से झूठ नहीं बोल रहा हूँ तो श्रोता न सिर्फ समझ जाते हैं, बल्कि उसे हँसकर कह भी देते हैं कि तुम्हें झूठ बोलना खूब आता है।

आपने किसी ऐसे व्यक्ति को स्कूटर चलाते देखा है जिसे चलाना नहीं आता हो। यदि नहीं देखा है तो मेरा निवेदन है जरूर देखें, क्योंकि बिना देखे आप समझ ही नहीं सकते कि वह व्यक्ति स्कूटर कैसे चलाता है जिसे चलाना नहीं आता हो?

कभी ऐसे व्यक्ति को रोटी बेलते देखो जिसे बेलनी नहीं आती। मुझे मालूम है उस चाय का स्वाद जो ऐसे व्यक्ति ने बनाई थी जो चाय बनाना नहीं जानता था।

भारत के वित्तमंत्री के हिसाब-किताब रखने के तरीके और परिणाम जानने के लिए भारतीयों को किसी ऐसे कम्पनी मालिक से उसका अनुभव जानना चाहिए जिसके कैशियर को हिसाब-किताब रखना नहीं आता हो, फिर भी वह हिसाब-किताब रखता हो।

जिन्हें जो काम करना नहीं आए, तब भी वे वह काम करें तो काम कैसा होगा, यह जानने के लिए ऐसे कवियों को पढ़ें-सुनें जिन्हें कविता न लिखनी आती है और न सुनानी, बावजूद इसके वे लिख भी रहे हैं और सुना भी रहे हैं।

देखा है कभी ऐसे स्त्री/पुरुष को जो मेकअप करना नहीं जानता हो, लेकिन कर रखा हो? यदि आप मेकअप करना नहीं जानते तो अपना मेकअप खुद करके दर्पण में देखें। मेरा दावा है, आप देखते से ही समझ जाएँगे कि न जाननेवाला काम करने के क्या नतीजे होते हैं।

मैं थोड़े समय अध्यापक रहा हूँ। मैंने ऐसे परीक्षार्थियों की असंख्य उत्तर, पुस्तिकाएँ जाँची हैं जिन्हें उत्तर नहीं आते थे, तब भी वे उत्तर लिखते थे।

सोशल मीडिया इस्तेमाल करना नहीं जानने के बाद भी इस्तेमाल किया जाए तो वही भुगतना पड़ता है जो हाथ लगा उस्तरा इस्तेमाल करना नहीं जानने के बावजूद इस्तेमाल कर बैठनेवाले बन्दर ने भुगता था।

जिसे झूठ ही बोलना आता है, वह झूठ ही बोलता है। जिसे काम की बात करनी नहीं आती है, वह कहाँ काम की बात करता है?

[29 अक्टूबर, 2021]

गले लगते हैं कि पड़ते हैं

प्रधानमंत्री नरेन्द्र मोदी विदेश जाते हैं, तो वहाँ के राष्ट्र प्रमुख से गले अवश्य मिलते हैं। चर्चाएँ तो यहाँ तक हैं कि वह राष्ट्र प्रमुखों से गले मिलने ही विदेश जाते हैं। ऐसा ही वह किसी विदेशी राष्ट्र प्रमुख के भारत आने पर यहाँ करते हैं। गले मिलने के लिए इस कदर उतावले रहते हैं कि बस, किसी राष्ट्र प्रमुख का गला दिखना चाहिए।

तसवीरें बताती हैं कि वह किसी के यहाँ जाएँ या उसे यहाँ बुलाएँ, गले मिलकर ही मानते हैं, भले ही गले पड़ना पड़े।

गले मिलना किसी के लिए जरूरी होता है तो किसी के लिए दिखावा। नरेन्द्र मोदी के लिए जरूरी दिखावा है।

गले मिलने की अदा देखकर कहा जा सकता है कि नरेन्द्र मोदी विभिन्न राष्ट्रों के प्रमुखों के गले मिलने के लिए उत्सुक नहीं रहते, ताक में रहते हैं।

ऐसा कभी हो ही नहीं सकता कि वह गले मिलने की ठान लें और कोई माई का लाल बच सके। गले मिलने से पहले वह कभी भी बाँहें नहीं फैलाते, क्योंकि इससे सामनेवाला अपनी बाँहों की ढाल बनाकर उनका गला-मिलनवाला वार रोक सकता है।

प्रथम तो नरेन्द्र मोदी आमने-सामने गले मिलते हैं। दो वाहनों की टक्कर की तरह। आमने-सामने गले मिलने पर भी जिसके बच निकलने की आशंका हो उसका पीछा करते रहते हैं और मौका मिलते ही दाएँ-बाएँ से ओवरटेक करके झट से पलटकर गले मिल डालते हैं। लाइट, एक्शन, कैमरा सब इतना त्वरित होता है, मानो गले नहीं मिले, शिकार किया हो।

छोटे कद के राष्ट्र प्रमुख से भी गले मिलते हैं, भले ही झुकना पड़े। जिस

राष्ट्र प्रमुख की लम्बाई अधिक हो उसे कान में कुछ रहस्यात्मक बताने का संकेत करते हैं और जैसे ही वह सुनने के लिए झुकता है, गले मिल डालते हैं।

सुनते हैं, नरेन्द्र मोदी ताबड़तोड़ विदेश यात्राएँ प्रमुख रूप से प्रमुख लोगों से गले मिलने के लिए ही करते हैं। वरना एक ही देश की कई-कई यात्राओं का क्या तुक है? किसी देश की यात्रा से लौटकर वहाँ के राष्ट्र प्रमुख से गले मिलने की फोटुएँ देखते हैं। गले मिलते हुए का फोटो ढंग का नहीं आने पर फिर से उस देश निकलना पड़ता है।

उनको विभिन्न प्रमुखों, राष्ट्र प्रमुखों से गले मिलने से कोरोना भी नहीं रोक पाया। काहे का मास्क जरूरी और काहे की दो गज की दूरी?

जो दावा करते हैं कि मोदी है तो मुमकिन है, उन्हें समझना चाहिए कि दो गज की दूरी से गले मिलना ऐसा लक्ष्य है जो नरेन्द्र मोदी के लिए अभी तक मुमकिन नहीं हुआ है। दो गज की दूरी से गले मिलना तभी मुमकिन हो सकता है जब गर्दन भी दो गज की हो। यदि गले मिलनेवालों में एक की गर्दन दो गज की नहीं हो तो दोनों की एक-एक गज की हो। हाँ, मास्क लगाए हुए गले मिला जा सकता है, लेकिन जब फोटो में चेहरा ही न पहचाना जाए तो फिर गले मिलने का क्या मतलब?

नरेन्द्र मोदी से बेहतर कोई नहीं जानता कि पैर किसके छूने हैं और गले किससे मिलना है? हाथ जोड़ने किसके हैं और मिलाने किससे हैं?

पाकिस्तान के प्रधानमंत्री के गले लग जाएँ तो अपने ही लोग गले पड़ जाएँ।

अब सवाल यह उठता है कि नरेन्द्र मोदी किसी अन्य देश के राष्ट्र प्रमुख से गले ही क्यों मिलते हैं?

मेरे खयाल से इसका जवाब तो वह भी नहीं दे सकता जिसके गले मिलते हैं।

[4 नवम्बर, 2021]

बीस बढ़ाकर दो कम करना

राहत तीन प्रकार की होती हैं। राहत, बड़ी राहत और बहुत बड़ी राहत। किसी वस्तु पर बीस रुपये बढ़ाकर दो रुपये कम कर दिए जाएँ तो हम भारतीय उसे बहुत बड़ी राहत कहते हैं।

नरेन्द्र मोदी सरकार द्वारा पेट्रोल-डीजल पर बरसों जानलेवा वृद्धि करके पाँच-दस रुपये कम किया जाना वैसा ही है जैसे चाँटे मारने के बाद गुदगुदी किया जाना।

पेट्रोल पर पाँच और डीजल पर दस रुपये क्या घटाए गए, लग रहा है घर के अहाते में कच्चे तेल के नए कुएँ निकल आए हैं और पुराने कुओं में कच्चा तेल ऊपर तक आ गया है।

डर है, सरकार कहीं और उदारता न दिखा बैठे, वरना पानी के नल से पेट्रोल-डीजल निकलने लगा तो देशवासी पिएँगे क्या?

तेल की कीमतों की कमी ने दीपावली पर मजा बाँध दिया। पटाखों ने धमाके डबल किए और पॉल्यूशन हाफ रहा। ग्रीन पटाखों से तो ऑक्सीजन उत्सर्जन की खबरें हैं। पेट्रोल पम्प पर जाते-आते में मुझे खुद लगा कि मैं लक्ष्मी वाहन से लक्ष्मी हो गया हूँ।

बाबर में हिम्मत है तो अब आकर बताए हिन्दुस्तान। उसने जितना बारूद सारे युद्धों में इस्तेमाल नहीं किया था, उतना तो हम एक दीपावली पर आतिशबाजी में उड़ा देते हैं।

दरअसल मुझमें ऐसी धमकी का साहस तेल की कीमतें कम किए जाने से ही आया है। पाँच रुपये सस्ता पेट्रोल स्कूटर के टैंक में डलवाकर चलता हूँ तो अहसास होता है कि युद्धक टैंक पर सवार होकर चल रहा हूँ।

धन की क्षति घट गई और जीवन की गति बढ़ गई। पहले जितनी दूर एक सौ सोलह रुपये में जा पाता था, अब उतनी दूर सिर्फ एक सौ ग्यारह रुपये में ही हो आता हूँ। सूत्रों के हवाले से खबर है कि बचत राशि छुपाने के लिए कई भारतीय तीन-चार दिन से स्विस बैंकों के सम्पर्क सूत्र तलाश रहे हैं।

वातावरण में अत्यधिक उल्लास है। जो यह कहते थे कि पेट्रोल-डीजल के दाम बढ़ाना-घटाना नरेन्द्र मोदी के हाथ में नहीं है, वे ही दाम घटाने का श्रेय नरेन्द्र मोदी को दे रहे हैं।

मीडिया न सिर्फ विपक्ष पर पेट्रोल-डीजल छिड़क रहा है, बल्कि मोदी सरकार की आरती पेट्रोल-डीजल के दीये जलाकर कर रहा है कि दीपावली से दो दिन पहले नरेन्द्र मोदी पेट्रोल-डीजल के दाम नहीं घटाते तो देश-भर में धनतेरस कोरी तेरस होकर रह जाती।

लक्ष्मी पर्व पर पाँच-दस रुपये की बचत इस कदर लाभदायक रही कि मिडिल क्लास को कन्धों पर धरा जुआ हल्का लगा और अपर क्लास ने जी भरकर जुआ खेला।

उसकी पीड़ा अवर्णनीय है, जिसे कीमतें बढ़ाने की आदत हो और उसे कम करनी पड़ जाएँ? मैं इसे धारा तीन सौ सत्तर हटाने से भी अधिक साहसी फैसला मानता हूँ। प्रधानमंत्री नरेन्द्र मोदी ने पेट्रोल-डीजल की कीमतें कम नहीं की हैं, जनहित में गोवर्धन पर्वत उठाया है।

अन्नकूट के दिन नरेन्द्र मोदी केदारनाथ गए। विपक्ष का आरोप है कि प्रायश्चित करने गए थे कि प्रधानमंत्री होते हुए किसी मूल मुद्दे पर ध्यान क्यों चला गया? हालाँकि पेट्रोल पर पाँच और डीजल पर दस रुपये की भारी-भरकम कटौती के उपलक्ष्य में तीर्थयात्रा तो बनती है।

सस्ते पेट्रोल से उत्साहित अध्यापक ने कक्षा में सवाल किया, "बताओ बच्चों, उपचुनाव में दो-तिहाई सीटें हारने पर पेट्रोल-डीजल के दाम पाँच-दस रुपये घटाने से क्या सीख मिलती है?"

बच्चे समवेत बोले, "गुरुजी, यदि मुख्य चुनाव में तीन-चौथाई सीटें कम कर दी जाएँ तो महँगाई भी एक-तिहाई घट जाएगी।"

[6 नवम्बर, 2021]

रंगीन चश्मे से देवदर्शन

चर्चा है कि प्रधानसेवक की इस विशेषता का लोहा तो उनके कट्टर विरोधी भी मानते हैं कि वह एक बार पहने जा चुके कपड़े और एक बार बोला जा चुका झूठ रिपीट नहीं करते।

नोटबन्दी के समय दावा किया था कि इससे कालाधन और आतंकवाद दोनों खत्म हो जाएँगे। वह वाक्य उनके श्रीमुख से भूले-बिसरे भी दुबारा नहीं निकला। केदारनाथ में इस बार वह विवेकानन्दी बाना कहाँ धारण किया, जो गत बार बंगाल विधासभा चुनाव के समय वहाँ की गुफा में ध्यान की लाइव प्रस्तुति के दौरान धारण किया था?

भले ही जुराब या रूमाल ही बदलें, वह एक मकान के दो कमरों में भी एकरूप में प्रवेश नहीं करते।

इस बार की केदारनाथ यात्रा के वीडियो गौर से देखें, शंकर की मूर्ति के सामने धज अलग थी और शंकराचार्य के सामने अलग।

आदि शंकराचार्य की मूर्ति अनावरण के समय का आवरण कितना मनोहारी था—श्वेत चूड़ीदार पायजामा, मोटी धारियोंवाला स्लेटी ओवरकोट, ब्लैक शूज, रुद्राक्ष की मालाएँ, तिलक मानो किया-कराया नहीं, मँड़वाया हो। धूप को छाँव बनाता चश्मा जैसे गूगल हिन्दी का अंग्रेजी में ट्रांसलेशन कर रहा हो।

कितना दर्शनीय था, ब्रांडेड पहनावे के साथ उस महादेव के दर्शन करना जो खुद राख रमाता है?

सोशल मीडिया पर चटखारे लिये जा रहे हैं कि प्रधानमंत्री देवी-देवताओं के दर्शन करने जाते हैं या देने?

व्यक्तिपूजक मुझे छिद्रान्वेषी ठहराते हुए कह सकते हैं कि अवतारी पुरुष

केदारनाथ में पूरे समय एक ही पोषाक में तो थे। नहीं बन्धुओं, दोनों मूर्तियों के सम्मुख कन्धे पर पड़े शॉल भिन्न थे। ऐसा हो ही नहीं सकता कि नरेन्द्र मोदी सीन बदलें और कॉस्ट्यूम न बदलें।

यह भविष्यवाणी तो ज्योतिषी भी नहीं कर सकते कि अगले पल हमारे प्रधानमंत्री क्या करेंगे और क्या पहनेंगे? क्या-क्या करने के लिए क्या-क्या पहनेंगे या क्या-क्या पहनकर क्या-क्या करेंगे?

शायद कुछ लोग फैंसी ड्रेस प्रतियोगिताओं में भाग लेने के लिए ही मनुष्य रूप धरते हैं। जीवन-भर उनका एक ही लक्ष्य रहता है, पहनावे से रंग जमाना, भले ही रंग-बिरंगा पहनना पड़े।

केदारनाथ यात्रा पर ऐसे गए जैसे शूटिंग पर गए हों। नजर का चश्मा ही क्या खूब लगाया कि हर दर्शक की नजर चश्मे ही पर लगी रही। यह अलग बात है कि जिसे देखने गए थे वह दिखता ही तब है, जब सब तरह के चश्मे उतारकर देखा जाए।

आज रौब इस बात पर निर्भर करता है कि व्यक्ति का वॉर्डरोब कितना समृद्ध है?

हमारे प्रधानमंत्री जलवायु परिवर्तन सम्मेलन में भाग लेने भी विदेशयात्रा पर जाएँ तो लगता है इंटरनेशल फिल्म फेस्टिवल में शिरकत करने जा रहे हैं। अन्य देशों के राष्ट्राध्यक्षों को देखो। वही जेड ब्लैक या डार्क ब्ल्यू सूट, जैसे सबने कपड़ा दो ही थानों से कटवाया हो।

जिस लेखक के कथ्य में दम नहीं होता वह अपनी किताब को बेस्टसेलर बनाने के लिए पूरी ताकत उसकी साज-सज्जा में झोंक देता है। मार्केटिंग का उस्ताद लेखक जानता है कि ग्राहकों का एक बड़ा वर्ग ऐसा भी है जो कंटेंट नहीं, किताब की सजावट देखता है।

[9 नवम्बर, 2021]

नया नारा सबसे न्यारा

'अच्छे दिन' की चपेट में आए भुक्तभोगी जानते हैं कि नारा एक ऐसा तीर होता है जो सीधा अमृतकुंड में लगता है और जिनके लगता है, वे पोस्टमार्टम के लायक भी नहीं बचते।

ताजा खबर है कि उत्तर प्रदेश भाजपा ने आगामी विधानसभा चुनाव के मद्देनजर नया सूरज उगाने का वादा कर दिया है।

दुनिया की सबसे बड़ी पार्टी ने वचन दिया है तो तय है कि योगी आदित्यनाथ के मुख्यमंत्री पद की शपथ लेते ही नया सूरज उगाने के प्रोजेक्ट पर काम शुरू कर दिया जाएगा। एक सूरज के सहारे अरबों साल गुजार दिए, सो नया सूरज उगाना जरूरी है भी। वर्तमान सूरज बेचारा अपनी मेंटिनेंस तक का समय नहीं निकाल पा रहा है। निर्माण से अब तक रोज वही सुबह-शाम, पूरब-पश्चिम। ऊपर से यह लफड़ा और कि जो हमारी शाम होती है, वह किसी और की सुबह होती है। जो हमारा पश्चिम है, वह किसी और का पूरब है। यानी रात हमारे लिए ही होती है, सूरज के लिए नहीं। सर्दियों में घंटे-आध घंटे का आराम चुरा लेता है तो उसकी सजा गर्मियों में पेनल्टी सहित भुगतनी पड़ती है। तापमान बढ़ने की शिकायत करनेवालों को सोचना चाहिए कि जिसे चौबीस घंटे तीन सौ पैंसठ दिन बिना रुके ड्यूटी देनी पड़े, वह आग नहीं उगलेगा तो क्या आइसक्रीम बाँटेगा? अत: उत्तर प्रदेश भाजपा द्वारा नया सूरज उगा दिए जाने से उत्तर प्रदेश को ही नहीं, वर्तमान सूरज को भी बड़ी रिलीफ मिलेगी।

नया सूरज उगाना वाकई उत्तर प्रदेश भाजपा का मास्टरस्ट्रोक है, लेकिन मेरी कुछेक शंकाएँ हैं। जैसे नए वाले सूरज के उदय और अस्त की टाइमिंग क्या रहेगी? नया-पुराना दोनों सूरज क्या साथ-साथ उदय-अस्त होंगे? यदि एक

सूरज के डूबने पर दूसरा निकलेगा तो फिर बिना रातों के कैसे जिया जाएगा? हर समय दिन ही रहेगा तो फिर निशाचरों का क्या होगा?

उत्तर प्रदेश के भाजपाइयों ने क्या इस समस्या पर गौर किया है कि उनके द्वारा नया सूरज उगा दिया जाने पर धरती पुराने सूरज के चक्कर काटेगी या नए के? आज वाला सूरज पूरब में उदय होकर पश्चिम में अस्त होता है, इसके लिए जवाहरलाल नेहरू को जिम्मेदार ठहराते हुए भाजपाइयों का कहीं नया सूरज उत्तर-दक्षिण या दक्षिण-उत्तर उगाने-डुबाने का प्लान तो नहीं है? भाजपाई ऐसा टाइम टेबल तो सेट नहीं कर देंगे कि जब पुराना सूरज पूरब में निकल रहा होगा, ठीक उसी समय उनका बनाया नया सूरज पश्चिम में निकल रहा होगा? रोज दोपहर में नए-पुराने सूर्यों का टकराव कैसे टाला जाएगा? नया सूरज पुराने को खदेड़ देगा या पुराना नए को नहीं टिकने देगा तो क्या होगा? बादल इसको ढँकेंगे कि उसको? नया सूरज बनाने से संकट साहित्य पर भी आएगा। रामधारी सिंह दिनकर नए दिनकर होंगे या पुराने दिनकर ही रहेंगे?

नए सूरज का अपना नया सौरमंडल होगा या दोनों आज वाले सौरमंडल से ही काम चलाते रहेंगे? क्या दोनों सूरजों की परिधि, व्यास, आयतन वगैरह बराबर ही होंगे? बाय द वे एक सूरज की गर्मी और रोशनी मन्द रही तो क्या वह सूर्य सूर्यनमस्कार कराने को नहीं तरस जाएगा?

नया सूरज स्वदेशी होगा या सरदार पटेल की मूर्ति की तरह चीन-वीन से बनवाकर मँगवाया जाएगा? धरती पर असेम्बल करके लॉन्च किया जाएगा या डाइरेक्ट आकाश ही में बनाया जाएगा?

नया सूरज बनाने की बात करके योगी आदित्यनाथ कहीं नरेन्द्र मोदी को इशारों-इशारों में 'खो' तो नहीं बोल रहे हैं?

नया सूरज पुराने सूरज को मार्गदर्शक मंडल में तो नहीं डाल देगा?

[13 दिसम्बर, 2021]

परिधानमंत्री

परिवर्तन का मतलब प्रधानमंत्रियों के वस्त्र परिवर्तन से लिया जाए तो गत सात सालों जितना परिवर्तन सचमुच विगत सत्तर सालों में नहीं हुआ।

यदि सभी देशों के राष्ट्र प्रमुखों की फैंसी ड्रेस प्रतियोगिता रखी जाए तो हमारे प्रधानमंत्री नरेन्द्र मोदी शर्तिया भारत को फिर से विश्वगुरु के पद पर बिठा देंगे।

तीनों लोकों में सबसे ताकतवर प्रधानमंत्री की तीन ही तो कमजोरियाँ हैं—आत्मप्रचार, वस्त्र-प्रेम और कैमरा-फ्रेम। आउट गोइंग हो या इन कमिंग, हमारे प्रधानमंत्री तीन का संग-साथ कभी नहीं छोड़ते—कैमरामैन, प्रेस अटैची और कपड़ों की अटैची।

उनका वस्त्र बदलना बदलाव के मामले में पानी और वाणी से भी आगे निकल चुका है। पानी कोस-कोस पर बदलता है और वाणी चार कोस पर, जबकि नरेन्द्र मोदी एक कोस की यात्रा में ही चार बार कपड़े बदल डालते हैं।

कपड़े बदलने का यह हाल है कि हवाई जहाज में चढ़ते हैं कुर्ता-पायजामा में और उतरते हैं जोधपुरी सूट में।

शिलान्यास की पोशाक उद्घाटन में नहीं दोहराते। सम्बोधन के वक्त ड्रेस अलग होती है और उद्बोधन के वक्त अलग। आमंत्रण की अलग और निमंत्रण की अलग।

उनके सरयू में डुबकी लगाने के वस्त्र अलग होते हैं और गंगा में डुबकी लगाने के अलग। यहाँ तो नदियाँ दो हैं, जबकि वह तो एक ही नदी में लगातार दो डुबकियाँ लगाएँ तो पहली डुबकी वाले कपड़े दूसरी डुबकी में इस्तेमाल नहीं करते।

किसानों से माफी माँग ली, लेकिन कृषि बिल वापस लेते समय वे कपड़े वापस कहाँ पहने जो बिल बनाते समय पहने थे?

हाल ही में विश्वनाथ कॉरिडोर के उद्घाटन के सिलसिले में दो दिन काशी में रहे। धार्मिक यात्रा होने के बावजूद लगा कि वे सूटिंग-शर्टिंग कम्पनियों के विज्ञापन शूट कराने आए हैं।

शिव-शिव-शिव! दो ही दिनों में इतनी तरह के कपड़े पहन डाले कि अब तक के तमाम पौराणिक टीवी सीरियलों के तमाम देवता कलाकारों ने मिलकर भी क्या पहने होंगे?

गनीमत रही कि बाघम्बर धारण करके त्रिशूल नहीं उठाया, वरना बचे-खुचे लोकतंत्र का भी डमरू बज जाता।

पहली बार सीखने को मिला कि गंगा में डुबकी लगाते समय पायजामा और लम्बी बाजू की गोल गले की जर्सी, रुद्राक्ष की माला और मणिपुरी अँगोछा ही धारण करना चाहिए और पायजामा, जर्सी का रंग भी गेरुआ ही हो। चूँकि कैमरामैन के नजरिये पर बराबर नजर रखनी होती है, अतः डुबकी के दौरान नजर का चश्मा भी न उतारा जाए।

विरोधी मीन-मेख निकाल रहे हैं कि गंगास्नान के समय ऐसे वस्त्र-विन्यास का क्या तुक था? तो भैया प्रधानमंत्री का कॉस्ट्यूम डिजाइनर जानता है कि कड़ाके की सर्दी में कपड़े फुल लेंथ और गेरुआ ही पहनकर गंगा में डुबकियाँ लगाई जाएँ तो लगना तो दूर, ठंड छू भी नहीं सकती। खैर मनाओ कि चुनाव पाँच विधानसभाओं के ही हैं लोकसभा के नहीं, सो कॉस्ट्यूम डिजाइनर ने रुद्राक्ष ही की माला से काम चला लिया, वरना गले में साँप भी डाल सकता था।

विरोधी भी कैसी बातें करते हैं? विधानसभा चुनाव जब मणिपुर में हैं तो प्रधानमंत्री अँगोछा क्या आन्ध्रप्रदेश का इस्तेमाल करते?

कहानी ही समझ से बाहर है कि नरेन्द्र मोदी पटकथा के हिसाब से कपड़े पहनते हैं या कपड़ों के हिसाब से पटकथा लिखवाते हैं?

[17 दिसम्बर, 2021]

आभार गए का, स्वागत नए का

साल 2021 में दुख पहाड़-सा लगा और सुख राई सा। कोरोना ने आँसू दिए, लेकिन किसान आन्दोलन ने मुस्कान भी। महामारी के दौरान मोदी सरकार भले ही लोगों को ऑक्सीजन नहीं दे पाई, लेकिन किसान आन्दोलन ने लोकतंत्र को खूब ऑक्सीजन दी।

प्रधानमंत्री नरेन्द्र मोदी ने प्रतिवर्ष की भाँति इस वर्ष भी सिद्ध किया कि वह सबके नहीं, सिर्फ अपने चाहनेवालों के ही प्रधानमंत्री हैं।

डॉलर के सामने रुपये की वही हालत रही जो प्रधानमंत्री के सामने शेष भाजपाइयों की है।

वंचित और अधिक वंचित हुए तो पिछड़े और अधिक पिछड़े। कर्ज कई का बढ़ा और पूँजी दो की।

मोदी सरकार की फिर वही परिभाषा रही—चार लोगों की सरकार, दो लोगों के लिए, दो लोगों के द्वारा।

मुख्यधारा के मीडिया ने बगुलों को हंस प्रचारित करने में इस साल भी जान लड़ाए रखी।

दावे राष्ट्र की मजबूती के किए गए और एजेंसियाँ कमजोर की गईं।

कोरोना ने अपने छीन लिये और सरकार ने सपने। जो लाचार महामारी और सिस्टम के पाटों में फँस गए, वे मरे भी और गिने भी नहीं गए।

जिनके प्राण बच गए उनके रोजगार नहीं बचे। भरपूर काम मात्र उन्हीं दर्जियों के पास रहा जो नरेन्द्र मोदी के कपड़े सिलते हैं।

साल-भर में चुनाव तो छोटे-बड़े कई हुए, लेकिन बंगाल के जादू ने गुजरात मॉडल का जादू उतार डाला।

हास्य-व्यंग्य पर बराबर कड़ी नजर रखी गई। हर दाँत दिखानेवाले को आँखें दिखाई गईं। यह अलग बात है कि आँखें दिखाने पर दाँत और अधिक दिखाए गए।

इस साल संसदीय लोकतंत्र और अधिक 'परिपक्व' हुआ। यानी पहले जहाँ आरोपी-अपराधी सदनों में बैठते ही थे, अब वे मंत्रीपद भी सुशोभित करने लगे हैं। कानून की बत्ती बुझानेवालों को लालबत्ती मिलने के खूब मजे मिलते रहे।

हाँ में हाँ मिलानेवालों को सम्मान मिला और सवाल पूछनेवालों को सम्मन। प्रसाद उन्हीं में बाँटा गया जो आरती में शामिल हुए। जो बिना आरती में शामिल हुए प्रसाद के चक्करों में रहे, वे स्वाभिमान और जूते, दोनों खोकर लौटे।

आजादी का अमृत महोत्सव धूम-धाम से जारी रहा। जिसमें आजादी और अमृत गौण रहे और महोत्सव प्रमुख। कोसा नेहरू को गया और जय गोडसे की बोली गई।

कंगना राणावत ने पद्मश्री मिलते ही कहा कि 1947 वाली आजादी भीख में मिली थी और सच्ची आजादी 2014 में मिली है।

अब तक काम देखकर पुरस्कार दिए जाते थे। शायद कंगना राणावत को पुरस्कार देकर कहा गया हो कि अब काम करके दिखाओ।

विदेशनीति के मामले में भारत फुल आत्मनिर्भर रहा। म्यांमार की तरफ पीठ फेर ली और अफगानिस्तान की तरफ से नजरें।

हेलीकॉप्टर हादसे में सीडीएस विपिन रावत, उनकी पत्नी और अन्य वीर सैनिकों का निधन देश को अपूरणीय घाव दे गया।

एक धर्म-संसद में कुछेक साधु-सन्तों ने हिन्दू धर्म के रक्षार्थ हथियार उठाने का आह्वान किया। लगता है, ऐसे साधु-सन्त बजाय पठन-पाठन, चिन्तन-मनन करने के यूट्यूब पर वीर रस के कवियों को सुनते रहते हैं।

धर्म के नाम पर उन्माद और कट्टरता देखकर जो यह मानते थे कि दया धर्म का मूल है, वे मानने लगे हैं कि यह उनकी भूल है।

वर्ष बीतते-बीतते इस बात की खुशी जरूर है कि बेरोजगारी और महँगाई के दोनों डोज एक साथ लगने से 'भक्तों' के स्वास्थ्य में सुधार के संकेत हैं। बड़ी संख्या में भक्तगण आईसीयू से जनरल वार्ड में शिफ्ट होने लगे हैं।

[25 दिसम्बर, 2021]

लैंग्वेज-बॉडीलैंग्वेज-मोदीलैंग्वेज

बात करने या कहने के दो ही माध्यम होते आए थे—लैंग्वेज और बॉडीलैंग्वेज, लेकिन 2014 से तीन हो गए हैं—लैंग्वेज, बॉडीलैंग्वेज और मोदीलैंग्वेज।

जहाँ लैंग्वेज के लिए वाणी का इस्तेमाल होता है और बॉडीलैंग्वेज के लिए शरीर का, वहीं मोदीलैंग्वेज में वाणी और शरीर के साथ सज-धज भी जुड़ी होती है।

लैंग्वेज सुनी जा सकती है और बॉडीलैंग्वेज देखी, लेकिन मोदीलैंग्वेज को अतिरिक्त सुविधा हासिल होती है कि यह सुनी भी जा सकती है और देखी भी, बल्कि सुनते हुए देखी जाए और देखते हुए सुनी जाए तो मोदीलैंग्वेज ज्यादा मजे देती है।

बॉडीलैंग्वेज तो खैर कभी झूठ बोलती ही नहीं है। लैंग्वेज को सच-झूठ की कसौटी पर कसा जा सकता है और देर-सवेर बोलनेवाले से स्वीकार भी कराया जा सकता है। मोदीलैंग्वेज सच-झूठ की कसौटी पर कसी तो जा सकती है, लेकिन झूठ साबित होने पर बोलनेवाले से स्वीकार हर्गिज नहीं कराई जा सकती।

लैंग्वेज सुनकर-पढ़कर सीखी जाती है और बॉडीलैंग्वेज देखकर, लेकिन मोदीलैंग्वेज सुनने-पढ़ने-देखने के अलावा अन्य तपस्याओं की भी माँग करती है।

सामान्य प्यासा बोलकर पानी माँगता है। बीमार या संकोची पानी के लिए इशारा करता है, लेकिन बोलकर पानी माँगते हुए इशारे से मना करना, या इशारे से माँगते हुए बोलकर मना करना, वही साध सकता है जो मोदीलैंग्वेज में पारंगत हो।

लैंग्वेज खुद को ऊँचा उठाने के लिए इस्तेमाल की जाती है और बॉडीलैंग्वेज खुद को ऊँचा दिखाने के लिए, लेकिन मोदीलैंग्वेज खुद को ऊँचा दिखाने के चक्कर में औरों को नीचा बताने के लिए इस्तेमाल की जाती है।

लैंग्वेज और बॉडीलैंग्वेज विचारणीय हो तो विचार किया जा सकता है। हास्यात्मक हो तो हँसा जा सकता है। दुखद हो तो आँसू बहाए जा सकते हैं, किन्तु मोदीलैंग्वेज पर दर्शकों-श्रोताओं की प्रतिक्रिया गड्डमड्ड होती है। यानी हँसी की बात पर माथे पर सल पड़ते हैं और रोने की बात पर पेट में बल।

जहाँ लैंग्वेज और बॉडीलैंग्वेज आत्मनिर्भर होती हैं, वहीं मोदीलैंग्वेज अकसर टेलीप्रॉम्प्टर पर निर्भर रहती है, हालाँकि बिना टेलीप्रॉम्प्टर के भी व्यक्त की जाती है, लेकिन बिना टेलीप्रॉम्प्टर के मोदीलैंग्वेज को होनेवाली कठिनाई का वर्णन टेलीप्रॉम्प्टर पर पढ़कर भी नहीं किया जा सकता।

लगातार टेलीप्रॉम्प्टर की सहायता लेते रहने से मोदीलैंग्वेज को ऐसी आदत पड़ जाती है कि बिना टेलीप्रॉम्प्टर की सहायता के बोलने पर भी यों लगता है, मानो टेलीप्रॉम्प्टर पर पढ़कर ही बोला जा रहा हो। फिर तो मोदीलैंग्वेज इस्तेमाल करनेवाले की यह हालत हो जाती है कि कोई उससे उसका नाम ही पूछ ले तो बेचारा टेलीप्रॉम्प्टर तलाशने लगता है।

मोदीलैंग्वेज का प्रयोग देश में किया जाए या विदेश में, एक-दो लाख के सामने किया जाए या सिर्फ एक-दो के सामने, सदन के भीतर किया जाए या बाहर, मोदीलैंग्वेज का मन्तव्य होता है गड़े मुर्दे उखाड़ना और वहाँ अपने झंडे गाड़ना।

बिना बॉडीलैंग्वेज का सहारा लिये, सीधी-सच्ची लैंग्वेज में कहूँ तो मोदीलैंग्वेज उन स्कूली वाद-विवाद प्रतियोगिताओं के स्तर की होती है, जिनका एकमात्र लक्ष्य तालियाँ बजवाना और ट्रॉफी जीतना होता है।

[8 फरवरी, 2022]

दो देवता संकट में

एक खबर के अनुसार घटना मध्यप्रदेश की है। घटना क्या दुर्घटना कहिए।

मन्दिर से मूर्ति शनिदेव की चोरी हुई और पुलिस जिसे खोजबीन कर लाई वह यमराज निकले।

यह घोर कलजुग नहीं है तो क्या है कि ऐसे-ऐसे लोग भी सरकारी नौकरी पाने लगे हैं, जिन्हें शनि और यमराज का ही अन्तर नहीं मालूम।

पूरा दुर्घटनाक्रम यों बताया गया है कि मन्दिर से शनिदेव की मूर्ति कोई चोर ले गया। अज्ञात चोर के खिलाफ एफआईआर दर्ज हुई। खोजबीन करने पर पुलिस को एक खेत में एक मूर्ति पड़ी मिली। उसने वह मूर्ति पुजारी को दी। पुजारी ने उसे यह कहकर लेने से मना कर दिया कि यह शनि की नहीं, यमराज की मूर्ति है। पुलिस ने यमराज की उस मूर्ति को थाने के माल गोदाम में जमा करा दिया।

दो देवताओं के साथ बड़ी अघट घटी? शनिदेव मिले नहीं और यमराज पुलिस के मालगोदाम में बन्द हैं।

तो क्या यमराज को भी कोई चोर ही चुराकर खेत में पटक गया था? चोर ने यमराज को चुरा तो लिया होगा, लेकिन असलियत पता चलने पर उसके हाथ-पाँव फूल गए होंगे कि मैं उसको क्यों बेवक्त उठा लाया जो वक्त आने पर हर एक को उठाता है। यह भी हो सकता है, यमराज के साथ चोर ने नहीं उनके वाहन ने ही चोट की हो। यमराज का वाहन भैंसा है। खेत में चरने छोड़ा होगा। पेट भरने के बाद स्मृति क्षीण हो ही जाती है। चर-चराकर मालिक को छोड़-छाड़कर निकल लिया।

शनिदेव वाले चोर को पुलिस ने यह सोचकर ढूँढ़ने की कोशिश नहीं की होगी कि जो शनि से नहीं डरा उसका पुलिस भी क्या बिगाड़ लेगी? छोड़ो, ऐसे चोर से तो अब यमराज ही निपटेंगे।

शनि और यमराज दोनों सूर्यपुत्र हैं। इस वज्रपात से पिता भुवन भास्कर पर क्या बीत रही होगी? दो भाइयों के एक साथ संकट में पड़ने पर परिजनों का दुख वही समझ सकता है जिसने हिन्दी फिल्में देखी हों। गनीमत समझो कि पुलिस के माल गोदामों में सूरज की किरणें नहीं झाँकती, वरना पुलिस की लापरवाही का दंड अब तक दुनिया भुगत चुकी होती।

शनि का वाहन कौआ है और यमराज का भैंसा। विश्वास न हो तो विकिपीडिया से कंफर्म कर सकते हो। भैंसे पर चलनेवाले को शनि समझना गम्भीर चूक नहीं तो क्या है? इतनी सी बात तो पुलिस को भी समझनी चाहिए कि चाहे जो विपत्ति आए, देवी-देवता परस्पर व्हीकल नहीं बदलते।

पुलिस थाना के माल गोदाम में लूट-चोरी की बरामद चीजों से घिरे-धरे यमराज सोच रहे होंगे कि यहाँ से तो खेत में पड़ा ही ठीक था।

उस चोर पर क्या गुजर रही होगी जिसने शनि से पंगा ले लिया? वैसे तो शनि नेट साढ़े सात साल की सख्त सजा देते हैं, लेकिन पूजा-पाठ करने पर भी अढ़ाई साल से कम में पीछा नहीं छोड़ते।

आम आदमी पुलिस थाना जाते में पहले ही बहुत घबराता है, अब तो उस थाने में शायद ही कोई जाए जहाँ यमराज तक माल गोदाम में बन्द है।

आखिर पुलिस ने यमराज को शनि कैसे समझ लिया? पहचान का संकट क्यों आया? माफियाओं का पीछा करते हुए पुलिस वालों का यमराज से भी कभी-न-कभी तो पाला पड़ा होगा? पुलिस के हत्थे चढ़ने पर खुद यमराज ने ही तो स्वीकार नहीं कर लिया कि मैं ही शनि हूँ?

[10 फरवरी, 2022]

संन्यासी की चुनावी भाषा

दुखदायी खबरों के दौर में एक सुखद खबर मिली। जैसे दो हजार रुपये की जेबकटी के बाद दस का नोट पड़ा मिल जाए।

उत्तर प्रदेश विधानसभा चुनाव के पहले चरण का मतदान जिस दिन था, ऐन उसी दिन लखीमपुर खीरी निवासी, दिल्ली प्रवासी केन्द्रीय गृहराज्य मंत्री अजय मिश्र टेनी के सुपुत्र को जमानत मिल गई।

मतदान के दिन को लोकतंत्र में त्योहार कहा जाता है। अत: मंत्री महोदय को बधाई कि त्योहार के दिन लाड़ला घर आ गया।

अब अपनी मूल समस्या पर आता हूँ। उत्तर प्रदेश के मुख्यमंत्री योगी आदित्यनाथ ने दावा किया है कि मुझे गर्मी ठीक करना आता है। मुझे समझ में नहीं आया कि उनका यह वक्तव्य कोरा मुहावरा-भर है अथवा उन्होंने क्लाइमेट चेंज या ग्लोबल वार्मिंग वगैरह दुरुस्त करने की बात की है?

धरती जिस तरह बढ़ते तापमान की चपेट में है। योगी आदित्यनाथ गर्मी ठीक करके इस जानलेवा समस्या से मुक्ति दिला सकें तो निश्चित ही दुनिया में हमारे संन्यास के साथ-साथ पॉलिटिकल संन्यास का भी डंका बज उठेगा। एक पॉलिटिशियन संन्यासी द्वारा गर्मी ठीक कर दिए जाने के चमत्कार से सम्भव है, तमाम प्रकृति विज्ञानी भी अपने पेशे से संन्यास लेकर संन्यासी भेष में पॉलिटिक्स करने लगें।

उम्र का अधिकांश हिस्सा पढ़ने-सुनने में खपाने के बावजूद मुझे संन्यासियों की भाषा समझ में नहीं आती। पॉलिटिकल संन्यासियों की तो बिलकुल नहीं।

गृहस्थ बोले, संन्यासी बोले या पॉलिटिकल संन्यासी, भाषा अलंकारिक और रहस्यात्मक नहीं होनी चाहिए। कबीर की उलटबाँसियाँ तो इसलिए समझ

में आ जाती हैं कि उसका खुद का जीवन उलटबाँसी नहीं था।

योगी आदित्यनाथ का बयान जितना समझने की कोशिश करूँ उतना उलझता जाता हूँ। गर्मी ठीक करने के लिए जनता को कूलर-पंखे बाँटेंगे, घर-घर ए.सी. लगवाएँगे या अपने दोनों हाथों में झलनेवाले पंखे लेकर चला करेंगे कि जिसने भी गर्मी लगने की शिकायत की और झट से पंखा झल दिया, लेकिन यह तो गर्मी ठीक करने का अस्थायी उपाय होगा। जैसे ही योगी आदित्यनाथ पंखा झलना बन्द करेंगे, गर्मी फिर लगना शुरू हो जाएगी।

भाषा की स्पष्टता प्रधानमंत्री नरेन्द्र मोदी से सीखनी चाहिए। जब कहा कि विदेश से कालाधन लाऊँगा तो निरक्षरों तक को समझ में आ गई थी कि बात कालाधन लाने की हो रही है। जो सफेद धन लेकर निकल लेंगे, उनकी नहीं हो रही है। हमारे शक्तिमान प्रधानमंत्री भले ही कालाधन आज तक ला नहीं पाए, लेकिन विदेश जा-जाकर ढूँढ़ने में तो कोई कसर छोड़ नहीं रहे।

कड़ाके की सर्दी में कोई गर्मी ठीक करने का वादा करे तो उस पर भरोसा किया जाए कि नहीं किया जाए? गर्मी ठीक करने के नाम पर गर्मी बढ़ा तो नहीं देंगे? नेता ही अपने कहे के विपरीत आचरण करते हैं, योगी आदित्यनाथ तो संन्यासी नेता हैं।

समझ में नहीं आ रहा है कि गर्मी ठीक करने के लिए योगी आदित्यनाथ प्रदेश में यहाँ-वहाँ बर्फ रखा देंगे या प्रदेश को ही बर्फ में लगा देंगे?

पेंच यह भी समझ से परे है कि योगी आदित्यनाथ गर्मी ही ठीक करना क्यों चाहते हैं? लोग तो जितने गर्मी से परेशान रहते हैं, उससे कहीं ज्यादा सर्दी और बरसात से परेशान रहते हैं।

गर्मी ठीक करने का मतलब अपराधियों पर अंकुश से भी नहीं लगाया जा सकता, क्योंकि अपराधी तो खुद ऐसी भाषा बोलते हैं।

[12 फरवरी, 2022]

बधाई हो! फिर बैंक घोटाला

देश के अब तक के सबसे बड़े बैंक घोटाले के शुभ समाचार प्राप्त हुए। मामला सूरत स्थित किसी एबीजी शिपयार्ड कम्पनी से सम्बन्धित है। बैंक घोटाले की यह खबर इसलिए और अधिक सुखदायी लगी कि इसकी भी सूई विकास के गुजरात मॉडल ही की तरफ उठी हुई है।

प्रबुद्ध नागरिक हिजाब विवाद में उलझे रहे और चतुर नागरिक हिसाब में गड़बड़ी कर गए।

हिजाब जैसे विवाद कहीं इसीलिए तो पैदा नहीं किए जाते हैं कि लोगों का ध्यान हिसाब की गड़बड़ियों की तरफ न जा पाए?

हम चाय और गाय पर राय व्यक्त करते रहते हैं और मित्रगण बैंकों को चूना लगाकर बाय कर जाते हैं।

ऑनलाइन ठगी के अलावा बैंक लूट और दो प्रकार से सम्पन्न की जाती है। एक, हथियार की नोंक पर और दूसरी, पहुँच के बल पर। हथियारबन्द लुटेरे जहाँ सीसीटीवी कैमरों वगैरह से घबराते हैं, वहीं पहुँचवाले लुटेरे ऑडिट वगैरह से। वैसे, बैंक लूट का फॉर्मेट कोई सा भी रहे, लुटता ग्राहक ही है। सरकार और बैंक चाकू होते हैं और नागरिक खरबूजा।

दो हजार के नोट पर लिखा पढ़ें कि मैं धारक को दो हजार रुपये अदा करने का वचन देता हूँ तो समझ जाएँ कि यहाँ वचन आप दे रहे हैं और धारक का मतलब लुटेरे से है।

किससे शिकायत की जाए? बैंक वाले अपने जिस पूछताछ फोन नम्बर

को टोल फ्री बताते हैं, काम पड़ने पर वह टालमटोल फ्री निकलता है।

आम आदमी को कमाई के लिए भी पसीना बहाना पड़ रहा है और कमाई को बचाने के लिए भी।

लगातार लुटते ग्राहक यह तक कहने लगे हैं कि बैंक नामक संस्था का गठन ही इसलिए किया गया था कि लुटेरों को लूट के लिए दर-दर नहीं भटकना पड़े।

हम इतना लुट चुके हैं कि बैंक लूट की खबरें अब हँसाने लगी हैं।

बैंक घोटाले का छोटा-मोटा समाचार महीने-भर नहीं मिले तो बोरियत होने लगती है। लोग सरकार की लानत-मलामत करने लगते हैं कि वह अपने दायित्व का ठीक से निर्वहन नहीं कर रही है? महीना होने को आया, बैंकों में हमारा जमा धन उसने अभी तक क्यों नहीं लुटवाया?

कर्तव्य याद दिलाने पर सरकार बैंकों की ऑडिट कराती है। ज्योंही ऑडिट में किसी बैंक का फर्जीवाड़ा पकड़ में आता है, ग्राहकों के चेहरे खिल उठते हैं। वे आशीष देने लगते हैं कि चलो, देर से ही सही सरकार जिस काम के लिए चुनी गई थी, उसे कर तो दिखाया। ग्राहकों को हड़पा गया पैसा जमा का मजा देने लगता है।

अपने यहाँ धन का उपयोग केवल पेट पालन के लिए ही नहीं होता। करोड़ों लोगों का धन बैंकों से लूट-लाटकर, जब मित्र लोग विदेश में सुखी जीवन जीते रहते हैं तो हमें अपनी परोपकार की भारतीय संस्कृति पर गर्व हो उठता है।

सुबह-ही-सुबह अखबार में किसी बैंक के घोटाला-वोटाला का समाचार पढ़ लेने के बाद पूरा दिन वैसा ही हर्ष-उल्लासमय कटता है, जैसा अपने नाम लॉटरी खुलने पर कटता है।

घोटाला के साथ वोटाला मैंने कोरी तुक मिलाने के लिए नहीं बोला है। दोनों अलग-अलग होते हैं। आर्थिक फर्जीवाड़े को घोटाला कहा जाता है और वोटों के फर्जीवाड़े को वोटाला। घोटाला अर्थशास्त्र का शब्द है और वोटाला राजनीति शास्त्र का। हालाँकि, पारखी नजरों से देखो तो दोनों भिन्न शास्त्रों के शब्द होने के बावजूद एक ही हैं। वोटालेबाज घोटाले की जमीन तैयार करते हैं और घोटालेबाज वोटाले की।

आर्थिक घोटाले चार प्रकार के होते हैं। घोटाला, बड़ा घोटाला, बहुत बड़ा घोटाला और सबसे बड़ा घोटाला।

काश! घोटालों की मैरिट बनानेवाले नोटबन्दी को याद रखते तो ताजा बैंक घोटाले को अब तक का सबसे बड़ा नहीं बताते।

[14 फरवरी, 2022]

अज्ञात योगी स्टॉक मार्केट में

योगी दो प्रकार के होते हैं—ज्ञात योगी और अज्ञात योगी।

मैं नेताओं की तरह भाषा के प्रति लापरवाह नहीं हूँ। अत: मैंने 'योगी दो प्रकार के होते हैं' कहा है, 'योगी दो प्रकार के पाए जाते हैं' नहीं कहा है, क्योंकि अज्ञात योगी होते हुए भी पाए नहीं जाते हैं। यदि अज्ञात योगी पा लिये जाएँ तो फिर वे भी ज्ञात योगी ही हुए।

ज्ञात योगी जहाँ मठों, मन्दिरों, आश्रमों, संसद, विधानसभाओं में रहते, आते-जाते, उठते-बैठते हैं, वहीं अज्ञात योगियों के बारे में अज्ञात सूत्र बताते हैं कि अज्ञात योगी हिमालय की उन गुफाओं में रहते हैं जो अज्ञात योगियों से भी अधिक अज्ञात होती हैं।

नेशनल स्टॉक एक्सचेंज की पूर्व सीईओ और एमडी चित्रा रामकृष्ण ने सेबी की जाँच में स्वीकारा है कि वह बिजनेस और स्टॉक मार्केट की कई जानकारियाँ हिमालय में रहनेवाले किसी अज्ञात योगी से ईमेल के जरिए साझा करती थी।

इस खबर से पहली बार अज्ञात योगियों के बारे में ज्ञात हुआ कि अज्ञात योगी भले ही अज्ञात गुफाओं में रहते हों, पर ज्ञात योगियों की तरह स्टॉक मार्केट से भी जुड़े होते हैं।

हो सकता है अज्ञात योगी संसद, विधानसभाओं से भी जुड़े हों और हमें ज्ञात न हो।

कृपया मेरी बात को अन्यथा न लें, क्योंकि मैं स्टॉक मार्केट के बारे में भी उतना ही जानता हूँ जितना ज्ञात, अज्ञात योगियों के बारे में।

अब सवाल यह उठता है कि जो योगी अज्ञात है, वह चित्रा रामकृष्ण

को कैसे ज्ञात हुआ? क्या नाम में रामकृष्ण होने का फायदा मिला? रामकृष्ण नाम का फायदा पॉलिटिक्स हो या बिजनेस, मिलता ही है।

चित्रा रामकृष्ण ने बताया कि वह अज्ञात योगी से ईमेल से जुड़ी थीं। इसका मतलब अज्ञात योगी के पास स्मार्टफोन, कम्प्यूटर, लैपटॉप आदि हैं और हिमालय में हाईटेक गुफाएँ भी हैं, हालाँकि अभी तक यह ज्ञात नहीं हो पाया है कि अज्ञात योगी ने ज्ञात कम्पनी का इंटरनेट इस्तेमाल किया या अज्ञात कम्पनी का?

अज्ञात योगी को यह खूब ज्ञात हुआ कि जिस अज्ञात की खोज में वह अज्ञात गुफा में तपस्या करते हुए अज्ञातवास काट रहा है, वह तो स्टॉक मार्केट में रहता है। मोको कहाँ ढूँढ़े रे बन्दे, मैं तो स्टॉक मार्केट में।

कहीं ऐसा तो नहीं है कि अज्ञात योगी का मठ, मंदिर, आश्रम, नेशनल स्टॉक एक्सचेंज बिल्डिंग के अन्दर ही हो और उसने उसी का नाम हिमालय रख रखा हो? हमारे मकान का नाम व्हाइट हाउस है और मकान शहर की जिस कॉलोनी में है, वह अमेरिका में नहीं है।

एक अज्ञात योगी के स्टॉक मार्केट से जुड़ा होने पर किसी को क्यों आपत्ति होनी चाहिए? बल्कि यह तो उपलब्धि मानी जानी चाहिए कि एक व्यक्ति अज्ञात रहकर संन्यास और स्टॉक मार्केट दोनों साथ-साथ साध रहा है। ज्ञात योगी भी तो संन्यास और राजनीति दोनों साथ-साथ साध रहे हैं।

उस जीवन पर तो सातों जन्म वारे जाने चाहिए जिसमें माया और राम दोनों एक साथ मिल रहे हों।

मुझे समझ में नहीं आता कि इसमें सेबी या किसी और द्वारा जाँच-पड़ताल की क्या बात है? एक के पास व्यापारिक धर्म और दूसरे के पास धार्मिक व्यापार के नेशनल ज्ञान का स्टॉक था, दोनों ने आपस में एक्सचेंज कर लिया।

[16 फरवरी, 2022]

पेट्रोल के भाव कब से बढ़ेंगे

जब से पाँच राज्यों में विधानसभा चुनावों की प्रक्रिया शुरू हुई है, पेट्रोल, डीजल, रसोई गैस के दाम नहीं बढ़े हैं। लग ही नहीं रहा कि देश में कोई सरकार नाम की चीज भी है।

एक समय था कि ईंधन के दाम बराबर बढ़ाए जाते थे तो लगता था कि बराबर विकास हो रहा है। घावों पर नमक छिड़कते रहने से घावों की सार्थकता बनी रहती थी।

ईंधन के भावों को बढ़े चलो, बढ़े चलो कहने वाली सरकार रुके रहो, रुके रहो कहने पर क्यों मजबूर है? पेट्रोल, डीजल के भाव स्थिर रखकर विकास की बलि क्यों ली जा रही है?

पाँच राज्यों की मतगणना तक कीमतों में बढ़ोत्तरी नहीं करने से विकास के घाव नहीं सूख जाएँगे? घाव सूखने के बाद नमक छिड़कने से नमक की बर्बादी नहीं होगी? सरकार ने वाहन चालकों की जेबें काटने का सुख कैसे बिसरा दिया? भले ही दस-बीस पैसे ही बढ़ाती, लेकिन उसका जेब काटने का अभ्यास तो बना रहता?

हालाँकि, सरकार का स्वभाव जाननेवाले आश्वस्त कर रहे हैं कि वह मतगणना के दिन की प्रतीक्षा नहीं करेगी और आखिरी वोट पड़ते ही पेट्रोलियम पदार्थों के दाम बढ़ाना शुरू कर देगी। जिसने विकास पैंसठ से एक सौ किया है, वह एक सौ को एक सौ पैंसठ भी करेगा। यदि यह सच है तो आश्वस्त करनेवालों के मुँह में घी-शक्कर।

विकास पहले ही बहुत पिछड़ चुका है। पाँच राज्यों के वोट तो दस मार्च को गिन लिए जाएँगे, लेकिन विकास के दुख कौन गिनेगा?

कब चुनाव सम्पन्न होंगे और सरकार कब विकास की ओर ध्यान देगी? ठहरे हुए विकास की दशा उस मोटरसाइकिल सवार जैसी है जो मोटरसाइकिल स्टार्ट किए, बन्द रेल फाटक पर ट्रेन गुजरने का इन्तजार कर रहा हो।

चुनाव पाँच राज्यों में हैं तो अन्य राज्यों में ईंधन के दाम बढ़ाकर उनका तो विकास किया ही जा सकता है।

एक तरफ पेट्रोलियम पदार्थों के दाम नहीं बढ़ने से विकास उदास है और दूसरी तरफ प्रधानमंत्री मन्दिर में झाँझ-खँजरी बजा रहे हैं।

मजा तो तब था जब प्रधानमंत्री पेट्रोल, डीजल, रसोई गैस के दाम बढ़ाते रहते और मन्दिरों में झाँझ-खँजरी बजाने का काम जनता करती।

समझ में नहीं आ रहा है कि जब बेरोजगारी से लेकर अपराध तक, हर क्षेत्र में बढ़ोत्तरी हो रही है तो पेट्रोलियम पदार्थों के साथ ही सौतेला व्यवहार क्यों किया जा रहा है?

कच्चा तेल सस्ता था तो कीमतें बढ़ाना जारी था। आज कच्चा तेल महँगा है तो भी एक पैसा नहीं बढ़ाया जा रहा है। हाय! विकास के प्रति प्रतिबद्ध सरकार के द्वारा विकास की ऐसी बेकद्री?

कोरोना महामारी के भीषण दौर में भी शायद ही कोई दिन ऐसा बीता था जिस दिन पेट्रोल, डीजल के दाम नहीं बढ़ाए गए थे। आज जब परिस्थितियाँ बेहतर हैं तो भी एक पाई की बढ़ोत्तरी नहीं की जा रही है। पता नहीं एक घोर दयालु सरकार घनघोर निर्मम कैसे हो गई?

आजकल पेट्रोल पम्प पर जाते में एक बार भी उस होर्डिंग की तरफ नजर नहीं उठती जिस पर प्रधानमंत्री का फोटो छपा होता है। डर है, पेट्रोल-डीजल की कीमतें यों ही ठहरी रहीं तो लोग प्रधानमंत्री का चेहरा न भूल बैठें।

हे लोककल्याणकारी सरकार! जल्द लौटाओ हमारे वे स्वर्णिम दिन। जब जनता की जेबें खाली कर तुम अपना खजाना भरती थी। तुम्हारे रहते आम आदमी का जीना हर सेक्टर में दूभर है तो फिर पेट्रोलियम सेक्टर में ही राहत क्यों?

[18 फरवरी, 2022]

राजनीति में सेलिब्रिटी

किसी राजनीतिक दल द्वारा किसी सेलिब्रिटी को अपने दल में शामिल कर लेने का मतलब होता है रांग साइज के जूते खरीद लाना।

जूते छोटे निकलें तो ठाँसने पड़ते हैं और काटते हैं और बड़ी साइज के होने पर पहनकर चलनेवाले की दशा उस वाहन सरीखी हो जाती है जो चार गुना पेट्रोल पीकर एवरेज एक-चौथाई भी नहीं देता।

राजनीतिक दल प्रतिद्वन्द्वी से आगे निकलने के लिए चाल में तेजी चाहता है। चुनाव सामने हों तो पिछड़ने की आशंका में आगे निकलने की हड़बड़ी और शामिल हो जाती है। वह बिना ट्राई किए जूते खरीद डालता है। वक्त-जरूरत इस्तेमाल करने पर पता चलता है कि जिन्हें पंख समझा था, वे तो बेड़ी निकले।

जूते फीतेवाले हुए तो ढीला करना या कसना भी किया जाता है, लेकिन तब भी वे गति के बजाय असहजता ही बढ़ाते हैं। स्पीड बढ़ाने के उद्देश्य से लाए गए जूते स्पीड ब्रेकर का काम करते हैं।

जूते खरीदते समय ब्रांड, लुक, डिस्काउंट के झाँसे में न आकर उनकी फिटिंग और जमीनी क्षमता परखनी चाहिए। खरीदे हुए तो छोड़िए, गलत नाप के जूते तो भेंट के भी भारी पड़ते हैं। रांग साइज के जूते कितने कष्टकारी होते हैं, यह तमाम राजनीतिक दलों गें शामिल तमाम सेलिब्रिटियों को देखकर आसानी से समझा जा सकता है।

बिकने से पहले जूते शो रूम में धरे थे और बिकने के बाद जूता स्टैंड पर रख दिए गए। न पहने जाने के कारण वे जमीन से अछूते रहते हैं। यानी गलत नाप के जूते न तो जमीनी थे और न हो पाते हैं।

अदा के साथ शोकेस से उठते, आकर्षक डिब्बे में पैक होते, खरीदार के

हाथों ग्रहण किए जाते, गाड़ी में सवार होकर घर पहुँचते में जूते भी इस हद तक गर्व में चूर हो उठते हैं, जैसे पहने जाते ही धरती रौंद डालेंगे।

खरीदार के पसन्द करते ही बिना बिके साथी जूतों की तरफ हिकारत से देख-देखकर वे खुद को सबसे कीमती सेलिब्रिटी दर्शाते हैं।

पैकिंग खोलकर जूता स्टैंड पर रख दिए जाने के बाद वहाँ पहले से रखे जूतों पर वे जो रौब झाड़ते हैं और बिना इस्तेमाल के भी उन्हें जो अन्य से अधिक सार-सँभाल और झाड़-पोंछ नसीब होती है, उससे उपजा उनका वह अहंकार तो अवर्णनीय होता है।

लेकिन एक समय बाद उपयोग में नहीं लिये जाने से गलत नाप के जूते घुटन सी महसूस करने लगते हैं। अगल-बगल के जूतों को चलते-फिरते देखकर उनकी उमंग हताशा में बदलने लगती है। पहनने की गरज से स्टैंड पर रखे अन्य जूतों को उठते देख, वे सवालिया संकेत करने लगते हैं कि हम क्यों नहीं? फिर यह सोचकर खुद को तसल्ली दे लेते हैं कि पहनने वाले पैर किसी तुच्छ सभा-गोष्ठी में जा रहे हैं। हमारी विशिष्टता का लाभ तो किसी विशिष्ट समारोह, रैली, जुलूस में लिया जाएगा।

जिस किसी दिन पहनने पर उनके रोंग साइज का होने का पता चलता है तो वे तुरन्त जहाँ के तहाँ रख दिए जाते हैं। उसके बाद तो पैरों और जूतों में तू-तू, मैं-मैं होने लगती है। इस्तेमाल के सवाल पर ज्योंही पैर कहते हैं कि तुम गलत हो तो जूते पैरों पर पलटवार करते हैं कि गलत हम नहीं, तुम हो।

राजनीतिक दल जिस सेलिब्रिटी को सस्ता, सुन्दर, टिकाऊ और उपयोगी समझकर शामिल करता है, गलत नाप के जूतों की तरह वह सुन्दर तो खूब होता है, लेकिन जितने दिन टिका रहता है, अनुपयोगी होने से उतना ही महँगा पड़ता रहता है।

कुल मिलाकर रांग साइज के जूते विरोधियों को दिखाने या उन पर फेंकने ही के काम आते हैं।

[20 फरवरी, 2022]

प्रधानमंत्री की भाषा

प्रधानमंत्री की भाषा सुनकर कहा जा सकता है कि वह ज्ञान के आदान-प्रदान के लिए पूरी तरह व्हाट्सएप और वीर रस के कवियों पर निर्भर हो चुके हैं।

वीर रस के कवियों ने जिस तथ्यहीन और आक्रामक भाषा के बीज रामजन्म भूमि आन्दोलन के दौरान बोने शुरू किए थे, आजकल उसी फसल की कटाई चल रही है।

हाल में प्रधानमंत्री ने उत्तर प्रदेश में एक चुनावी सभा में समाजवादी पार्टी पर उसके चुनाव चिह्न के बहाने यह कहकर हमला बोला कि एक समय अहमदाबाद में किए गए सीरियल ब्लास्ट के लिए साइकिलें ही इस्तेमाल क्यों की गईं?

लगता है उत्तर प्रदेश विधानसभा चुनाव में हैंडपम्प दबाव में नहीं आया तो साइकिल की घंटी खतरे की घंटी लगने लगी है?

इस सभा में प्रधानमंत्री को सुनने कई भाजपाई भी अपनी साइकिलों पर आए होंगे। पता नहीं अपने सर्वोच्च नेता के कमलमुख से ऐसा धमाकेदार भाषण सुनने के बाद वे अपनी साइकिलें लेकर गए या सभास्थल ही पर छोड़ भागे?

यूपीए सरकार के दौरान पेट्रोल की बढ़ी कीमतों के विरोधस्वरूप कई भाजपा सांसदों का साइकिलों से संसद जाने का अभिनय दुनिया ने देखा था। अपने मुखिया की बात सुनकर उनकी साइकिलों की तो चेनें ही उतर गई होंगी?

साइकिलों पर सवार होकर विद्यार्थी स्कूल जाते हैं और श्रमिक काम पर। अपने प्रधानमंत्री का वक्तव्य सुनकर विद्यार्थियों को तो लग रहा होगा वे काम पर जा रहे हैं और श्रमिकों को लग रहा होगा वे स्कूल जा रहे हैं।

वाह मोदी जी वाह! चुनावों से चले थे और चुनाव चिह्नों पर उतर आए।

लगता है तृणमूल की छह पत्तियों के प्रहार से कमल का फूल अभी तक उबरा नहीं है।

वाजपेयी युगीन भले भाजपाई तक चर्चा करने लगे हैं कि प्रधानमंत्री चुनाव चिह्नों के यों ही आँय-बाँय अर्थ निकालेंगे तो पार्टी को भारी घाटा उठाना पड़ेगा, क्योंकि बात निकलेगी तो दूर तलक जाएगी।

जिस अँगुली पर स्याही लगाई जाती है और जो ईवीएम का बटन दबाती है, वह तो केवल कांग्रेस के चुनाव चिह्न में होती है।

कम तोल रहे थे तो शिरोमणि अकाली दल ने अपना तराजू छीन लिया। शिवसेना के धनुष की टंकार भाजपा के कानों में गूँज ही रही है। ऐसी ही भाषा बोली जाती रही तो दो हजार चौबीस का लोकसभा चुनाव आते-आते जेडीयू का तीर भी लालटेन के उजाले में छप्पन इंची सीने की तरफ पलटेगा।

केसीआर ने प्रधानमंत्री की सी.आर. जाँचनी शुरू कर दी है और जैसा कि राजनीतिक अखाड़े का चलन होता है, नायक कमजोर होने लगे तो पटनायक भी पटखनी देनेवालों में शामिल हो जाता है।

प्रधानमंत्री की भाषा से ज्ञात हो रहा है कि पनघट की डगर बेहद कठिन हो चुकी है। बाईं तरफ हँसिया-हथौड़ा ताने वाम खड़ा है तो दाएँ आप ने झाड़ू उठा रखी है।

एनसीपी ने घड़ी में अलार्म लगा दिया है। एजेंसियों के अंकुश धरे रह जाएँगे और किले का दरवाजा हाथी तोड़ डालेगा।

भाषायी दृष्टि से संस्कारहीन राजा राज्य को सोने का भी बना दे तो राज्य लंका ही साबित होता है, अयोध्या नहीं।

अपने भाषणों में तत्सम हिन्दी का सटीक प्रयोग करनेवाले अटल बिहारी वाजपेयी द्वारा खड़ी की गई पार्टी में क्या एक भी पराक्रमी नहीं बचा, जो प्रधानमंत्री नरेन्द्र मोदी को उनकी अनीति का बोध करा सके?

कोई मंत्री कैबिनेट मीटिंग में प्रधानमंत्री से मारे डर के साइकिल वाले बयान पर सफाई नहीं माँग सकता है, लेकिन इतना सा इशारा तो कर ही सकता है कि मीटिंग में भाग लेने साइकिल से चला जाए।

[22 फरवरी, 2022]

यूक्रेन पर बमबारी और विश्वगुरु की लाचारी

यूक्रेन पर रूसी सेना ने आक्रमण कर डाला। एक हँसता-मुस्कराता देश महाशक्तियों के वर्चस्ववादी पाटों में पिस गया।

व्लादिमीर पुतिन के रवैये का कुल निचोड़ है कि कोई नेता जब अपने देश से बड़ा हो जाए तो उसकी जिद की कीमत उसके देश सहित पूरी दुनिया को चुकानी पड़ती है।

बारूद और माचिस का सप्लायर अमेरिका आग लगाकर हाथ सेंकने के चक्कर में मुँह झुलसा बैठा।

तालिबान ने रूस और यूक्रेन से संयम की अपील की है। वाह! क्या हास्यास्पद सीन है? एक बन्दूक दूसरी बन्दूक को शान्ति पर प्रवचन दे रही है।

अन्तरराष्ट्रीय मजाक यह रहा कि यूक्रेन पर भारी बमबारी के बीच पाकिस्तान के क्रिकेटर प्रधानमंत्री इमरान खान 1971 के बदले विकट चटखाने के भ्रम में मॉस्को जाकर नो बॉल फेंक आए।

जरूर पाकिस्तानी प्रधानमंत्री को चीनी राष्ट्रपति शी जिनपिंग ने आँखें दिखाते हुए आदेश दिया होगा कि मिस्टर इमरान मेरे दुश्मन के दुश्मन मित्र व्लादिमीर पुतिन को अतिशीघ्र उसके दुस्साहस पर शाबाशी देकर आओ, वरना आज से ही पाकिस्तान को उधार देना बन्द कर दूँगा।

भारत का प्रधानमंत्री अमरीका जाकर अमेरिकी राष्ट्रपति के लिए 'अब

की बार ट्रम्प सरकार' कह सकता है तो पाकिस्तान का प्रधानमंत्री रूस जाकर रूसी राष्ट्रपति को शाबाशी क्यों नहीं दे सकता? क्या मूर्खता पर सिर्फ हमारा ही एकाधिकार है?

इमरान खान और व्लादिमीर पुतिन के बीच बातचीत यूँ हुई होगी—

इमरान खान ने जेब से परमाणु बम निकालकर टेबल पर धरते हुए ऑफर दिया होगा, "सर, वैसे तो आपके पास ही कई सारे हैं, लेकिन एक बार मेड इन पाकिस्तान भी ट्राय करके देखो।"

व्लादिमीर पुतिन ने अट्टहास करते हुए कहा होगा, "खान साहब आप तो वोद्का पीकर सफर की थकान उतारो। हम चोरी का माल इस्तेमाल नहीं करते।"

इधर यूक्रेन ने भारत से सहयोग माँगा, उधर भारत ने यूएन में निन्दा प्रस्ताव से अपने को अलग रखा। हर पल जवाहरलाल नेहरू की निन्दा करनेवाले नरेन्द्र मोदी को निन्दा प्रस्ताव के समय आखिर जवाहरलाल नेहरू ही की निर्गुट नीति ने रास्ता दिखाया।

तीसरे विश्वयुद्ध की ओर अग्रसर दुनिया में कोई ऐसा नेता नजर क्यों नहीं आ रहा है जो शान्ति के लिए बीच-बचाव कर सके?

दरअसल मध्यस्थता के लिए नेता का पद नहीं, कद बड़ा होना चाहिए और नेता का कद उसकी ब्रांड वैल्यू से नहीं, उसके नैतिक बल से तय होता है। वर्तमान वैश्विक राजनीतिक परिदृश्य देखें तो कुर्सियों पर कॉरपोरेट्स के बिठाए बौने कद, लम्बी परछाई वाले मोहरे बैठे हैं।

चिन्तनीय है कि दुनिया के किसी देश में लोकतंत्र नहीं बचा। जिसे हम लोकतंत्र समझ रहे हैं, असल में वह चुनावी राजतंत्र है।

यूक्रेन में भारत के हजारों विद्यार्थी फँसे हैं। जिनकी पीड़ा उनकी जगह खुद को रखकर ही महसूस की जा सकती है, लेकिन पीड़ितों को अपने प्रधानमंत्री की पीड़ा भी समझनी चाहिए। पाँच राज्यों के चुनाव सम्पन्न होने तक भारत के प्रधानमंत्री यूक्रेनी बंकरों में फँसे भारतीय विद्यार्थियों की पीड़ा के बारे में कैसे सोच सकते हैं?

प्रधानमंत्री नरेन्द्र मोदी ने उत्तर प्रदेश की एक चुनावी सभा में टफ समय में टफ नेता ही चुनने की बात कही।

चतुर नेता वह होता है जो पूँजीवाद की तरह सपने और डर दोनों बेचना जानता हो। तब अच्छे दिन लाने के लिए वोट माँगे थे, अब टफ समय से बचाने के लिए वोट माँग रहे हैं।

पता नहीं टफ समय के अच्छे दिन आ गए हैं या अच्छे दिनों का टफ समय चल रहा है?

[4 मार्च, 2022]

काशी में डमरू

महामारी से बचे, तो बमबारी शुरू हो गई।

दुनिया आग की लपटों में घिरी है। आग बुझाने वाली बाल्टियाँ रेत के रंग की बारूद से लबालब हैं और दमकलों में पानी की जगह पेट्रोल भरा है।

यूक्रेन ने विश्वगुरु से मदद माँगी। यूक्रेन बेचारा कहाँ जानता है कि जिससे टॉर्च माँग रहा है, वह तो खुद मोमबत्ती ढूँढ़ रहा है।

चिरविरोधी चुटकी ले रहे हैं कि मिशन गंगा के तहत यूक्रेन से भारतीयों को निकालकर लाने के लिए बजाय चार-चार मंत्रियों को भेजने के, स्वयं प्रधानमंत्री को जाना चाहिए था। रिकॉर्डतोड़ विश्वभ्रमण से उन्हें संसार के हर गाँव-शहर के हर गली-मुहल्ले के प्रवेश-निकास के रास्ते भी पता हैं। ध्यान के लिए गुफा के इस्तेमाल का अनुभव बंकरों से नागरिक निकालने के काम आता।

विपक्ष को शिकायत है कि भारतीय विद्यार्थी यूक्रेनी बंकरों में जीवन-मरण में उलझे हैं और भारतीय प्रधानमंत्री पाँच राज्यों के चुनाव-प्रचार में व्यस्त हैं।

शिकायतियों को प्रधानमंत्री की प्राथमिकता समझनी चाहिए। वह यहाँ घरों से वोटर पहले निकालें कि वहाँ बंकरों से विद्यार्थी? सिंहासन ही नहीं बचे तो राजा के लिए दुनिया किस काम की?

यूपी विधानसभा चुनाव के मद्देनजर प्रधानमंत्री तीन दिन तक काशी में डटे

रहे। न सिर्फ रैली, जुलूस, रोड शो किए, बल्कि दूसरी बार डमरू भी बजाया।

दूसरी बार डमरू बजाया?

हाँ-हाँ, डमरू दूसरी बार बजाया।

पहली बार तो नोटबन्दी करके इकोनॉमी का बजा चुके हैं।

नरेन्द्र मोदी की यही तो खूबी है कि संकट की घड़ियों में भी कमर्शियल ब्रेक से नहीं चूकते।

चार मंत्रियों की जगह अकेले प्रधानमंत्री मिशन गंगा में लग जाते तो काशी में डमरू कौन बजाता? और यदि चारों मंत्री बजाते तो क्या डमरू वैसा बजता जैसा प्रधानमंत्री ने बजाया?

हवाई जहाज में बैठने से उतरने तक हर मंत्री यूक्रेन से लौटे नागरिकों को यह याद दिलाना नहीं भूला कि तुम सिर्फ देवाधिदेव नरेन्द्र मोदी जी की वजह से ही बचे हो। गहराई से सोचा जाए तो बचाव अभियान भी हेरफेर के साथ विद्यार्थियों को प्रधानमंत्री के फोटो छपे थैले में पाँच किलो अनाज और एक किलो नमक बाँटना सा रहा।

सम्पूर्ण घटनाक्रम में दो दृश्य रोचक रहे। पहला, यूक्रेन से लौटे नागरिकों का भाजपाई नेताओं ने गुलाब के फूल भेंट कर स्वागत किया। कमल के फूलवालों ने आगन्तुकों को वह फूल भेंट किया जो जवाहरलाल नेहरू अपनी शेरवानी में टाँकते थे।

दूसरा, ग्वालियर महाराजा ज्योतिरादित्य सिन्धिया तक को अपने काम का श्रेय नरेन्द्र मोदी को देना पड़ा। लाख कोसो नेहरू को, लेकिन नेहरू प्रदत्त लोकतंत्र ही की खूबसूरती है कि एक महाराजा को एक चायवाले के आदेश मानने पड़ रहे हैं।

यूक्रेन में फँसे विद्यार्थियों के साथ सहानुभूति, सहायता और सरकार को उत्तरदायी ठहराने के बजाय भाजपा आईटी सेलवाले इस दोषारोपण में जुटे हैं कि ये यूक्रेन गए ही क्यों? वाह! क्या कुतर्क है? मेरे खयाल से संकट के समय मोदी सरकार से मदद माँगने पर भारतीय नागरिकों को यह सुनने के लिए भी तैयार रहना चाहिए कि आप जन्मे ही क्यों?

व्यक्तिपूजक भ्रम में न रहें। समय सबका इतिहास लिखेगा। वह पुतिन का रशिया हो या हिन्दुस्तानी रंगरसिया।

पूँजी, राजनीति और धर्म के गठजोड़ ने जो पटकथा लिख दी है, सभी पात्रों को उसी के अनुसार अभिनय करना पड़ रहा है। निराश न हों, हर पटकथा की एक काल अवधि होती है। गब्बरसिंह शुरू में ही निपट जाता तो शोले फिल्म साढ़े तीन घंटे थोड़े ही चलती।

[8 मार्च, 2022]

संकट बढ़ाते संकटमोचक

ऋग्वेद से चले थे, हनुमान चालीसा पर उतर आए। कवियों, ऋषि-मुनियों ने जो ग्रन्थ खुद को ऊँचा उठाने के लिए रचे थे, वे दूसरों को नीचा दिखाने के काम लिए जा रहे हैं।

सत्ता पक्ष के सांसद-विधायक तक इस ताक में हनुमान चालीसा लिए घूमने लगे हैं कि विरोधियों के दिखते ही पढ़ना शुरू कर सकें। पूँजी के इशारे पर धर्म और राजनीति की क्या गजब जुगलबन्दी है? जिन्हें अपने घरों में संविधान पढ़ना चाहिए, वे औरों के घरों में हनुमान चालीसा पढ़ना चाहते हैं।

जो काम इन दिनों हनुमान चालीसा भारत में कर रहा है, उतना तो स्वयं हनुमान जी ने लंका में नहीं किया था।

यही हाल रहा तो वह दृश्य भी देखने को मिल सकता है कि लोकतंत्र के चारों कर्णधार मूड़ मुड़ाए बैठे हैं और नागरिक गरुड़पुराण सुन रहे हैं।

अमरावती से निर्दलीय सांसद नवनीत राणा और उनके पति बडनेरा से निर्दलीय विधायक रवि राणा ने मुम्बई में मुख्यमंत्री आवास मातोश्री के आगे जबरन हनुमान चालीसा पढ़ने की जिद की। लिहाजा दोनों को चौदह दिनों की न्यायिक हिरासत में भेज दिया गया। बेहतर सजा होती कि राणा दम्पती को न्यायिक हिरासत के दौरान दिन-रात हनुमान चालीसा सुनाया जाता। आखिर हनुमान चालीसा जबरन सुनानेवाले को भी तो पता लगना चाहिए कि जबरन सुनने पर कैसा लगता है?

हनुमान चालीसा पाठ के पीछे की कूटनीति क्या है? मोदी समर्थक शायद इसलिए हनुमान चालीसा पढ़ रहे हों कि इससे हनुमान जी न सही, मोदी जी तो खुश होंगे। पॉलिटिक्स में प्रमोशन के लिए जरूरी है कि कलयुग में अन्य

युग के नहीं, कलयुग ही के देवता प्रसन्न रखे जाएँ।

जैसा कि सब जानते ही हैं कि हनुमान ने ही सर्वप्रथम लंका में कैद सीता का पता लगाया था। चूँकि एक स्त्री ही दूसरी स्त्री की पीड़ा समझ सकती है, सो हनुमान जी के प्रति कृतज्ञता ज्ञापित करने हेतु नवनीत राणा का हनुमान चालीसा पढ़ना तो बनता है। पर यह बात समझ से परे है कि दिखावटी हनुमान भक्ति के लफड़े में रवि राणा कैसे फँस गए? हनुमान तो बाल्यावस्था में रवि को निगल गए थे। प्रमाण के लिए संकटमोचन हनुमानाष्टक पढ़ा जा सकता है। उसमें साफ लिखा है—'बाल समय रवि भक्ष लियो, तब तीनहुँ लोक भयो अँधियारो'। बेचारे रवि के साथ दोनों युगों में भारी चोट हुई। त्रेता में हनुमान निगल गए थे और कलयुग में जेल जाना पड़ गया।

विपक्ष का आरोप है कि प्रधानमंत्री नरेन्द्र मोदी ऐसे विवादित मुद्दों पर क्यों नहीं बोलते?

पता नहीं, विपक्ष को समझ में क्यों नहीं आ रहा है कि व्यवहार कुशल व्यक्ति जानता है कि हलुवा खाने से दाँत घिसते हैं तो घिसने दो। लोग ऐसी निरर्थक बातों में नहीं उलझेंगे तो रोटी, कपड़ा, मकान, शिक्षा, स्वास्थ्य, महँगाई, बेरोजगारी पर सवाल करने लगेंगे। फिर सरकार को जवाबदेही से न हनुमान बचा पाएँगे, न हनुमान चालीसा।

हनुमान जी महाराज हनुमान चालीसा पढ़नेवालों के भले ही काम न आ रहे हों, पर मोदी सरकार के खूब काम आ रहे हैं।

[27 मई, 2022]

दुष्टता का अभिनन्दन

बेशर्मी के नजारे देखे जाने लायक हैं। जिन्हें नजरों से गिराया जाना चाहिए, उनकी नजरें उतारी जा रही हैं।

एक स्त्री का अपहरण मात्र करनेवाले का सैकड़ों सालों से हर साल पुतले जलानेवाला समाज, बिलकिस बानो के साथ दुराचार और उसके परिजनों के प्राण हरण करनेवालों को फूल-मालाओं से लादते देखकर कैसे मौन रह पाया? अपने धर्म को ही श्रेष्ठतम धर्म बतानेवालों को इस सवाल का जवाब तलाशना चाहिए।

मूल्यों के पतन का क्रमिक उत्थान देखिए। कभी अपराधियों की भर्त्सना की जाती थी। फिर उनकी अवहेलना की जाने लगी। तत्पश्चात वे सहानुभूति के पात्र होने लगे और अब उनका माल्यार्पण कर अभिनन्दन किया जाने लगा है। सबके साथ से सबके विकास की यही रफ्तार रही तो जल्द ही वह दिन भी देखना पड़ सकता है जब अपराधियों पर पुष्पक विमानों से पुष्पवृष्टि की जाएगी।

'स्वच्छ आचरण' लिखा सरकारी सर्टिफिकेट कर कमलों में पकड़े जघन्य लाभार्थी, ज्योंही जेल के दरवाजे से बाहर कदम रखेगा, त्योंही हेलीकॉप्टर उस पर फूल बरसाना शुरू कर देगा। बहारों फूल बरसाओ मेरा मेहबूब जेल से छूटा है।

रीतिकालीन कवि बिहारी ने कहा है—

बसै बुराई जासु तन, ताही को सनमान।
भलो भलो कहि छोड़िये, खोटे ग्रह जपु दान॥

अर्थात सम्मान दुष्ट का ही किया जाता है। भले व्यक्ति को तो 'बेचारा

भला व्यक्ति है' कहकर टाल देते हैं। जप-दान आदि उन्हीं ग्रहों की शान्ति के लिए करते हैं, जिनके कोप का डर रहता है।

उपर्युक्त दोहे से सिद्ध है कि भारत में दुष्टों के सम्मान की शानदार परम्परा पहले से रही है, लेकिन अच्छे दिन ये आ गए हैं कि पहले दुष्टों को सम्मान जहाँ डर के मारे दिया जाता था, अब गर्व की अनुभूति के लिए दिया जाने लगा है।

अभी तो निर्लज्जता का शुभारम्भ हुआ है। जातीय और धार्मिक गौरव का पिपासु समाज इस हद तक भी जा सकता है कि 420 के अपराधी को अन्तरिम जमानत मिलने पर धाराओं की संख्या के बराबर 420 लोग उसकी आरती उतारेंगे।

गवाहों के मुकर जाने से 302 का दोषी बरी होगा तो हवालात से उसके घर तक 302 स्वागत द्वार बनाए जाएँगे।

चुनावों के मद्‌देनजर जेल में बन्द बलात्कारी को 40 दिनों की पैरोल मिलने पर 40 तोपों की सलामी दी जाएगी।

बिना लाइसेंस की बन्दूक से हवाई फायर कर आतंक फैलानेवाले के पराक्रम का जश्न उसके चाहनेवाले बिना लाइसेंस की बन्दूकों से हवाई फायर कर-करके मनाएँगे।

अपनी मोटरसाइकिल से किसी राहगीर को टक्कर मारनेवाला सन्देह के लाभ की वजह से सजा से बच जाएगा और उसके फॉलोअर उसके दुस्साहस के सम्मान में मोटरसाइकिल रैली निकालेंगे।

कोई रसूखदार किसी को गाड़ी से कुचलकर मार डालेगा और अपने रसूख के चलते बाइज्जत बरी हो जाएगा तो उसे उसी गाड़ी में खड़ा कर विक्ट्री का चिह्न बनाते हुए शहर-भर में घुमाया जाएगा।

नशे में चूर बीच सड़क नाचता बाराती यदि किसी बैंड वाले की जान ले लेगा तो उसकी गिरफ्तारी पर अन्य बाराती उसे बैंडवादन के साथ थिरकते-नाचते जेल तक छोड़ने जाएँगे।

अपराधियों के महिमामंडन का सिलसिला यूँ ही चलता रहा तो दबंग द्वारा कमजोर का अमंगल करनेवाला अवसर ही मांगलिक अवसर होगा।

[26 अक्टूबर, 2022]

करेंसी पर लक्ष्मी-गणेश

विकास के दिल्ली मॉडल ने विकास के गुजरात मॉडल पर झाड़ू फेर दी।

दिल्ली के मुख्यमंत्री अरविन्द केजरीवाल ने प्रधानमंत्री नरेन्द्र मोदी से माँग की है कि रुपये की मजबूती और देश की आर्थिक समृद्धि के लिए भारतीय मुद्रा पर लक्ष्मी और गणेश की तसवीरें छापी जाएँ।

लगता है, नरेन्द्र मोदी पर एकता कपूर के धारावाहिकों के भयंकर प्रभाव की काट के लिए अरविन्द केजरीवाल ने कपिल शर्मा को सलाहकार रख लिया है।

धर्म रक्षकों का दावा है कि यदि नोटों पर लक्ष्मी-गणेश छाप दिए जाएँ तो लक्ष्मी तम्बाकू और गणेश जर्दा के बाद यह तीसरी बड़ी क्रान्ति होगी।

अतिरिक्त लाभ यह और होगा कि अपने प्रमोशन से गद्गद लक्ष्मी-गणेश अतिरिक्त कृपा बरसाएँगे।

अरविन्द केजरीवाल की पीठ थपथपाई जानी चाहिए। रुपये का अवमूल्यन रोकने हेतु अपना अवमूल्यन करा बैठने के लिए कलेजा चाहिए।

भाजपा हतप्रभ है कि अरविन्द केजरीवाल ने लक्ष्मी-गणेश की फोटुओं के बहाने उसकी वर्किंग स्टाइल की फोटो उतार दी।

मेरे खयाल से भाजपा को तो खुश होना चाहिए। लक्ष्मी कमल पर विराजती है। नोटों पर लक्ष्मी की तसवीर छापने से उसके चुनाव चिह्न का जबरदस्त प्रचार-प्रसार होगा। गणेश विघ्नहर्ता है, सो नोटों पर गणेश छापते ही तमाम विपक्षी विघ्नसन्तोषी गणेशजी की सवारी होकर रह जाएँगे।

अरविन्द केजरीवाल के इस मास्टरस्ट्रोक से भाजपा ही नहीं, सम्पूर्ण अर्थ जगत में हड़कम्प की खबरें हैं। सर्वाधिक अमेरिका घबराया हुआ है कि आज एक डॉलर के तिरासी रुपये हैं, यदि भारतीय नोटों पर लक्ष्मी-गणेश छप गए

तो एक रुपये के तिरासी डॉलर हो जाएँगे।

कुछेक शंकाएँ भी हैं। नोटों पर लक्ष्मी का फोटो छापने को लेकर क्या अरविन्द केजरीवाल ने लक्ष्मीपति विष्णु से एनओसी ली है? क्योंकि कोई कितना ही बड़ा देवता हो, अपनी घर-गृहस्थी को लेकर उसकी अपनी मर्यादाएँ होती हैं, जिनके उल्लंघन पर गम्भीर नतीजे निकलते हैं। सीताहरण करने पर राम के हाथों रावण की हुई दुर्गत से कौन अपरिचित है?

सोचो, गणेश छपे नोट रिश्वत वगैरह में लिए-दिए जाएँगे तो शिव-पार्वती पर क्या गुजरेगी? सुपुत्र की फोटो के दुरुपयोग से क्रुद्ध होकर शिव ने तांडव शुरू कर दिया तो न किसी राज्य की पुलिस हैंडल कर पाएगी और न केन्द्र की।

गणेश छपे नोटों को लाने-ले जाने के लिए अन्य वाहन काम में लिए जाएँगे या यह दायित्व चूहों को सौंपा जाएगा? जैसा कि नोटबन्दी के समय सत्ता, व्यवस्था और पूँजीपतियों ने मिल-जुलकर किया था, ढुलाई के दौरान गणेश छपे नोट चूहों ने कुतर डाले तो जवाबदेही चूहों की होगी या रिजर्व बैंक की? यदि जवाबदेही रिजर्वबैंक की ही होगी तो जवाबदेही स्वीकारने की बात आने पर रिजर्वबैंक अपने लिए बिल तो नहीं ढूँढ़ने लगेगा?

दरअसल जैसा बोया जाता है, वैसा ही फलता है। ऐसा कभी नहीं हुआ कि तिल बोए थे और सरसों उग आई हो। ग्वार की फलियों से गेहूँ के दाने नहीं निकलते।

चुने हुए जनप्रतिनिधि मिथकों की बात क्यों नहीं करेंगे, जब मतदाता अपने मत का दान ही 'यदा यदा ही धर्मस्य' वाली मनोकामना के साथ करने जाते हैं कि धर्म की हानि रोकने के लिए हमें नेता-वेता नहीं, अवतार चुनना है।

अवतार चुने हैं तो भुगतो अब।

[29 अक्टूबर, 2022]

राहत दो ही दिन रही

खबरों के कुहासे में गुम आदमी खुद से बेखबर रहने लगा है। अतः दीपावली पर दो दिन अखबारों की छुट्टी रहने से दीपावली खुशियों का त्योहार कहलाया ही नहीं, लगा भी।

आप कहोगे कि दीपावली पर दो दिन तक अखबारों का भले अवकाश रहा, पर खबरों से कैसे बच पाए, इडियट बॉक्स और इंटरनेट तो हैं? तो खबर देते हुए अपार हर्ष हो रहा है कि इडियट बॉक्स का कनेक्शन स्थायी रूप से कटाकर हमने विष-बुझे खबरिया चैनलों से चारेक साल पहले ही छुटकारा पा लिया था। हाँ, इस दौर में कम्प्यूटर न भी रखो तो स्मार्टफोन के चलते इंटरनेटी खबरों से मुक्ति असम्भव है, क्योंकि इंटरनेटी खबरों से मुक्ति के उपाय भी इंटरनेट ही पर खोजने पड़ रहे हैं।

एक बार को कोयले की खदान में घुसकर कलुष से बचा जा सकता है, लेकिन इंटरनेट इस्तेमाल करनेवाला व्यक्ति खबरों से नहीं बच सकता, बल्कि 'खबर' शब्द यहाँ तक पीछा करने लगा है कि बिना इंटरनेट वाला सामान्य फोन इस्तेमाल करो तो कई जन फोन कर-करके पूछने लगते हैं कि और सुनाओ क्या खबर है? फोन-वोन ही न रखा जाए तो खबरची घर आ धमकते हैं कि आपकी तो आजकल कोई खबर ही नहीं है। खबरों का मारा कोई अज्ञातवास में भी नहीं जा सकता, क्योंकि तब खोज-खबर शुरू हो जाती है।

खबरों के अतिरेक का इससे अन्दाजा लगाया जा सकता है कि खबर का न होना भी एक खबर होने लगा है। खैर...।

हमारे यहाँ दो हिन्दी अखबार नियमित आते हैं, क्योंकि टीवी और इंटरनेट अखबार के विकल्प नहीं हो सकते। टीवी-इंटरनेट से अफवाहें फैलाई ही जा

सकती हैं, उनकी कतरनें काटकर फाइलों में नहीं लगाई जा सकतीं।

मेरे खयाल से दीपावली पर दो दिन पटाखे फोड़ने का प्रावधान इसीलिए किया गया होगा कि दो दिन अखबार न छपने पर खबरों से प्राप्त होते रहनेवाले धुएँ, धमाके और बारूद की गन्ध की भरपाई पटाखों से की जा सके।

बिना आतिशबाजी किए, आतिशबाजी का मजा लेना हो तो हिन्दी अखबार पढ़ने चाहिए। हिन्दी अखबारों में छपी खबरों के आगे फूलझड़ी, बम, रॉकेट, चकरी सब फुस्स्स हैं।

अखबारों का ले आउट भी दीपावली की सजावट जैसा होता है। हर खबर का शीर्षक चाइनीज बल्बों की लड़ी और बन्दनवार का मजा देता है।

अपराध की खबर ही इतनी मनोहारी बनाकर छापी जाती है कि अपराधी को बजाय दंडित करने के, पुरष्कृत करने का मन करने लगता है।

हिन्दी अखबार में जरूरी खबर तभी जगह पा सकती है जब क्रिकेट, कर्मकांड और सिनेमा की खबरों के बाद भी जगह खाली रह जाए।

साहित्यकारों के नाम पर ऐसे उपदेशक छपते हैं जो या तो दान पर मजे करते हैं या अनुदान पर।

पेयजल की समस्या की खबर किसी कोने में छपती भी है तो शिकंजी, शर्बत या कोल्डड्रिंक्स के विज्ञापनों से ढँकी होती है।

अब आप फिर शिकायत करेंगे कि जब अखबारों में खबर ही नहीं होती है तो रोज दो क्यों खरीदते हो?

दरअसल अखबार पढ़ने का एक चस्का होता है। सुबह-ही-सुबह हॉकर द्वारा अखबार फेंकते ही ऐसे राहत मिलती है, मानो सिगरेट के लती की ओर सिगरेट का पैकेट फेंका गया हो।

बिना अखबार पढ़े दो दिन कैसे कटते हैं, इस पीड़ा को वही बयान कर सकता है जिसने पढ़ाई ही अखबार पढ़ते रहने के लिए की हो।

[31 अक्टूबर, 2022]

मोरबी का पुल

अँधियारी रात लम्बी होते देख, चकवा से चकवी बोली, "कह रे चकवा बात।"

चकवा ने पूछा, "घरबीती कहूँ या परबीती?"

चकवी ने कहा, "ऐसी परबीती जो घरबीती-सी लगे।"

चकवा ने बात शुरू की, "तो सुन। गुजरात राज्य के मोरबी शहर में नदी पर तने एक जर्जर झूलते पुल के टूटने से कोई डेढ़ सौ लोग अकाल मृत्यु का ग्रास बन गए. और घायलों का भी इतना ही आँकड़ा बताया जा रहा है।"

चकवी ने निःश्वास छोड़ा, "हे राम! गुजरात तो मुखियाजी का गृह-राज्य है। विकास के गुजरात मॉडल का ढोल भी खूब पीटा जा रहा है, फिर भी जर्जर पुल पर कभी मुखियाजी की नजर नहीं पड़ी?"

चकवा बोला, "मुखियाजी को मूर्तियों की ऊँचाइयों पर इतराने से फुरसत मिले, तब न जर्जर पुलों पर नजर पड़े।"

चकवी ने शाप-सा दिया, "जर्जर पुल टूटने के बाद जिम्मेदारों ने भी जल समाधि क्यों नहीं ले ली? क्या उस नदी में पानी नहीं है?"

चकवा ने तरस खाया, "चकवी, लगता है तू भी मुखियाजी के नागरिकों की तरह या तो निपट भोली है या निपट मूर्ख है। नदी में पानी है, पर कहावत है ना कि शर्मदार के लिए तो चुल्लू-भर ही काफी होता है, लेकिन बेशर्म समुद्र में नहाकर भी सूखा निकल आता है।"

चकवी ने उलाहना दिया, "मुखियाजी और उनके मातहतों की लापरवाही

की मीडिया ने खबर क्यों नहीं ली? मीडिया का तो काम ही खबरदार करना है।"

चकवा भड़का, "तुझे कहावत से भी समझ में नहीं आया। बताया ना, शर्मदार के लिए तो चुल्लू-भर ही काफी होता है, लेकिन बेशर्म समुद्र में नहाकर भी सूखा निकल आता है।"

चकवी ने जानना चाहा, "घायलों के क्या समाचार हैं?"

दुख के बावजूद चकवा हँसा, "मोरबी के जिस राजकीय अस्पताल में घायलों का इलाज होना है, उसको मरम्मत, रंग-रोगन करके आनन-फानन में सुधारा जा रहा है। आग लगने पर कुआँ खोदना तो सुना था, लेकिन घायल होने पर अस्पताल सुधारना पहली बार सुन रहा हूँ।"

चिन्तित चकवी ने पूछा, "दुर्घटना के बाद सरकारी स्तर पर क्या चल रहा होगा?"

चकवा ने स्पष्ट किया, "दुर्घटना के बाद सरकारी स्तर पर दो ही औपचारिकताएँ होती हैं चकवी। ईश्वर से मृतकों की आत्मा की शान्ति की कामना और पीड़ितों के लिए मुआवजे की घोषणा। जाँच-वाँच की खानापूर्ति भी चलती रहती है।"

चकवी ने राहत की साँस ली, "चलो, जाँच से हादसे का सच तो उजागर होगा। फिर साँच को क्या आँच?"

चकवा ने चकवी का भ्रम तोड़ा, "सत्ता अपनी हो तो सत्य भी दबा दिया जाता है। 'साँच को आँच नहीं' के बजाय 'आँच की जाँच नहीं' कहो।"

चकवी ने जिज्ञासा प्रकट की, "मुआवजा किसको, कितना मिलेगा?"

चकवा बोला, "आर्यावर्त में पीड़तों का मुआवजा उनकी पीड़ा के आधार पर नहीं, उनसे प्राप्त होनेवाले वोटों के आधार पर तय होता है। पुल के इस्तेमाल तक का टिकट था।"

चकवी ने अपनी जीभ चोंच से काटी, "नागरिक ऐसा मुखिया चुनते ही क्यों हैं जो आपदा में भी अवसर ढूँढ़ लेता है?"

चकवा ने दो टूक कही, "नागरिक मुखिया नहीं, देवता चुनने लगे हैं। फलतः चुना हुआ मुखिया भी देवताओं जैसा व्यवहार करता है। जैसे आरती उतरवाना, कैलेंडरों पर छपे देवी-देवताओं जैसे वस्त्र-आभूषण धारण करना, लीलाएँ दिखाना।"

चकवी ने पूरब की ओर इशारा किया, "चकवा उधर लालिमा देख। सूरज निकलनेवाला है।"

चकवा ने पूरब की ओर देखते हुए बात को विराम दिया, "हाँ चकवी, हर रात की सुबह होती है।"

[2 नवम्बर, 2022]

भगवान की मर्जी

न निगलते बन रही है और न उगलते। खबर गरम ही नहीं, गरमागरम है।

मोरबी में झूला पुल का रख-रखाव करनेवाली कम्पनी के मैनेजर ने न्यायालय में बताया है कि पुल भगवान की मर्जी से टूटा है।

अपनी भक्ति में जरा सी भी चूक रह जाने पर तैंतीस कोटि देवी-देवताओं द्वारा तो कुछ भी कर गुजरने के किस्से पढ़ने-सुनने में आते हैं, लेकिन भगवान को पहली बार कठघरे में खड़ा किया गया है।

कुपित होने पर देवी-देवता अनिष्ट करते रहते हैं, सो यदि पुल तोड़ने में मैनेजर, भगवान की बजाय किसी देवी-देवता की मर्जी बता देता तो जाँच भी जरूरी नहीं समझी जाती।

देवी-देवताओं का तो सतयुग से ही स्वभाव रहा है कि अपनी भक्ति में अनजाने में भी हुई भूल के लिए जहाँ वे सज्जनों की कड़ी परीक्षाएँ लेते हैं, वहीं भक्ति से प्रसन्न होकर दुर्जनों को भी वरदान दे देते हैं। प्रमाण के लिए राजा हरिश्चन्द्र, मोरध्वज, सत्यनारायण, सन्तोषी माता वगैरह की कथाएँ पढ़-सुन सकते हैं। और तो और राम-लक्ष्मण को जिन राक्षसों से दो-दो हाथ करने पड़े, उनमें से ही कई के पास देवताओं के दिए अस्त्र-शस्त्र बरामद हुए थे।

भगवान की मर्जी वाला बयान मैनेजर ने शायद किसी ऊपरी मर्जी के दबाव में दिया है, वरना जो अपराधी को दंडित करने समुद्री पुल पार करके लंका गया हो, वह मोरबी आकर नदी पर बना निरपराधियों से भरा पुल क्यों तोड़ेगा?

भगवान की मर्जी से मैनेजर का आशय यह भी हो सकता है कि पुल की मरम्मत करनेवाले मिस्त्री का नाम भगवान भाई हो और लापरवाही या लेन-देन की खटपट के चलते सब भगवान भाई ने ही कर-करा दिया हो।

पुलिस या न्यायिक जाँच से इतर पुल दुर्घटना की पड़ताल किसी भक्त कवि या कथावाचक से भी कराई जानी चाहिए। भक्तकवि और कथावाचक भगवान की मर्जी को हरि इच्छा भी कहते हैं, ऐसे में दोषी कोई हरि भाई भी निकल सकता है।

हरि इच्छा के एंगल से जाँच करानेवाला सुझाव मेरा व्यक्तिगत है। सरकार माने तो ठीक, वरना हरि इच्छा।

जाँच-वाँच करनी ही पड़ी तो कुछ ऐसी होगी—

भगवान पुल तोड़ने क्या मोरबी आए थे?

जो तीनों लोकों में विचरण कर सकता है, वह पुल तोड़ने मोरबी क्यों नहीं आ सकता?

पुल तो देश में और भी कई हैं, फिर भगवान ने मोरबी के इसी पुल को क्यों तोड़ा?

दरअसल भगवान खुद भगवान होने की वजह से भलीभाँति जानते हैं कि जिस पुल का रखरखाव घड़ी बनानेवाली कम्पनी कर रही हो, वह हर घड़ी टूटने को तत्पर रहता है और घड़ी-भर में तोड़ा जा सकता है।

पुल तोड़ने के पीछे भगवान की नाराजगी का क्या कारण रहा होगा?

भला, कोई भगवान कैसे स्वीकार कर सकता है कि उसके मन्दिर बनाने के निमित्त बनी सरकारें स्कूल, अस्पताल, सड़क, पुल बनाएँ।

भगवान ने पुल तोड़ने को यही तारीख, वार और समय क्यों चुना?

भगवान को लगा कि सौ लोगों की क्षमतावाले पुल पर पाँच सौ लोग चढ़े हुए हैं। पुल तोड़ने का इससे बेहतर सुअवसर उन्हें शायद ही मिलता।

सौ लोगों की क्षमतावाले पुल पर चढ़ने के लिए पाँच सौ लोगों को टिकट बेच देना तो कम्पनी का लालच हुआ?

यह लालच नहीं, धार्मिक-राजनीतिक अर्थशास्त्र है। भगवान भी जानते हैं कि सच्चा भक्त ग्यारह लाख बनाने के लिए ही दान पेटी या पार्टी फंड में ग्यारह रुपये डालता है।

बताइए, आप इस नतीजे पर कैसे पहुँचे कि पुल टूटने के पीछे सिर्फ भगवान की मर्जी है?

नहीं बताऊँगा, यह मेरी मर्जी है।

[5 नवम्बर, 2022]

ब्लूटिक

एलन मस्क ने ट्विटर कब्जाते ही ट्वीट किया—'चिड़िया आजाद हुई'। ट्वीट पढ़कर ट्विटर वापरने वाले मारे खुशी के, पंखों की तरह हाथ फैलाकर फुर्र-फुर्र बोलने लगे।

तभी एलन मस्क ने दूसरा ट्वीट दागा—'ब्लूटिक के लिए हर माह आठ डॉलर देने ही होंगे' और एक झटके में उड़ती चिड़ियाओं को मुर्गा बना दिया।

आठ डॉलर वाली स्कीम लागू होने के बाद ट्विटर हैंडल चलानेवाले लोग दो प्रकार के होंगे। ब्लूटिकयन और नॉन ब्लूटिकयन।

ब्लूटिकयन पुरुष ऐसे प्राउड फील करेंगे, मानो उन्होंने जनेऊ धारण कर ली हो या मूँछ रख ली हों। ब्लूटिक बरकरार रखने के लिए जिस माह जो पुरुष आठ डॉलर नहीं भरेगा, एलन मस्क अमेरिका में बैठा-बैठा ही उसकी जनेऊ उतार लेगा, मूँछ पर उस्तरा फेर देगा।

ब्लूटिकयन महिला वर्ग के हावभाव कुछ वैसे सम्भव हैं, जैसे सेल्फी लेते समय होते हैं। आठ डॉलर न चुकाने के चलते नॉन ब्लूटिकयन महिला को लगेगा, गोया सेल्फी लेते वक्त उसका स्मार्टफोन लैंडलाइन फोन में बदल गया हो।

एलन मस्क के अभी तक के ट्वीट बताते हैं कि बिना ब्लूटिक वाला ट्विटर हैंडल भी चालू रहेगा, हालाँकि बिना ब्लूटिक वाले ट्विटर हैंडल से ट्वीट करना वैसे ही लगेगा, जैसे कोई अफसर बिना बत्ती की कार खुद चला रहा हो अथवा कोई नेता हजारों की भीड़ के सम्मुख बिना माइक के झूठ बोल रहा हो।

ब्लूटिक की ब्रांडिंग को लेकर रुझान आ रहे हैं कि भविष्य में केवल उन्हीं मृतकों को मोक्ष मिल सकेगी जो अपने ट्विटर हैंडल पर ब्लूटिक इस्तेमाल करते हुए देह त्यागेंगे।

उन मृतकों को पुनः जन्म लेकर मृत्यु लोक में आना ही पड़ेगा, जो बिना ब्लूटिक वाले ट्विटर हैंडल पर खटते हुए हीरा-सा जन्म गँवाकर जाएँगे।

सुनते हैं, धर्मराज स्वर्ग-नर्क देने का निर्णय भी अब कर्मों के बजाय ब्लूटिक के आधार पर करेगा। ब्लूटिकयन को स्वर्ग मिलेगा और नॉन ब्लूटिकयन को नर्क। यानी बिना ब्लूटिक वाला ट्विटर हैंडल चलानेवाले बेचारे इहलोक और परलोक, दोनों जगह नर्क भोगेंगे।

उसी क्वाँरे को दहेज मिलेगा, जिसके ट्विटर हैंडल पर ब्लूटिक जड़ा होगा। दहेज के चक्कर में तमाम क्वाँरे ब्लूटिक से लैस ट्विटर हैंडल ही काम में लेंगे। रिश्ता करते समय हैसियत में बराबरी का बराबर ध्यान रखा जाएगा। जाहिर सी बात है, बिना ब्लूटिक वाले लड़के के हाथ में कौन अपनी उस लड़की का हाथ देगा जो ब्लूटिक वाला ट्विटर हैंडल इस्तेमाल कर रही हो। बिना ब्लूटिक वाली लड़की के रिश्ते के लिए बिना ब्लूटिक वाला लड़का खोजना उतना ही मुश्किल होगा, जितना मांगलिक लड़की के लिए मांगलिक लड़का खोजना मुश्किल होता है।

उन कर्मचारियों के वेतन-भत्ते उनसे अधिक होंगे जो ट्विटर हैंडल तो चलाएँगे, लेकिन आठ डॉलर मासिक खर्च कर ब्लूटिक नहीं खरीदेंगे।

बच्चे के प्रवेश के समय शिक्षण संस्थान और उसके पढ़ाने-लिखाने का स्तर नहीं देखा जाएगा। बस, इतना भर देखना पर्याप्त होगा कि उस शिक्षण संस्थान के ट्विटर हैंडल पर ब्लूटिक है कि नहीं है।

शिक्षण संस्थानों का भी पूरा जोर अनुभवी अध्यापकों और स्तरीय पढ़ाई-लिखाई कराने पर न होकर, केवल इस बात पर रहेगा कि आठ डॉलर मन्थली देकर अपने ट्विटर हैंडल पर ब्लूटिक दिखाते रहें।

मनुष्य चिड़िया को फँसाता रहा है, अब की बार चिड़िया ने मनुष्य को फँसा लिया।

[7 नवम्बर, 2022]

जिओं मस्क जिओ

गलत व्यक्ति भी सही का निशान ले सकेगा, बशर्ते आठ डॉलर महीना खर्च कर सके।

एलन मस्क ने ट्विटर उपभोक्ताओं को अमेरिकन इंग्लिश और लहजे में दो टूक कह दिया है कि ट्विटर हैंडल पर ब्लूटिक चाहिए तो आठ डॉलर महीना देने ही होंगे।

मुफ्त के दाने डालकर क्या गजब आठ डॉलरी जाल फेंका है। बिजनेस का जिओ मॉडल अपनाने पर जिओ मस्क, जिओ।

पूँजीवाद मुफ्त सीढ़ी उपलब्ध कराकर भावी क्लाइंट को खूब ऊँचा चढ़ाता है और सीढ़ी हटा लेता है। उतारने की बात आने पर साफ कह देता है—'डियर उतरना है तो अढ़ाई गुना पे करना पड़ेगा'। अढ़ाई गुना इसलिए कि पेमेंट में चढ़ाने की फीस आधा गुना पेनल्टी सहित लगेगी। उतराई के लिए पैसे नहीं हैं तो कोई बात नहीं, हम लोन प्रोवाइड करा देते हैं।

चार्वाक के अनुयायी मुफ्त की सीढ़ी के चक्कर में गैर-जरूरी ऊँचाइयों पर चढ़ने को तत्पर रहते ही हैं।

ब्लूटिक ले लेने से बड़ा लाभ यह होगा कि फर्जी ट्वीट करते रहने पर भी ट्वीट करनेवाला फर्जी नहीं कहलाएगा और यह कोई छोटी उपलब्धि नहीं होती।

आठ डॉलर मासिक के बदले हासिल होनेवाले ब्लूटिक का मतलब होगा गलपट्टा, मंगलसूत्र या तावीज हासिल कर लेना। जल्द ऐसी बातें सुनने को मिला करेंगी—

- आज तो सुबह-ही-सुबह मूड खराब हो गया। बिना ब्लूटिक वाले ट्विटर हैंडल के दर्शन हो गए।
- ट्वीट तो सत्य ही था कि दो और दो चार होते हैं, पर मैं कैसे सत्य मान लेता? उसके ट्विटर हैंडल पर ब्लूटिक तो था ही नहीं।
- अपन ने तो ब्लूटिक ले रखा है। रात-दिन ट्विटर चलाते हैं, लेकिन मजाल जो हल्की सी भी झपकी आ जाए।
- आठ डॉलर देकर के बेटी को ब्लूटिक दिलवाओ, वरना कौन ऐसी के संग फेरे खाएगा?
- दहेज तो ऐसे माँग रहे हो, जैसे आपके बेटे के ट्विटर हैंडल पर ब्लूटिक हो
- ऐसा रिश्ता नहीं मिलेगा भाईसाहब। पूरे खानदान के ट्विटर हैडलों पर ब्लूटिक हैं।
- चिंटु फेल होना ही था। स्कूल-कोचिंग जाने से ही कुछ नहीं होता, आज के जमाने में पास होने के लिए ब्लूटिक चाहिए-ही-चाहिए।
- अच्छी बात है कि आपने बच्चे को महँगे स्कूल में डाल दिया। बस, मेरे कहे से उसके ब्लूटिक के लिए मन्थली एट डॉलर्स का इंवेस्ट और शुरू कर दो, फिर देखो रिजल्ट।
- कल ब्लूटिक रिचार्ज नहीं कराया और आज खाट पकड़ ली। आठ डॉलर की कंजूसी की तो भरो अब आठ सौ डॉलर।
- हे राम! शाम तक ट्वीट पर ट्वीट कर रहे थे। रात अचानक चले गए, जबकि इन्होंने तो ट्विटर हैंडल पर ब्लूटिक भी ले रखा था।
- ब्लूटिक वाला ट्विटर हैंडल इस्तेमाल करने के बावजूद आँखें खराब हो गईं, बट डोंट वरी। आँखें तो बिना ब्लूटिक वाला ट्विटर हैंडल चलाने से भी खराब होतीं, बल्कि ज्यादा खराब होतीं।
- असंख्य पापों के असन्दिग्ध प्रमाणों के बावजूद इसे स्वर्ग में भेजना पड़ रहा है, आठ डॉलर मासिक पर ब्लूटिक जो ले रखा था। कमबख्त एलन मस्क ने मुझ धर्मराज के भी हाथ बाँध दिए।
- विवाह के दो-चार साल बाद यदि पति ब्लूटिक छोड़ देगा तो पत्नी ताना दिया करेगी—पहले आप में समझदारी ज्यादा और मूर्खता कम

थी, लेकिन जब से ब्लूटिक छोड़ा है, एकदम से उलटा हो गया।

- इसे कहते हैं मर्दानगी। गहने, जमीन, मकान सब बिक गए, लेकिन बन्दे ने अपने ट्विटर हैंडल से ब्लूटिक नहीं हटने दिया।

[9 नवम्बर, 2022]

आकाश में जेबकटी

हवाईयात्राओं का ऐसा दौर भी था, जब न सिर्फ टिकट सस्ता होता था, बल्कि सीट पर टिकते ही एयरहोस्टेस टॉफियों से भरी ट्रे लेकर आती थी। यात्री ट्रे से टॉफियाँ ऐसे उठाते थे, जैसे वे यात्रा के लिए नहीं, बस टॉफियाँ बटोरने आए हों।

हवाईयात्राओं में सस्ती टिकट के अलावा कोई अन्य खर्च नहीं होता था। एयरहोस्टेस के मुस्कराने पर यात्री को लगता था, मानो हवाई जहाज के पंख खुलकर उसके लग गए हों।

अब तो टिकट खरीदने के बाद खर्च का अन्त नहीं, शुरुआत होती है।

सीट बेल्ट कसना यों लगता है, जैसे एयरलाइन कम्पनी ने उसकी गाँठ का सारा पैसा ऐंठ लिया हो और वह ऐंठन उठते पेट के गाँठ कस रहा हो।

जेब कटने पर सरकार से शिकायत करो तो वह ऐसा सलूक करती है, जैसे जेब यात्री की नहीं कटी, यात्री ने काटी हो।

एक ही गन्तव्य पर सब यात्री अलग-अलग किराये में पहुँचते हैं। किराये का सिस्टम ऐसा कि ज्यों-ज्यों सीटें घटती जाती हैं, त्यों-त्यों किराया बढ़ता जाता है। कैंसिलेशन चार्ज इस हद तक है कि किसी कारणवश यात्रा रद्द करनी पड़े तो भी यात्री सोचता है कि जब टिकट रद्द कराने पर कुछ भी रिफंड नहीं मिलना है तो क्यों ना बिना काम ही घूम-घाम आया जाए।

टिकट के अलावा चेक-इन के पैसे। बोर्डिंग के पैसे। सीट के पैसे। विंडो सीट के इतने और किनारे की सीट के इतने पैसे। मध्य की सीट अग्रिम पंक्ति में लेनी हो तो उसके भी पैसे। बीच की सीट तभी निःशुल्क मिल सकती है जब पीछे की ओर हो। चूँकि अगल-बगल की सीटें दोनों यात्रियों ने भुगतान करके खरीदी होती हैं, सो बीच वाले यात्री को यों बैठना पड़ता है, जैसे बेचारा

बैठा हुआ न होकर रखा हुआ हो।

पैर फैला सकनेवाली सीट का अलग से चार्ज। आशंका है, जल्द ही यह न कर दिया जाए कि दायाँ पैर फैलाने का इतना चार्ज और बायाँ पैर फैलाने का इतना। भूल से भी दोनों पैर फैला लेने पर चार्ज डबल देना होगा। लिहाजा, बचत के चक्कर में बायाँ यात्री केवल दायाँ पैर फैलाएगा और दायाँ यात्री केवल बायाँ।

एयरलाइन कम्पनियाँ यात्री का जमुहाई और उबासी लेना भी चार्जेबल कर सकती हैं।

जिस निर्ममता से हवाई कम्पनियाँ पैसे खींचने पर उतारू हैं, कहीं उड़ता हवाई जहाज जमीन पर से देख लेने का भी भुगतान नहीं करना पड़ जाए?

जिस दिन उड़ता हवाई जहाज देख भर लेना भी चार्जेबल हो जाएगा, एयरलाइन कम्पनियाँ दिखाने के लिए भी हवाई जहाज उड़ाने लगेंगी। पायलट बस्ती के ऊपर चक्कर कटाते हुए हवाई जहाज से वैसे ही तेज आवाज निकालेगा, जैसे खेल दिखानेवाला बच्चों के ध्यानाकर्षण के लिए आवाजें निकालता है।

एयरपोर्ट पर 'फ्री' शब्द 'ड्यूटी फ्री' शॉप पर जरूर लिखा होता है। जबकि वहाँ भी कुछ फ्री में नहीं मिलता है।

खान-पान का स्वाद ऐसा कि एयरपोर्ट की चाय कीमत और स्वाद दोनों में बेहद महँगी पड़ती है।

डिप वाली चाय में टी-बैग को डुबकियाँ लगाना वैसा ही लगता है, जैसा किसी चोटी के अपराधी को चोटी पकड़कर खौलते पानी में डुबकियाँ लगाना ।

जिस पैमाने पर एयरलाइन कम्पनियाँ पैसे हड़प रही हैं, मेरा विनम्र निवेदन है कि 'विमान पत्तन प्राधिकरण' में 'पत्तन' की जगह 'पतन' लिख देना चाहिए, ताकि पढ़ते ही लोगों को अपने द्वारा चुनी हुई अपनी लोक-कल्याणकारी सरकार याद आ सके।

जेब कटाते हुए भी हवाई यात्राएँ करना विवशता है। क्या करें, हम कोई हनुमान जी तो हैं नहीं कि खुद उड़ सकें।

[10 नवम्बर, 2022]

आज फाइनल है

आईसीसी टी-20 वर्ल्डकप के सेमीफाइनल में इंग्लैंड के हाथों भारत की हार से निराश छद्म राष्ट्रवादियों ने फाइनल में पाकिस्तान की हार पुख्ता करने के लिए यज्ञ-हवन, पूजा-पाठ शुरू कर दिए हैं।

दैवीय लेवल पर अब की चूक या लापरवाही न रह जाए, यज्ञ-हवन, पूजा-पाठ उसी सतर्कता हेतु हैं।

छद्म राष्ट्रवादियों को भरोसा है कि जिन तैंतीस कोटि देवी-देवताओं ने इंग्लैंड के खिलाफ भारत की लेशमात्र मदद नहीं की, वे पाकिस्तान के खिलाफ इंग्लैंड की भरपूर मदद करेंगे।

यदि पाकिस्तान फाइनल में हार जाता है तो छद्म राष्ट्रवादी बिना बैट टच हुए ही बाउंड्री लाइन पार कर जाएँगे कि सेमीफाइनल में हारकर भी वर्ल्डकप फाइनली भारत ही को मिला।

क्रिकेट के बारे में मेरी समझ उतनी ही है, जितनी जयशाह की क्रिकेट और साहित्य के बारे में है। क्रिकेट और साहित्य के जोड़ में जयशाह का भाग देने पर मेरी क्रिकेटीय समझ निकल आएगी।

जब भी कोई मुझसे फ्रंटफुट की स्पेलिंग पूछता है, मैं तुरन्त बैकफुट पर आ जाता हूँ। गेंद नीची रहने पर ज्योंही कमेंटेटर कहता है कि गेंद नीची रह गई, त्योंही मैं भी बता देता हूँ कि गेंद नीची रह गई। ऐसा कभी नहीं हुआ कि कमेंटेटर ने गेंद को जरा सी नीची बताया हो और मैंने बहुत नीची कह दिया हो। अम्पायर द्वारा नो बॉल का इशारा करने पर मैंने हमेशा अम्पायर की मजाक उड़ाई है कि काहे का अम्पायर है, मेरे नो बॉल का इशारा करने के बाद तो नो बॉल को नो बॉल बताता है।

अपने क्रिकेट ज्ञान को लेकर इससे अधिक क्या घमंड करूँ कि दुनिया में यह रहस्य केवल मैं ही जानता हूँ कि आउट हमेशा बल्लेबाज ही हुए हैं और बल्लेबाज ही होंगे।

इंग्लैंड की टीम ने भारतीय टीम की जैसी दुर्गत की है, भारत के विदेश मंत्री एस. जयशंकर को भारतीय मूल के ब्रितानी प्रधानमंत्री ऋषि सुनक से शिकायत करनी चाहिए। ऋषि सुनक के न सुनने पर उसके ससुर इंफोसिस वाले नारायणमूर्ति से दबाव बनवाया जा सकता है। ससुर दामाद पर दबाव न बनाए तो जाँच एजेंसियों से ससुर पर दबाव बनाया जा सकता है।

आजादी दे जाने के बाद मुश्किल से सामान्य हुए सम्बन्ध इंगलैंड ने फिर खराब कर लिए। भारत को ग्रेट ब्रिटेन में से 'ग्रेट' शब्द अविलम्ब हटा देना चाहिए। हाँ, फाइनल में इंग्लैंड पाकिस्तान को हरा देता है तो फिर से जोड़ देंगे।

भारतीय क्रिकेट टीम को सेमीफाइनल जिताने के लिए भारतीय मीडिया ने भी खूब उपाय कर रखे थे। एक न्यूज चैनल ने तो अपने स्टूडियो में ग्यारह ज्योतिषी पकड़ बिठाए।

जब जयशाह भारतीय क्रिकेट का भाग्य तय कर सकता है तो ज्योतिषी भारतीय क्रिकेट का भाग्य क्यों नहीं बता सकते?

पता नहीं न्यूज चैनल ने इतनी बड़ी गलती कैसे कर दी? उसे ग्यारह ज्योतिषियों के बजाय ग्यारह सटोरिये बुलाने थे। क्रिकेट के खेल को मैदान पर खेलनेवालों से अधिक वे जानते हैं जो मैदान के बाहर खेलते हैं।

हारने पर छद्म राष्ट्रवादी परस्पर ढाँढस बँधाने में लगे कि चलो, अच्छा हुआ भारत सेमीफाइनल में इंग्लैंड से हार गया, वरना फाइनल में पाकिस्तान से हार बैठता तो गुजरात-हिमाचल के विधानसभा चुनावों में अपने प्रचारजीवी कप्तान की लय बिगड़ जाती।

हे प्रभु, फाइनल में पाकिस्तान को हरवा, ताकि छद्म राष्ट्रवादी सेमीफाइनल हारकर भी फाइनल जीत सकें।

[13 नवम्बर, 2022]

गल्ले पर गुजराती भाई

भारत-पाकिस्तान के छद्म राष्ट्रवादी अपनी सफलता से ज्यादा, दूसरे की असफलता को एंजॉय करते हैं।

मेरे लिए क्रिकेट मैच देखना उतना ही कष्टकारी है, जितना मन की बात सुनना। सो, किसी छद्म राष्ट्रवादी के फोड़े गए पटाखों से सूचना मिली कि टी-20 वर्ल्डकप में इंग्लैंड ने पाकिस्तान को हरा दिया है।

इसे कहते हैं पैसा वसूल राष्ट्रभक्ति। सेमीफाइनल में भारत की जीत के लिए खरीदे गए पटाखे फाइनल में पाकिस्तान की हार पर काम आए।

रूस-यूक्रेन युद्ध हो या भारत-पाकिस्तान क्रिकेट मैच, भारतीय मीडिया युद्ध को खेल और खेल को युद्ध में बदल देता है।

न्यूज चैनलों पर भारत-पाकिस्तान क्रिकेट मैच के शीर्षक होते हैं—विश्वयुद्ध, महासंग्राम। रन को रण उच्चारा जाता है। एंकरों की हरकतें ओवर-दर-ओवर नफरत का ओवरडोज देती रहती हैं। फलतः छद्म राष्ट्रवादी दर्शक बाउंड्री लाइन को ही एलओसी मान बैठते हैं।

ऐसा ही उधर भी होता है। शायद दोनों देशों का मीडिया आग बुझाने के लिए एक ही दुकान से कैरोसिन खरीद रहा है।

सेमीफाइनल में इंग्लैंड से हारने पर भारत के छद्म राष्ट्रवादियों ने जो शब्द अपनी टीम के लिए हिन्दी में उपयोग किए थे। मैं आश्वस्त हूँ, पाकिस्तानी छद्म राष्ट्रवादी अब वे ही लफ्ज इंग्लैंड से फाइनल हारने पर अपनी टीम के लिए उर्दू में इस्तेमाल करेंगे। जैसे मैंने ही शब्द को लफ्ज और उपयोग को इस्तेमाल कहा है।

होता है, जब देशों की राजनीति खेल-भावना की जगह भावनाओं से खेलने लगे तब ऐसा ही होता है।

बीसीसीआई के सचिव जयशाह दो ही दिन पहले आईसीसी की वित्त एवं वाणिज्य समिति के प्रमुख बने हैं और आज इंग्लैंड ने पाकिस्तान को परास्त कर डाला। अनेक गणमान्य इंग्लैंड की जय को जयशाह के इस पगफेरे से भी जोड़ रहे हैं।

कई आर्यपुत्रों का दावा है कि पाकिस्तानी टीम का काम ब्रिटेन के प्रधानमंत्री ऋषि सुनक में जुड़े ऋषि ने लगाया है।

स्वदेशी मूल के विदेशी बन्धु संकट की घड़ी में भारत के हितों की रक्षा करते ही हैं। भले ही हितों की रक्षा करने के लिए उन्हें खुद संकट खड़े करने पड़ें।

इंग्लैंड पाकिस्तान को नहीं भी हराता तो भी हम उसके आभारी रहते, क्योंकि सोचो, अंग्रेज हमें क्रिकेट भेंट नहीं करके जाते तो आज जयशाह किस संगठन के सचिव होते? इंग्लैंड की तत्कालीन साम्राज्ञी का नाम कहीं इसीलिए तो विक्टोरिया नहीं था कि उसके शासन ने अपने औपनिवेशक देशों को विकेट वाला खेल सिखाया?

एक क्रिकेट प्रेमी बोले, "जो खेल अंग्रेजों ने राजाओं को सिखाया था, उसे अब सामान्य लोग खेल रहे हैं और देख रहे हैं। आपको तो चिन्तित नहीं, खुश होना चाहिए?"

मैंने कहा, "जी, जो खेल अंग्रेजों ने राजाओं को सिखाया था, उसे अब सामान्य लोग खेल रहे हैं और देख रहे हैं, इसीलिए तो मैं खुश की बजाय चिन्तित हूँ।"

प्रेमचन्द आज होते तो शतरंज के खिलाड़ी की तर्ज पर एक कहानी क्रिकेट के खिलाड़ी भी लिखते।

वर्ल्डकप जीतने के साथ ही अंग्रेजों को इस बात के लिए भी गर्वित होना चाहिए कि उनका किया बँटवारा दोनों देशों के नेता बराबर मेंटेन किए हुए हैं।

अपन तो इसी उपलब्धि से रोमांचित हैं कि क्रिकेट में कोई देश जीते-हारे, गल्ले पर अपना गुजराती भाई (जयशाह) बैठा है।

[14 नवम्बर, 2022]

प्रीपेड श्रोता

खबर कर्नाटकीय है और बड़ी नाटकीय है।

जो नेता किसानों तक को घर बैठे सम्माननिधि देता हो, उसकी सभा में पाँच सौ रुपये तय करके लाए गए श्रोताओं को सभा समाप्ति के बाद कोई मात्र सौ रुपये में कैसे टरका सकता है?

यदि ऐसा हुआ है तो भी गलती बुलानेवाले नेता की नहीं, आनेवाले श्रोताओं की है। ऐसों पर तो सौ रुपये देने के बजाय दो सौ रुपये जुर्माना लगाना चाहिए। झूठ जब जीएसटी के दायरे से बाहर है तो उन्होंने एक नेता के कहे पर भरोसा कैसे कर लिया?

एक समय प्रधानमंत्री को लोग तकलीफें झेलते हुए अपने खर्च पर सुनने आते थे। फिर उसकी सभाओं में आनेवालों के लिए बस-ट्रेन, नाश्ता-भोजन की व्यवस्था की जाने लगी और अब नौबत पेमेंट माँगने तक आ चुकी है।

भावी प्रधानमंत्रियों के भावी श्रोता प्रीपेड और पोस्टपेड दोनों प्रकार के होते, लेकिन इस दुर्घटना के बाद सिर्फ प्रीपेड होंगे।

सट्टेबाजी को वैध करने पर विचार चल ही रहा है तो प्रधानमंत्री की रैलियों में पैसा देकर श्रोता लाना भी क्यों ना वैध कर दिया जाए?

हर बात की रेट तय हो। सभा में जाने के इतने पैसे। सभास्थल पर बैठने के इतने और बैठे रहने के इतने। बैठकर भाषण भी सुनना हो तो इतने। प्रधानमंत्री का भाषण बैठे-बैठे सुनने और खड़े-खड़े सुनने की दरें अलग-अलग होनी चाहिए। भाषण के दौरान जय बोलने और नारे लगाने का पैसा अलग से मिलेगा या उसी पैकेज में शामिल रहेगा, यह सब पहले से क्लियर रहे तो बेहतर हो। अन्यथा वक्ता के लिए जिन्दाबाद और उसके विरोधी के लिए

मुर्दाबाद बोलनेवाले उलटा भी बोल सकते हैं।

ठगी से बचने के लिए सीसीटीवी कैमरे लगवाए जा सकते हैं, ताकि कोई बैठा हुआ श्रोता बाद में अपने को खड़ा बताकर मेहनत से अधिक मेहनताना न माँग सके।

सीसीटीवी कैमरे लगाने से उन श्रोताओं का पेमेंट काटा जा सकेगा, जो प्रधानमंत्री के भाषण देते समय ऊँघते रहे, भले ही भाषण की वजह से ऊँघते रहे।

आखिर प्रधानमंत्री का भाषण सुननेवालों को इसी जानलेवा मेहनत के बदले ही तो पैसा दिया जाएगा कि जबरदस्त ऊँघ पैदा करनेवाला भाषण सुनकर भी हर्गिज नहीं ऊँघना है।

विवादों के निपटारे के लिए कंज्यूमर कोर्ट बनाए जा सकते हैं, ताकि वक्ता और श्रोता दोनों को न्याय मिल सके।

प्रधानमंत्री अपना भाषण तय समय से लम्बा खींच मारे या कोई श्रोता प्रधानमंत्री का भाषण बेमन से सुनकर मन से सुनने का पेमेंट उठा ले तो यह सरासर सेवादोष माना जाए।

ऐसे अपराध की सजा कड़ी-से-कड़ी हो, यानी श्रोता दोषी निकले तो उसे प्रधानमंत्री का वही भाषण सुनाया जाए और लापरवाही प्रधानमंत्री से हुई हो तो उसे भी उसका वही भाषण सुनाया जाए।

आर्थिक युग में अनर्थ भी बिना अर्थ नहीं किया जाता, ऐसे में प्रधानमंत्री की सभा में जाने और भाषण भी सुनने का पैसा क्यों नहीं लिया जाना चाहिए? देओ सबको बकाया चार-चार सौ रुपये।

अभी तो यह अँगड़ाई है, आगे और लड़ाई है। श्रोता समझदार हो गए हैं। सभा में जाकर मुफ्त भाषण सुनना तो दूर, घर बैठे मन की बात सुनने के भी पैसे माँग सकते हैं।

[16 नवम्बर, 2022]

सादर चरणस्पर्श

हम भारतीयों को दो पैर चलने के लिए नहीं, छूने-छुआने के लिए मिलते हैं। चलने के लिए तो हम पैरों का इस्तेमाल तभी करते हैं जब हमें पैर छूने-छुआनेवालों की खोज में चलना पड़ता है।

यों तो पैर छुआने की पात्रता उम्र और गुणों के आधार पर मिलती है, लेकिन अधिकतर उम्र ही की वजह से छूए जाते हैं। लोग अपने से बड़ों के पैर इसलिए छूते हैं, ताकि उनसे छोटे उनके छूएँ। पैर छूने का आधार केवल गुण होते तो पैर छूने की परम्परा कभी की लुप्त हो गई होती।

मान्यता के अनुसार पैर इसलिए छूए जाते हैं, ताकि छुआनेवाले के गुण छूनेवाले में उतर सकें। यदि ऐसा हुआ होता तो आज वे पैर छूनेवाले भी उन्हीं जेलों में बन्द होते, जिनमें उनसे छुआनेवाले बन्द हैं।

हालाँकि, कभी-कभार ऐसा हुआ भी है कि पैर छुआनेवाले के गुण छूनेवाले में उतरे हैं और छूनेवाले ने भी वही कारनामे शुरू कर डाले जो छुआनेवाला करता रहा है।

पैर छूने के कई एंगल और भाव होते हैं। झुके, एक हाथ से एक पैर छुआ और सीधे हुए, जैसे उसके पैरों में पड़ा सिक्का उठाया हो। वैसे तो दोनों पैर छूने को हाथ भी दो मिले हैं, लेकिन एक हाथ से दोनों पैर भी छूए जाते हैं और दोनों हाथों से एक पैर भी।

जब से कैमरे वाला फोन चलन में आया है, बच्चे माता-पिता के पैर भी सेल्फी लेते हुए छूते हैं और माता-पिता तय ही नहीं कर पाते कि आशीर्वाद उनसे लिया जा रहा है या उन्हें दिया जा रहा है।

पैर छुआना अकसर दो प्रकार का होता है। पहला, झट से पैर आगे किए

और छुआकर खट से पीछे खींच लिए, ताकि न्यूनतम समय में अधिकतम को उपकृत कर सकें। दूसरे प्रकार में पैर बिना भागमभाग के छुआए जाते हैं कि क्या भरोसा बाद में कोई छूनेवाला मिले न मिले?

आप चाहते हैं कि आपके तो पैर सब छूएँ और आपको किसी के भी न छूने पड़ें तो साधुरूप धारण कर लें। साधुरूप धारण कर लेने पर एक्स्ट्रा बेनिफिट यह और मिलता है कि पैर छूनेवाले सिर्फ चरण देखते हैं, आचरण नहीं।

मैं न किसी से पैर छुआता हूँ और न किसी के छूता हूँ। घर-परिवार में आदर-स्नेह का लेन-देन मन-वचन-कर्म से सहज रखता हूँ। घर-परिवार से इतर हाथ मिलाता हूँ या हाथ जोड़ता हूँ। सज्जनों के नजदीक से और दुर्जनों के दूर से।

मुझे डर रहता है कि मेरे पैर छूने-छुआने से यदि सच में गुणों का आदान-प्रदान हो गया तो लेने के देने पड़ जाएँगे। कोई मेरे पैर छूएगा तो बेचारा लिखने-पढ़ने के अलावा कुछ नहीं कर सकेगा और मैं किसी के पैर छूऊँगा तो लिखने-पढ़ने से भी जा सकता हूँ।

कई को संस्कारी दिखते रहने की ऐसी हुड़क रहती है कि ज्योंही कोई उम्र में बड़ा मिलता है, तुरन्त उसके पैर छूते हैं। देखनेवाले कह उठते हैं कि बड़ा संस्कारी है। पैर छुआनेवाला भी धन्य हो उठता है, क्योंकि वह भी इसी काम से घूम रहा होता है।

एक बार मैंने रेलवे स्टेशन पर ऐसा ही एक दृश्य देखा था। एक किशोर ने एक अधेड़ के पैर छूए। देखनेवालों ने किशोर को बड़ा संस्कारी बताया। वह तो टीटीई ने दोनों को धरा, तब रहस्य खुला कि दोनों ही रेलयात्राएँ कभी टिकट लेकर नहीं करते, बल्कि किशोर ने इस गुरुऋण से उऋण होने के भाव से अधेड़ के पैर छूए थे कि उसने विदाउट टिकट रेलयात्रा की कला उसी से सीखी थी।

पैर छूना सिर्फ उसका बनता है, जिसने छुआनेवाले को उधार दे रखा हो और बार-बार माँगने पर भी वह लौटा नहीं रहा हो।

[18 नवम्बर, 2022]

रेवड़ी कल्चर

लोक कल्याण के वादे पर चुनी हुई सरकार लोककल्याण को रेवड़ी कल्चर कहे तो यह न सिर्फ कल्चर का अपमान है, बल्कि रेवड़ी का भी अपमान है।

क्या गजब बेशर्मी है? सोशल वेलफेयर की बात आए तो 'रेवड़ी कल्चर नहीं चलेगी' ऐसा उसी कमलमुख से बोलते हैं, जिससे बोलकर वोट ऐसे माँगे थे जैसे रेवड़ी माँग रहे हों।

कुछ लोग शिकायत कर रहे हैं कि जब सब कुछ खरीदकर ही लेना है तो फिर सरकार टैक्स क्यों वसूल रही है?

तो भैया, सरकार टैक्स वसूल रही है कड़े निगरानी खर्च के लिए कि कोई नागरिक बिना भुगतान किए तो कोई चीज नहीं ले रहा है। यदि किसी ने नाक में फिट चिप बिना रिचार्ज कराए पेड़ से ऑक्सीजन ले ली तो उसका वही अपराध माना जाएगा जो सीधे पाइप लाइन से पेट्रोल-डीजल चुराने पर होता है।

विकास की यही रफ्तार रही तो वह शुभ घड़ी आने ही वाली है, जब सरकार अपने हर नागरिक के ललाट पर फास्टैग चिपका देगी। जेब कटाओ, कदम बढ़ाओ। जैसा टोल नाकों पर वाहनों के साथ हो रहा है।

बरसात में भीग गए तो नहाने का शुल्क लगेगा।

पेट्रोल पम्पों की तर्ज पर पानी के भी पम्प होंगे और भिन्न-भिन्न क्वालिटी के पानी की दरें भी भिन्न-भिन्न होंगी। प्याऊ लगाना जलद्रोह माना जाएगा।

जैसे पम्प ऑपरेटर व्हीकल में ऑयल भरने से पहले डीजल या पेट्रोल पूछता है, वैसे ही बर्तन में पानी भराते समय पूछा जाएगा—पीने का या नहाने का? पीने के पानी से नहा लिए तो शरीर जाम हो जाएगा, जैसे डीजल के इंजन में पेट्रोल चले जाने से इंजन जाम हो जाता है।

मीटर पहले लगेगा और नल बाद में। ऐसा नहीं होगा कि पानी पीओ और बिल भरो। जितने का मीटर रिचार्ज कराओगे उतना ही पानी मिलेगा। नदी-कुएँ-तालाब में बिना सिक्का डाले बर्तन डाल दिया तो पानी में छिपकर बैठे सरकार के लोग हाथों से बर्तन छीन लेंगे।

मकान की छत आपकी होने पर भी छत पर बरसे पानी पर आपका अधिकार नहीं होगा। टपकती छत से भीतर गिरे पानी का बूँद-बूँद हिसाब देना पड़ेगा। टपकने वाली जगहों के नीचे बर्तन रखने होंगे और पूरा पानी सरकार के खजाने में जमा कराना होगा।

वसूली पर उतारू सरकार किसी भी स्तर तक उतर सकती है।

मोर नाच दिखाने का पेमेंट लेगा और कोयल तभी कूकेगी जब टिकट खरीद लोगे। उसी बीन के बजने पर साँप नाचेगा, जिस बीन पर सिक्के चिपके होंगे।

जिसने मुर्गे की बाँग और चिड़ियों की चहचहाहट सुनने वाला कार्ड रिचार्ज नहीं कराया, वह सोता ही रहेगा।

न सिर्फ शेर दहाड़ सुनाने का अग्रिम मेहनताना लेगा, बल्कि बिना अग्रिम मेहनताना दिए बिल्ली भी म्याऊँ नहीं बोलेगी। अग्रिम मेहनताने के साथ अग्रिम टिप भी देने पर बिल्ली भी दहाड़ेगी।

बाजार में ऐसे-ऐसे सॉफ्टवेयर आनेवाले हैं कि सौ लोगों का दल जंगल में घूमने जाएगा। शेर दहाड़ेगा, लेकिन दहाड़ उन्हीं को सुनाई देगी जो दहाड़ सुनने का पेमेंट कर चुके होंगे। दहाड़ न सुनाई देनेवाले जब पेमेंट कर देंगे तो शेर केवल उन्हीं के लिए दहाड़ेगा। एक बार के पेमेंट में शेर की दहाड़ दो बार नहीं सुनी जा सकेगी।

कवि भी सतर्क रहें। कविता में नायिका को मृगनयनी कह दिया तो कोई भी हिरनी कॉपीराइट का मुकदमा ठोंक देगी।

अब रेवड़ी कल्चर कतई नहीं चलेगी। हर प्रकार की भीख भी जीएसटी के दायरे में आनेवाली है, सिवाय वोटों की भीख के।

[26 नवम्बर, 2022]

पीएम का एम्बुलेंस प्रेम

जब से प्रधानमंत्री एम्बुलेंसों से रास्ता कटवाने लगे हैं, बिल्लियाँ भारी तनाव में हैं।

आजकल प्रधानमंत्री कहीं भी आ-जा रहे हों, एम्बुलेंस को रास्ता अवश्य देते हैं, बल्कि कई बार तो लगता है कि वह सिर्फ एम्बुलेंस को रास्ता देने के लिए ही कहीं आते-जाते हैं।

करुणानिधान होने से अधिक लाभदायी है करुणानिधान दिखना। चींटियों को आटा डालते हुए का फोटो छप जाए तो हाथी बन जाने जैसा प्राउड फील होता है।

कैमरे के आविष्कार से पहले करुणानिधान बनाने का काम कवि करते थे। नरोत्तम स्वामी ने सुदामा चरित में अश्रुजल से सुदामा के पैर धोने का कारुणिक चित्रण करके कृष्ण को करुणानिधान बताया ही है—

देख सुदामा की दीन दशा करुणा करके करुणानिधि रोये।
पानी परात को हाथ छुयो नहीं नैनन के जल सों पग धोये॥

कवि और कैमरा राजा की ब्रांडिंग के लिए ब्रह्मास्त्र होते हैं। सुदामा के पैर कृष्ण के आँसुओं से धुलवाने से इस बात की ओर आज तक ध्यान नहीं गया कि एक ही आश्रम में एक ही गुरु सन्दीपन से पढ़कर भी एक बालक दीन और दूसरा दीनदयाल कैसे बना?

प्रधानमंत्री के एम्बुलेंसों को रास्ता देते रहने से हम दर्शक कहाँ सोच पा रहे हैं कि हमें अच्छे अस्पताल और सस्ता इलाज क्यों नहीं मिलते? रूस-यूक्रेन युद्ध की चपेट में आए बीस हजार भारतीय एमबीबीएस स्टूडेंट्स और उनके परिवार किस पीड़ा से गुजर रहे हैं?

सीन पूरा फिल्मी बन पड़ता है। जैसे कई-कई बार रिहर्सल कर-कर के फिल्माया गया हो। मध्य में प्रधानमंत्री की गाड़ी, आगे एम्बुलेंस और पीछे कैमरे का लेंस। गहराई से देखने पर भी समझ में ही नहीं आता कि दया का पात्र रास्ता माँगनेवाला है या रास्ता देनेवाला?

ऐसी कशमकश भी देखने को मिलती है कि पीएम की गाड़ी का ड्राइवर सोचता है कि एम्बुलेंस निकले तो मैं आगे बढ़ूँ और एम्बुलेंस का ड्राइवर सोचता है कि पीएम की गाड़ी निकले तो मैं आगे बढ़ूँ। अन्त में भरत मिलाप-सा होकर शूटिंग सम्पन्न होती है।

सवाल उठ रहे हैं कि कैसे रोज-रोज प्रधानमंत्री की गाड़ी के आगे एम्बुलेंस आ जाती है? यह संयोग है या प्रयोग है? कहीं ऐसा तो नहीं कि प्रधानमंत्री द्वारा एम्बुलेंसों को नियमित रास्ता देते रहने पर एम्बुलेंस वाले खुद ही प्रधानमंत्री आवास जाकर पूछ आते हों कि हमें कल कहाँ आना है?

सम्भव है, ऐसा भी होने लगे कि प्रतीक्षारत एम्बुलेंस ड्राइवर प्रधानमंत्री को फोन करके पूछे कि साहब रास्ता देने आ रहे हो या अन्य रास्ते से अस्पताल चला जाऊँ?

जवाब मिले कि तुम किधर से कहीं भी जा सकते हो। मैंने दूसरी एम्बुलेंस को रास्ता देकर दया-प्रदर्शन का अपना आज का कोटा पूरा कर लिया है।

हो सकता है, प्रधानमंत्री के एक दिन में एक ही एम्बुलेंस को रास्ता देने की मजबूरी के चलते निर्णय लॉटरी निकालकर किया जाने लगे अथवा डॉक्टरों की टीम जाँच करके बताए कि जिस एम्बुलेंस में लेटे मरीज की हालत अधिक गम्भीर हो, उसी को रास्ता दिया जाए। प्रधानमंत्री से रास्ता माँगने के क्रेज के चक्कर में सामान्य मरीज भी असामान्य होने का अभिनय करने लग सकते हैं। आखिर गम्भीर दयालु होने का अभिनय किया जा सकता है तो गम्भीर मरीज होने का अभिनय क्यों नहीं किया जा सकता?

अब तो बस उस शुभ घड़ी का इन्तजार है जब प्रधानमंत्री की गाड़ी रास्ते में मिलनेवाली एम्बुलेंसों को टोचन कर-करके अस्पतालों तक छोड़ने जाया करेगी।

[16 दिसम्बर, 2022]

माँ के पैर छूने का फिल्मांकन

माँ के पैर छूने का मजा तभी है, जब हर ओर कैमरे लगे हों।

कैमरों से घिरकर माँ के पैर छूना जितना आशीर्वादकारी होता है, छुआना भी उतना ही रोमांचकारी होता है। अतः सुपुत्र कैमराजीवी हो तो पैर छुआते वक्त समझदार माँ खुद ही टोक देती है कि बेटा कैमरे-वैमरे तो लग जाने दे।

वाह! क्या सीन होता है। माँ कुर्सी पर बैठी है। उसके चरणों में झुका हुआ लाड़ला (लाड़ला से तात्पर्य कैमरों को देखकर लाड़ में आए हुए बेटे से है) कैमरों की ओर देख रहा है और उसने अपने हाथों से माँ के पैरों की बजाय मजबूती से कुर्सी के पाए पकड़ रखे हैं।

बेटे की इस लापरवाही से माँ और आह्लादित हो उठती है। आखिर बेटा कुर्सी की मजबूती के लिए ही तो उसके पैर छूने घर आया है।

भारत भावुकता प्रधान देश है। राजनीतिक रणक्षेत्र में पैर उखड़ने पर माँ के पैर छूने के फोटो-वीडियो का बड़ा सहारा रहता है। चुनावी महासागर में तूफान उठने से हिचकोले खाते जहाज के लिए माँ के चरणस्पर्श वाले चित्र/चलचित्र लंगर का काम करते हैं।

यों तो पैर माँ के ही नहीं, पिता के भी छूए जाते हैं, लेकिन पिता के पैर छूते की फोटो से माइलेज नहीं मिलता।

वैसे भी अपने यहाँ पिता के पैर छूने में नफा की जगह नुकसान की आशंका रहती है, क्योंकि भारतीय पिता के पैरों में लातों के गुण भरे होते हैं।

बेचारे एक पिता को फादर्स डे पर भी चरणस्पर्श कराने का सौभाग्य नहीं मिला तो उसे लगा उसके पैर जयपुर फुट में बदल गए हैं।

एक महापुरुष ने तो पैर छुआने की गजब तरकीब निकाली। अस्पताल

में भर्ती हुए और अपने दोनों पैरों पर प्लास्टर बँधवा लिये। जेब में पैसे हों तो स्वस्थ पैरों पर भी प्लास्टर चढ़ानेवाले खूब हैं। दिन में दो-चार बार डॉक्टर-कम्पाउडर छूकर उनके प्लास्टरों की कंडीशन देखते और उस छुअन को वह चरणस्पर्श का सुख समझते।

पुन: माँ के चरणों की ओर लौटते हैं, क्योंकि माँ की अनदेखी करनेवाले भी माँ ही के कदमों में जन्नत बताते हैं।

माँ के चरणस्पर्श का फिल्मांकन विज्ञान है या कला?

पॉलिटिकल साइंस के अनुसार माँ के चरणस्पर्श का फिल्मांकन विज्ञान और कला दोनों है। यानी ऐसा विज्ञान जो पहुँचे हुए कलाकर को और कलात्मक ऊँचाई पर पहुँचाता है।

माँ के चरणस्पर्श का सीन फिल्माना उतना आसान नहीं होता है, जितना दर्शक समझते हैं।

छूनेवाले के लिए भी ऐसा भर नहीं होता है कि दो मिनट पैर ऐसे छू दिए जैसे दो मिनट का मौन रख रहे हों।

भले ही माँ के चरणस्पर्श की शूटिंग दो ही मिनटों की हो, पर तनाव दो सदियाँ काटने जितना भुगतना पड़ता है। फ्रेम में होने को माँ-बेटा दो ही होते हैं, पर पूरा टीमवर्क जरूरी होता है। लाइट, कैमरा, एक्शन सब सर्जिकल स्ट्राइक मोड में रखने पड़ते हैं।

सबसे पहले तो कुशल कैमरामैन की तलाश ही काफी जानलेवा होती है। न रैली-जुलूस कवर करनेवाले कैमरामैन काम आते हैं और न शादी-ब्याह वाले। चरणस्पर्श करते बेटे को आशीर्वाद देती माँ के भाव वह कैमरामैन पकड़ ही नहीं सकता है जो आशीर्वाद समारोह शूट करता फिरता हो।

'ठुमक चलत रामचन्द्र बाजत पैजनियाँ' और 'जसोदा हरि पालने झुलावैं' टाइप दोनों भाव कैमरे से एक साथ साधने होते हैं। माँ के चरणस्पर्श की श्रेष्ठ शूटिंग वही कैमरामैन कर सकता है जिसने अपने सोशल मीडिया प्लेटफार्मों पर माँ के पैर छूते हुए की डीपियाँ चेप रखी हों।

[18 दिसम्बर, 2022]

बेशर्म ढंग

भारत में कला की यह सद्गति है कि जो तानसेन अकबर के नवरत्नों में था, आज उसके नाम पर पान-मसाला बिकता है।

बॉलीवुड वालों के तो क्या ही कहने? कोई पर्दे पर भूत दिखाकर तावीज बेच रहा है तो कोई मछलियाँ दिखाकर काँटे।

त्याग, संघर्ष और गर्व की ऐसी कई फिल्मी कहानियाँ बिखरी पड़ी हैं कि फलाँ छोटा सा आर्टिस्ट छोटे से कस्बे से लोहे का छोटा सा बॉक्स लेकर निकला था और आज मुम्बई में बड़ा ऑफिस चलाता है, क्योंकि अगले की नजर सिर्फ बॉक्सऑफिस पर थी।

एक परिचित ने सुर छेड़ा, "रंगारंग गाना रिलीज हुआ है 'बेशर्म रंग', देखा?"

मैंने ताल मिलाई, "गाना तो सुना जाता है, देखा थोड़े ही जाता है, पर सोशल मीडिया की मेहरबानी से 'बेशर्म रंग' गाना भी देखा-सुना है और गाने को लेकर हो रहा हो-हल्ला भी देख-सुन रहा हूँ।"

उसने आलाप लिया, "मुझे तो गीत-संगीत की समझ उतनी ही है, जितनी मुम्बइया फिल्म मेकरों को देश की है। 'बेशर्म रंग' गाने को लेकर आपकी क्या राय है?"

मैं बेताला हुआ, "अन्तर ही पता नहीं कर पा रहा हूँ कि गाने और हो-हल्ला में से कम निरर्थक कौन सा है?"

वह पंचम में बोला, "मुझे तो गाना देखकर रंग बेशर्म नहीं, ढंग बेशर्म लगा।"

मैंने धूम तिरकिट की, "दरअसल रंग-ढंग से इतर पड़ताल इस बात की होनी चाहिए कि रचनाकार का असली मकसद क्या था? शौक पूरा करना,

पैसा बनाना या सामाजिक दायित्व निभाना?"

वह आरोही से अवरोही हुआ, "हॉकी पर फिल्म बनाकर उससे हुई कमाई को क्रिकेट में इन्वेस्ट करने जैसे व्यावसायिक कौशल वाला हीरो इस बार टाइमिंग को लेकर गच्चा खा गया।"

मैं सम पर आया, "इस रँगासियारी दौर में शाहरुख खान तो क्या, रसखान तक मुश्किल में पड़ सकता था। ज्योंही रसखान कहता—'मानुष हौं तो वही रसखानि बसौं ब्रज गोकुल गाँव के ग्वारन', त्योंही भक्तगण भक्तकवि को ट्रोल करना शुरू कर देते कि इतनी पोल अब नहीं है कि अगले जन्म में मनुष्य जीवन मिलने पर कोई रसखान होकर गोकुल तो छोड़िए, ब्रज में भी बस सके।

'जौ पसु हौं तो कहा बस मेरो चरौं नित नन्द की धेनु मँझारन', सुनकर दूसरा ट्रोल भड़क उठता कि देख रसखान, पुनर्जन्म मिलने पर पशु बनने से तो हमें कोई एतराज नहीं है, लेकिन नन्द बाबा की गायों के बीच रहकर चरने के मुगालते में मत रहना।

'पाहन हौं तो वही गिरि को जो कियो हरिछत्र पुरन्दर धारन', सुनते ही कई ट्रोलर पत्थर उठा लेते कि अच्छा, इन्द्र को सबक सिखाने के लिए हमारे हरि ने जिस गोवर्धन पर्वत को चिट्ठी अँगुली पर उठाकर छत्र की तरह तान दिया था, एक रसखान नामधारी उसका पत्थर बनना चाहता है?

'जौ खग हौं तो बसेरो करौं मिलि कालिन्दी कूल कदम्ब की डारन', पंक्ति पर तो ट्रोल गैंग रसखान को ऐसा हड़काती कि उसे पुनर्जन्म वाला आइडिया ही ड्रॉप करना पड़ता।

जो इस जन्म में कालिन्दी के तट पर बने ताजमहल को तेजोमहल बनाने पर तुले हों, वे भला किसी रसखान नामक को भावी जन्म में कालिन्दी कूल के कदम वृक्षों पर कैसे बसेरा करने दे सकते थे। भले ही वह पक्षी ही हो।

असंख्य गर्वोक्तियाँ ऐसी भी होतीं कि देखो रसखान भी पुनर्जन्म और हरिमहिमा की कविताएँ करने लगा है, क्योंकि अब सारे रसखानों को पता चल गया है कि दिल्ली की गद्दी पर कौन बैठा है?"

[20 दिसम्बर, 2022]

मूर्खता बनाम मूर्खता

दोनों ने दीवारें भी उठा रखी हैं और काठ की तलवारें भी।

एक के पेस्ट का जवाब दूसरा कट-पेस्ट से देता है। एक अपनी फेसबुक वॉल पर पेंसिल का फोटो पोस्ट करे तो तुरन्त दूसरा अपनी फेसबुक वॉल पर रबर का फोटो चिपकाए।

एक अपने चहेते हीरो की बकवास फिल्म एक बार देखे तो दूसरा अपने चहेते हीरो की बकवास फिल्म अनेक बार देखे।

प्रतिशोध की प्रतिस्पर्धा देखिए कि एक सादा पान खा आए तो दूसरा जर्दे वाला खा आता है। ज्योंही सादा पान खाने वाले को पता चलता है कि विरोधी ने जर्दे का पान खाकर उस पर बढ़त बना ली है तो वह अधखाया सादा पान थूककर जर्दे वाला एक पान खाने और एक बँधवाकर लाने निकल पड़ता है।

एक ने मुँह धोते की सेल्फी व्हाट्सएप स्टेटस पर लगाई नहीं कि दूसरा नहाते हुए की सेल्फी व्हाट्सएप स्टेटस पर लगाता है। कई बार तो ऐसा भी होता है कि एक व्हाट्सएप स्टेटस अपडेट के लिए मुँह धोते की बेटर सेल्फी के लिए मुँह धोए जा रहा है और दूसरा बेस्ट के लिए नहाए जा रहा है।

एक ने अपना रोते हुए का फोटो इंस्टाग्राम पर पोस्ट किया तो दूसरे ने अपना रोते हुए का वीडियो बनाकर इंस्टाग्राम पर इस गर्व भरे कैप्शन के साथ डाला—एडवांस लोग एडवांस टेक्निक इस्तेमाल करते हैं।

दोनों जन शत्रुता की होड़ा-होड़ी के मामले में सुख ही नहीं, रोग-शोक में भी कमतर नहीं पड़ते।

एक ने अपने स्व. दादा जी की पुण्यतिथि पर उनका फोटो ट्वीट कर लिखा—मधुमेह की वजह से गोलोकवासी हुए थे। दूसरे ने अपने स्व. परदादा

जी का फोटो मय उनकी मेडिकल रिपोर्ट ट्वीट कर लिखा—हमारे घर में मधुमेह तुमसे एक पीढ़ी पहले आ चुका था।

एक परीक्षा में फेल हो गया तो दूसरा इस आशंका के चलते परीक्षा में ही नहीं बैठा कि बाय द वे पास हो गया तो दुश्मनी में फेल हो जाऊँगा।

एक-दूसरे पर नजर बनाए रखने के लिए न सिर्फ दोनों एक-दूसरे को सतत फॉलो और वॉच करते हैं, बल्कि दोनों ने एक-दूसरे की मुखबिरी के लिए आदमी भी रख छोड़े हैं।

एक को उसके मुखबिर ने खबर दी कि दुश्मन के नाक पर खरोंच लग चुकी है तो दूसरा गूगल पर नाक पर खरोंच लगाने के तरीके सर्च करने लगा।

एक दिन एक के मुखबिर ने गुप्त जानकारी दी कि तुम्हारे दुश्मन के पास रेडियो नहीं है, जबकि तुम्हारे पास है। बैरी का बाजा बजाने का सही मौका है। पता लगते ही उसने बाजार से चार बैटरी सेल खरीदकर रेडियो में डाले और गाना बजाते हुए दो चक्कर दुश्मन के घर के लगा डाले।

दूसरे ने खुद को हारा हुआ महसूस किया। वह करे तो क्या करे? घर में रेडियो है नहीं, टीवी उठाए-उठाए दुश्मन के घर के दो तो क्या, एक भी चक्कर नहीं लगाया जा सकता और मोबाइल फोन पर गाने बजाते हुए चक्कर काटे तो हेठी हो जाए। उसने अपने एक परिचित से उसका रेडियो माँगा। परिचित ने यह कहकर रेडियो देने से मना कर दिया कि यदि मेरे दुश्मन को पता लग जाएगा कि मेरा रेडियो मेरे पास नहीं है तो वह अपना रेडियो बजाते हुए मेरे घर के चक्कर काटने लगेगा।

उसने दिमाग लगाया। परिचित ने जब रेडियो नहीं दिया तो उसने अपने मोबाइल के कैमरे से उसके रेडियो की फोटो खींचकर इस कैप्शन के साथ ट्वीट किया—चोर मचाये शोर।

दोनों बदले की आग को ऑफलाइन-ऑनलाइन, रियल-वर्चुअल पंखों से हवा देने में बराबर भिड़े हैं। अंजाम जो भी हो।

[23 दिसम्बर, 2022]